船娘好威

5 完

翦曉 著

文創風 487

目錄

第一百一十七章

「我和闞麒……還有家寧、家源以及其他幾個朋友，看不慣那糊塗官的作派，也是年少輕狂不知輕重，便對那糊塗官上了心，想著抓他一些把柄，這樣一來，我們以後在泗縣，便更無所懼……當然，也是想讓清渠樓多一分保障。」烏承橋說起這一段，帶著些許自嘲。

「等等，你不是說那時候，闞大人還不是這兒的縣太爺嗎？怎麼就認識闞麒了？」允瓔自動無視了他說的清渠樓那一段，那時候的他，正和仙芙兒形影不離，她才不要聽呢。

「闞大人那時在京中，闞麒便跟著闞老夫人住在泗縣，想來也是因為邵家的原因吧。」烏承橋解釋道。

「奇怪，一個京官怎麼就被派來當個小小的縣令了……」允瓔嘀咕了一句。

「不知。」烏承橋搖頭，繼續說道：「糊塗縣令是捐官來的，他當縣令的目的，一為財，二為……逍遙，所以我們設計引他見了仙芙兒……也是那一次機緣巧合，我們見到了牢裡的蕭棣，他被嚴刑拷打，卻連眉頭都不皺一下，那時，我們便對蕭棣起了好感，覺得他是個硬漢子。」

「所以，你們就救了他？」允瓔嘆了口氣。她知道他說的逍遙是什麼意思，哼哼，那會兒他不是也挺逍遙的？

「嗯，只是出於對他的敬重，我們才幫了一把，那糊塗縣令有不少把柄在我們手上，也不敢對我們怎麼樣，就睜一隻眼閉一隻眼放了蕭棣，只是那批貨卻還是落在糊塗縣令手裡。第二年，那糊塗縣令欲對仙芙兒用強，我們氣不過，就把罪證偷偷交到知府手裡，就這樣，那縣令被革職流放，闕大人才被派到泗縣。」

說來說去，都是為了仙芙兒做下這麼多事。

允瓔撇嘴。「怪不得蕭爺會說你和他是過命的交情。」

「我也沒想到他會如此記情。第二次見他，也是三年後了，他送了幾件貴重皮草給我，我出於喜愛，花銀子買下他所有的貨，那時他也不曾說什麼，只是，與他一起豪飲，也確實痛快。」烏承橋感嘆道。「我卻沒想到，就這兩次，棣哥竟將我視為知己。」

「那家寧、家源又是怎麼回事？」允瓔很少過問他的往事，但像這會兒他主動說起，她也不會放過機會問出心裡的疑問。

「都是一起長大的玩伴。」烏承橋的笑意微淡。「那麼多的玩伴中，只有闕麒、家寧、家源，還有一個叫淵文的，我們五人曾學桃園三結義……可惜，那不過是富貴時的兄弟，作不得真。」

「你離開泗縣那天，你去找他們了？為何闕麒說的卻與你不一樣呀？」

「我沒見到闕麒，他住在縣衙裡。」烏承橋嘆氣，說起那夜的事。「那夜，我無處可去，先想到的便是家寧、家源，那會兒，比起闕麒，找他們更容易些，我在清渠樓找到他們，可是……他們怕被我拖累，雖沒有說出絕義的話，那意思卻是差不多了；而淵文，他和喬承軒素來交好，更是毫不猶豫地站到他那邊去了。」

「仙芙兒呢？」允瓔突然問了一句。

「她……」烏承橋苦笑。「也就是那天，我才看清了她。在她眼裡，只有共富貴，她和青嬤嬤甚至還想把我交到喬家去領賞……從清渠樓出來後，我便去尋關麒，見到的卻是關家管家，管家倒是沒像他們那樣市儈，他給了我五十兩銀子，讓我離開泗縣，他說……找若見到關麒，說不定會連累到關大人。」

「什麼狗屁歪理！」允瓔忍不住冒了一句粗話。

「他說得也有道理，妳也知道喬家還兼負責皇糧，我被喬家推出來當了替罪羊，若是有人有心利用這點，關大人怕是也有麻煩。」烏承橋搖搖頭。「當時，我心灰意冷，以為那是關麒授意，便把銀子扔還給了管家，離開泗縣，後來便遇到岳父……瓔兒，棣哥如此重情重義，我們便幫他一把吧。」

允瓔白了他一眼。話題扯那麼遠，他居然不忘正回來，她還真佩服他。

「明天你約他到茶樓，我想辦法帶陳嫂子出門一趟吧。」允瓔說道。「反正得把風險降到最低，陳嫂子現在可是懷著孩子呢。」正好，陳四家的也想了了這一段。

茶樓的二樓雅室裡。

允瓔順利地帶著陳四家的來到門前，她邀請陳四家的出門，陳四自然沒什麼意見，而陳四家的一聽，便明白允瓔的意思。

「叩叩……」允瓔看了看淡定的陳四家的，抬手敲門。

門應聲而開，烏承橋帶著笑意站在門口，看到她們，讓到了一邊。

蕭棣站在桌前，定定看著陳四家的，眼中有著激動，卻偏偏不敢上前一步，比起初見那天的激動，他顯然克制許多。

陳四家的也顯得平靜，她站在允瓔身後，無言地看著蕭棣。

「進來吧。」烏承橋回頭瞧了瞧蕭棣，朝允瓔說道：「瓔兒，陪我去趟縣衙尋關大人蓋印。」

允瓔明白，這是烏承橋想給蕭棣製造機會，可是，她卻有些不放心，轉身看著陳四家的。「陳嫂子。」

「去吧。」陳四家的側頭朝她笑了笑。「我一會兒自己能回去。」

允瓔皺了皺眉，說道：「不行，是我把陳嫂子帶出來的，要有個好歹，我沒法向陳四哥交代。」說罷，還瞪了蕭棣一眼。她不相信蕭棣真的能和陳四家的好好談，萬一談不好，衝動了怎麼辦？

「瓔兒。」烏承橋有些無奈，歉意地看了看蕭棣。

「那，我們去隔壁。」不過，允瓔也知道他們在這兒，蕭棣和陳四家的有話也不好說，便主動退了一步，說罷還警告地瞪向蕭棣。「蕭爺，可不能欺負人家，陳嫂子如今可氣不得。」

「放心，我有數。」聽到允瓔說起這個，蕭棣的眼中閃過一絲哀痛。

允瓔這才拍了拍陳四家的肩膀，輕聲說了一句。「陳嫂子，他要是對妳不敬，妳就喊，我們就在隔壁。」

「瓔兒。」烏承橋真心無奈了，她這是把蕭棣當匪人防著呀。

「大妹子，妳放心，我不會有事的。」陳四家的心裡一暖，回了個笑臉，抬腿進了門。

烏承橋等陳四家的進門，才帶上門出來，拉著允瓔站在走廊上，無奈地笑道：「棣哥不會對她怎麼樣的。」

「那也不行。」允瓔搖頭，堅持守在這兒。「我們私下安排他們見面，已經對不住陳四哥了，要是這會兒離開，陳嫂子發生意外，我們怎麼交代？你別老站在他那邊好不好？萬一他失控呢？」

烏承橋見允瓔的火氣隱隱有向他蔓延的跡象，忙停止建議，妥協道：「好好好，我們就在這兒等，別生氣。」

「走啦，在這兒讓人看到，還以為我們幹麼呢。」允瓔左右瞧了瞧，拉著烏承橋往隔壁屋子走去。「一會兒送陳嫂子回去以後，我們再去找關大人吧，應該來得及。」

「成，都聽妳的。」不聽也沒辦法呀，烏承橋只能這樣說。

「英娘。」誰知道，他們尋了茶樓小二，還沒來得及進去隔壁房間，隔壁的隔壁卻是出來一行人，帶頭的正是柳媚兒。

怎麼這樣晦氣……允瓔驚訝地回頭，第一時間在心裡罵了一句，但這會兒卻不能對柳媚兒視而不見，只好帶著笑顏回應道：「媚兒，妳怎麼在這兒？」

「我和兩位姊妹逛街，有些累了就到這兒歇歇腳，沒想到遇上妳了。」柳媚兒緩步到了她面前，目光在允瓔身上只停留片刻，就投向烏承橋，看到他的瞬間，她的目光頓時定住了。「這位是……」

「這是我家相公。」允瓔只能淡定，心裡慶幸烏承橋出門前都已裝扮妥當。「相公，這位是喬二公子的夫人。」

「原來是姊夫。」柳媚兒打量著烏承橋，心裡有疑惑也有驚喜，都說像，原來竟是這樣的像……

烏承橋看到柳媚兒，卻只是淡淡地點頭，反正，他一個大男人跟這麼多女眷不打招呼也沒什麼失禮。

「英娘在這兒做什麼？」所幸柳媚兒的反應也快，片刻便從烏承橋身上收回目光，看著允瓔的笑容越發親切。

「來見一位生意上的朋友。」允瓔回道，目光打量著柳媚兒身後的兩個年輕婦人，見不是她認識的，便沒放在心上。

「相請不如偶遇，要不，大家一起吧。」柳媚兒本來是要離開的，可這會兒卻改了主意，提出邀請。

「謝謝媚兒，還是下次吧，這會兒……快到約好的時辰了呢。」允瓔都已經知道柳媚兒的心思，哪可能答應。

「瞧妳，把自家相公藏得這麼深，我去妳那兒幾次了，今兒還是頭一次見姊夫，讓我作個東，妳都不給機會？」柳媚兒卻笑著上前，拉住允瓔的手，目光瞟著烏承橋問：「不知姊夫肯不肯賞個臉？」
「哪有讓少夫人破費的道理。」烏承橋淡淡說道。「既然遇上，也當是我和瓔兒請諸位才是，請。」
允瓔有些意外，不過再一想，她馬上想通了，以柳媚兒的疑心，避開不如坦然相見。
「那我們就不客氣了。」柳媚兒高興地笑，轉身朝後面兩人說道：「蘭妹妹、婉妹妹，這位就是我另外一位挺要好的姊姊，邵英娘，她呀，可是邵會長的姪女、關大人的表妹呢，我們今天也是巧了，不如，大家都進去坐坐？」
「邵姊姊好。」兩個年輕婦人連忙向允瓔行禮。
「英娘，這位是素錦樓少東的夫人白浣蘭，這位是孫氏金樓的二少夫人周婉兒。」柳媚兒笑著向允瓔介紹，只是那軟軟的語調，讓允瓔怎麼聽怎麼不自在。
「兩位好。」允瓔忍著性子，微笑著點頭打招呼。
略微寒暄之後，幾人陸續進屋落坐。
一坐下，周婉兒便看著烏承橋驚訝地問：「烏公子，我怎麼瞧你有些眼熟呢？」
「孫少夫人怕是認錯人了吧？」烏承橋坦然迎著幾人的目光，替幾人斟上茶。
「我也覺得好像哪裡見過……啊，大公子！」白浣蘭疑惑地看著烏承橋，突然指著他驚叫地喊道。
「沒錯沒錯，大公子！你是大公子！」周婉兒連連點頭，神情有些激動地喊。
允瓔有些驚訝地看著她們，她們說「大公子」，而不是「喬大公子」，這個稱呼，看似一字之差，可事實上，其中的意義卻完全不一樣。

喬大公子，也只是喬家排行老大的公子，可大公子，就代表已被多人認同，超越了其稱呼的本質。

沒想到他以前還這樣風騷……允瓔側頭打量烏承橋，轉頭對幾人笑道：「兩位說的大公子可是喬大公子？」

「是呀是呀，大公子，人人都說你被匪盜殺了，原來你還活著，真是太好了。」白浣蘭激動地說道，連同後面的幾位丫鬟也都一臉嬌羞地看著烏承橋。

允瓔目光一轉，笑道：「兩位怕是認錯人了。」

「怎麼會？我們見過大公子，雖然只是遠遠的……可不會有錯，他就是大公子。」周婉兒疑惑地看著允瓔。

「兩位，我家相公真不是什麼大公子。」允瓔解釋。「我們甚至連大公子都不曾見過呢，直到我們來到泗縣，遇到喬二公子，才知道我家相公居然長得像喬大公子，不過，也只是像罷了，喬二公子一開始也曾誤會過，但細瞧之下還是有區別的。」

「真的不是？」白浣蘭眨眨眼，有些失望，此時屋中也只有他們幾個，倒也沒什麼顧忌，她盯著烏承橋端詳起來，好一會兒，才驚訝地說道：「還別說，細瞧還真有些不太一樣。」

「幾位誤會了，在下烏承，與你們說的喬大公子素未謀面，不過說起來，能長得相像，想必也是緣分，我還曾想著有機會與喬大公子會會。」烏承橋淡然說道，他既然坐到這兒，就是給她們看來著。

有時候，藏著掖著只會增長好奇心，說不定還會引發不必要的麻煩，還不如這樣坦然地任由觀看，他們反而找不著證據，真真假假，虛虛實實。

「他不是大公子。」進屋後一直靜坐聽她們說話的柳媚兒，此時似乎也有了答案，帶著淡淡的傷感說道。「眼睛不一樣，嘴形不一樣，便是感覺……也不一樣，他從來不會這樣耐心地讓我們打量。」

「媚兒說不是，那必定就不是了。」白浣蘭順著柳媚兒的話說道。「只是，確實是太像了。」

「聽媚兒這麼一說，我倒是看出來了，大公子張揚，烏公子卻內斂，若說大公子是火，那烏公子便是水了。」周婉兒起身，朝烏承橋和允瓔福了福，歉意地說道：「不好意思，是我們唐突了。」

「無妨。」烏承橋淡淡一笑。

「沒事，認錯人也是常事，更何況，我那日在媚兒那兒見過大公子的畫像，與我家相公也確實相像，若是我，說不定也會看錯眼呢。」允瓔見兩人的注意力終於轉開，心裡微微一鬆，大方地表示。

「人有相似，物有所同，今日，我才知這話的真諦。」柳媚兒輕嘆，目光依然鎖在烏承橋身上，隱隱有些水光。「大公子吉人天相，他日若能歸來，烏公子不妨與大公子見見，說不定，還能成為兄弟。」

「若有機會，自然要會會。」烏承橋說得坦然。

「時辰不早了，我們就不打擾烏公子和邵姊姊了吧。」周婉兒得知烏承橋並不是大公子，也沒了興趣。

「是呀，我們回吧。」白浣蘭倒是連連看了烏承橋幾眼，還在嘖嘖稱奇。「真像，要不是媚兒提醒，我還真認不出來。」

「烏公子、英娘，那我們就不打擾了，改日等我相公回來，再去拜訪你們。」柳媚兒也沒有留下的意思，笑著起身。

允瓔巴不得他們快些離開，此時自然也不會挽留，直送到樓梯口才回來，隔壁的房門還關著。她頓了頓，回到屋裡，只見烏承橋獨自站在窗前，一手端著茶杯飲茶，一手抱肘，也不知道在想什麼。

走到他身邊，允瓔伸手拿下他手上的茶杯，輕聲說道：「茶都涼了，還喝……」

「棣哥還沒出來？」烏承橋收回目光，側身倚在窗邊看著允瓔。

「還沒呢，我們要不要去敲門提醒一下？」允瓔等得有些心急。

「再給他些時辰吧，他也不容易。」烏承橋能體諒蕭棣的苦處，笑著為他爭取更多的工夫。

烏承橋和允瓔兩人也是第一次來茶樓裡閒坐，今天倒是難得有這個機會，烏承橋乾脆讓夥計上了茶具，親自給允瓔煮茶、講茶。

第一百一十八章

允瓔現在對他的表現也早見怪不怪了，以前的喬大公子只不過是他的偽裝，真正的他，其實比喬承軒還要優秀。

「還有什麼你不會的，說來聽聽？」允瓔調侃道。她並不懂茶，但，他說的都聽懂了，暗暗記在心裡。

「我又不是聖人，不會的多著呢。」烏承橋放下杯子，回頭瞧了瞧，這會兒，他也有些擔心起來。

「我們去看看吧，這樣等也不是辦法，再晚回去，陳四哥怕是要擔心了。」允瓔站起來。

烏承橋這次沒有阻攔，喊了夥計過來結帳，帶著允瓔來到隔壁房門前。

允瓔朝他抬抬下巴，示意他敲門。

烏承橋無奈地笑了笑，抬手叩門。沒辦法，媳婦兒的話還是要聽的。

等了一會兒，門開了，蕭棣臉色平靜地站在門口。眉宇間帶著哀傷，而陳四家的則平靜地坐在桌邊，倒是與來時沒什麼區別。

「陳嫂子，我們該回去了。」允瓔不忍心，卻也不得不開這個口。

陳四家的站起來，緩步出門，經過蕭棣身邊時，蕭棣突然伸手抓住她的手腕。

「妳答應的，會做到嗎？」蕭棣低沈地問。

「會。」陳四家的沒有回頭，堅定地回答。「我會過得很好。」

「這次潼關之行，你們一起走，讓我看到他對妳的好，我才能相信。」蕭棣咬牙說道。陳四家的沈默。

「如果你們不去，那就讓這趟行程無休止地拖下去。」蕭棣竟出言要脅。

「蕭爺，你什麼意思？」允瓔聞言不由皺眉，想也不想便要上前拉開陳四家的，被烏承橋及時攔下。

「好。」陳四家的抬頭看了看允瓔，微微一笑，竟然同意了。

蕭棣這才鬆手，眼中難掩傷痛。

「相公，我陪陳嫂子回去，關大人那兒……」允瓔不放心陳四家的自己回去，轉頭對烏承橋說道。

「我自己去就行。」烏承橋會意，沒意見地點點頭。「路上當心些。」

允瓔點頭，陪著陳四家的出了茶樓，緩步回貨行，一路上，陳四家的始終沈默。

「陳嫂子，其實妳不用為難的，大不了，我們不做這生意。」允瓔終於忍不住開口。他們談了什麼那是他們的隱私，但，她不希望因為貨行的事，讓陳四家的做違心的事。

「不是的。」陳四家的搖搖頭，輕聲說道。「我也想徹底了斷這件事情，他想親眼看到我和四哥過得好不好，他才能放心。」

「那陳四哥那兒呢？」允瓔有些擔心。

「我回去就跟他說，他會理解的。」陳四家的臉上泛起淡淡的笑意。

「陳嫂子，要是陳四哥不願意去，妳也別擔心，大不了我們不做這生意。」允瓔真心說道。

「我只想你們好好的，大家都好好的。」

「謝謝大妹子，我明白。」陳四家的暖暖地笑著，點頭。

兩人回到貨行，陳四正和戚叔在看貨行的排程，她們兩人剛出現在門口，陳四就急急站起來，跑到陳四家的身邊，打量她一番，問道：「怎麼去那麼久？有沒有不舒服？」

「陳四哥，才這麼一會兒，就說久了？」允瓔笑道。「依我看，你是行不得船了，要是出去兩、三天，可怎麼得了喔。」

陳四憨憨笑著，撓撓頭，扶著自家媳婦往裡走。

陳四家的看了看允瓔，笑了笑，和陳四回小院去了。

允瓔垂眸。她知道，陳四家的必定是要和陳四商議去了，她沒有跟上，而是留在原地和戚叔商議這次出行的人員名單。

除了原來的生意要維持之外，又新增了這麼多船，必得再招人手，戚叔前兩天已經著手，這會兒也有了些眉目。

「您說的是之前王莊那邊的人？」允瓔想起之前柯家圍壩時，那兩個索利的婦人。

「沒錯，大家都是靠水吃飯的，雖說現在柯家把水灣還回來了，但，他們見我們現在過得挺好，便想接貨賺些銀子，我這兒已經接收十幾個了，而且他們還派人過去喊人，想來幾天內就能趕到。」戚叔解釋。「還有一件事，我們那水灣現在也還回來了，我們幾個老哥兒想著，在這兒也沒什麼事，他們就想回茗溪灣去，把浮宅重建起來，也算是有個家。」

「行，建浮宅的費用，我們出。」允瓔聞言，立即贊同。「我爹娘還葬在那山上，對我而言，茗溪灣就是我們的家，以後要是累了，還能回那兒去，戚叔，記得讓大家先把浮宅建好了再回，還有，最好是我們這麼多人，每家都能住上。」

「這可得不少銀子呢。」戚叔驚訝地說道。

「沒事，銀子花了，我們還能賺回來。」允瓔笑道。「這次去潼關的人中，最好我們自己的人分一半，還有，讓豐池哥一起去吧。」

允瓔是覺得這次去柯家莊，戚豐池表現十分穩重，又跟戚叔一樣是識字的，想著以後提拔做個管事什麼的，他們也放心。

「好。」戚叔一聽就明白，高興地點頭。

允瓔又問了貨行今天的生意，見沒什麼事才回屋。

忙碌的時間總是過得很快，吃過了飯、洗過了澡，烏承橋還沒回來，允瓔乾脆一邊洗衣服，一邊等他回來。

直等到衣服洗完晾好，烏承橋才一身酒氣的回來。

「怎麼又一身酒氣？」允瓔頓時皺了眉，問罷，慌忙去查看他的臉，見臉上的假膜還在，才略略放心，伸手扶他進門。「跟誰喝的呀？」

「棣哥，他心情不好，便陪了他一會兒。」烏承橋淺笑，坐到輪椅上，敲了敲膝蓋。

「多大的人了，還玩失戀酗酒。」允瓔鄙夷地說了一句，轉身翻了茶葉出來，泡了杯濃茶送到他手裡，又去打了熱水，絞了帕給他淨臉淨手。

烏承橋放下茶杯，由著她擺弄。他雖然喝了不少，但神志還是很清明。

「喝成這樣，喝了多少？」允瓔蹲在他面前，抬頭瞪了他一眼，放下布帕，伸手去取他臉上那層膜。只是，他不知用了什麼辦法，居然摸不出來，她不由好奇，看他戴這個也不是一次、兩次，卻還沒有看他怎麼用過。

「喝慣了我們自家的酒，那些酒哪配稱酒？」烏承橋輕笑，順勢拉過允瓔讓她坐在他腿上，緩緩俯首在她頸間低語。「瓔兒，我愛妳。」

「啊？」允瓔頓時怔住。這一句……怎麼來得這樣突然？

「我愛妳。」烏承橋托起她的下巴。「我很慶幸能遇上妳、能愛妳。」

「你……這是怎麼了？被蕭棣給刺激了？」允瓔忍著心頭那狂烈的悸動，微微側身捧住他的臉，左瞧右瞧，納悶地問：「為什麼好好的說這些？」

「我愛妳。」烏承橋凝望著她。她說得沒錯，他確實是被蕭棣的事給觸動了，直到失去才懂什麼叫愛，多可悲，他不想他和允瓔也這樣，他希望他們能一直這樣相愛相守下去，無論富貴貧苦。

「你……到底怎麼了？」聽到最想聽的話，允瓔反而不淡定，這一切太突然了。

烏承橋到底有沒有醉，一晚過去，允瓔自然而然地知道了答案。

想到他說那句話時的表情，允瓔忍不住笑，那時的他，還真有些傻傻的。

「師傅！我們回來了！」突然，耳邊一聲巨響，驚醒了傻笑中的允瓔。

允瓔抬頭，看到眼前的唐瑭和唐果，不由愣住了，隨即便反應過來，開心地喊。「唐公子，唐果？真的是你們呀。」

「可不是我們嘛。」唐果直接撲上來，抱住允瓔又蹦又跳。「師傅，想死我了。」

「你們終於回來了。」允瓔高興地反抱，拉開唐果看了看，笑道：「胖了不少喔。」

「都是我娘啦，逼著我吃這個補那個，可煩著呢。」唐果嘟嘴，挽住允瓔的手臂說道：「我說師傅，妳剛剛一個人在這兒傻笑什麼呢？」

「沒什麼。」允瓔才不會告訴她真相，抬頭朝唐瑭笑道：「一路上辛苦了吧？我還以為你們最起碼得過了二月才回來。」

「不辛苦。」唐瑭溫和地笑，走過來，目光打量著貨行的門面，滿意地點頭。「倒是妳和烏兄弟，才真的辛苦了。」短短數月，就把貨行做成這樣，真不簡單。

「如何？唐公子可還滿意否？」允瓔指著貨行的前廳，笑盈盈地問。

「滿意，肯定滿意，剛剛我和我哥還在說呢，是不是走錯門了？師傅，妳真厲害。」唐果對允瓔倒是挺信服。「師傅，妳不知道，我娘可喜歡我給她做的拉麵了，天天要吃我做的呢。」

「妳又是溜出來的吧？」允瓔睨著她笑道。

「才不是呢，我這次可是光明正大跟著我哥出來的。」唐果得意地仰著下巴，說完之後四下張望一番。「咦，師公呢？柯至雲那小子呢？」

「雲大哥家裡出了事，這些天，他還在關大人那兒，配合調查。」允瓔嘆氣。

「啊？那小子出什麼事了？」唐果緊張地問。

「先進去說吧。」允瓔笑著拉住唐果的手，對唐瑭點頭。

帶著兩人走過側門，來到小院，烏承橋如往常一樣坐在桂花樹下。自從和蕭棣長談之後，他幾乎常常坐在這兒，大夥兒也知道他有正事要做，便把那一邊空出來，連帶著還約束孩子們不要過來打擾。

而貨行平常的運作，以及有什麼改動，也都是烏承橋每日整理出來交給戚叔去安排。當然，為防突然有人進來，烏承橋現在幾乎一出房就裝扮過。

「相公，你看誰來了？」允瓔高興地喊。

烏承橋抬頭，看到唐瑭和唐果，他放下筆就站起來，大步迎了過來。「唐兄弟、唐姑娘，你們回來了。」

「師公，你的傷好了？」唐果打量著烏承橋，驚訝地問。

「是傷總會好的嘛。」允瓔好笑地看著唐果，果然還是孩子心性。

「恭喜。」唐瑭就比唐果淡定許多，上前和烏承橋擊了一掌，兩人相視而笑。

「師傅，我餓了。」唐果這會兒卻摸著肚子皺眉說道。

「給妳做麵條吃？」允瓔點頭。「你們先坐，馬上好。」

「我跟妳一起。」唐果拉著允瓔左右亂看。「廚房在哪兒呢？」

「這邊。」允瓔朝唐瑭笑著點頭，拉走唐果，有唐果在邊上嘰嘰喳喳的，怕是也說不成話，倒不如把介紹的工作交給烏承橋。正好，他們要離開，唐瑭剛好回來，這下不用愁貨行的事了，有他在，戚叔他們也有個依靠。

允瓔拉著唐果進了廚房，屋裡，柳柔兒正準備麵條，其他幾人正準備午飯。

「師傅，妳又收徒弟了？」唐果一看到柳柔兒，不對，是看到柳柔兒手中拉開的又長又細的麵條，她頓時撲上去，不高興地說道：「師傅偏心，之前我怎麼求妳，妳也就教我一樣，瞧瞧她啦，這個我都不會！」

「柔兒不是我的徒弟。」允瓔無奈地搖頭。「而且妳也不是，妳還是和柔兒一樣，叫我邵姊姊吧。」

「她喊妳邵姊姊？」唐果偏著頭問。

「是呀。」允瓔點頭。「妳不覺得我們的稱呼有點兒亂嗎？妳喊我師傅，妳哥喊我邵姑娘，喊我相公烏兄弟，妳又喊師公，這都什麼亂七八糟的？」

「好像有點。」唐果訕笑。「說起來，師公比我哥還大，他居然喊兄弟，太過了，一會兒我讓他改了去。」

「妳也別再喊什麼師傅啦師公啦，我們又沒教妳什麼。」允瓔藉著機會，說服唐果改稱呼。「這是柳柔兒，妳們倒是年紀相仿，這幾位嬸子是我們這兒專門負責餐點的，外面呢，還有三輛麵攤車子，都是幾位嬸子嫂子一起負責，到時候妳就會知道了。」

「喔。」唐果點頭。

「柔兒，這是唐果。」允瓔給她們介紹。「柔兒，幫忙下兩碗麵條，另外，樓上的空房間好像沒了，讓唐果跟妳一個屋吧，唐公子和雲大哥一起，等有空屋，再另外安排。」
唐果倒是不介意，而柳柔兒如今也對允瓔事事依從，看了看唐果便點頭同意。
允瓔把這兒的事交給柳柔兒，唐果賴在廚房看柳柔兒下麵，她便又出來。徵得唐瑭的同意後，允瓔找人準備兩張床搬進去，又尋了新被褥晾曬，等她做好這些，唐家兄妹倆已經吃好了麵。
午飯時，烏承橋把兩人介紹給眾人，得知這是另外一位大東家之後，眾人紛紛行禮招呼，有幾個還隱隱有些拘束。
不過，這些不是什麼難題，無論是唐果還是唐瑭都不是難相處的主兒，缺的只是時間。
下午，被褥曬得差不多，允瓔又親自給兩人鋪好床，一切妥當才回到自己屋裡。
「師傅。」剛剛進屋，後面就傳來唐果帶著一絲委屈的聲音。
允瓔忙又出來，驚訝地看著唐果。「怎麼了？」
「師傅，那個柳柔兒是什麼人呀？為什麼一直喊柯至雲那小子雲哥哥？他們什麼關係？」唐果嘟著嘴，便冒出一連串的問題。
「呃……」允瓔無語地看著唐果。她倒是疏忽了，怎麼就忘了唐果的小女兒心態呢？而柳柔兒對柯至雲那可是赤裸裸的心思呀，這下好了，把這兩人湊到一個房間……
「師傅，她說的是不是真的？她是柯至雲那小子的未婚妻？」唐果盯著允瓔，神情認真。
「這個……」允瓔正要解釋一下。

卻不料，柳柔兒也跟了出來，一臉疑惑地問允瓔。「邵姊姊，她和雲哥哥是什麼關係呀？」

允瓔頓時一個頭兩個大，看看唐果，又看看柳柔兒，還是決定把這個難題交還給柯至雲自己解決。「雲大哥過兩天估計就回來了，到時候妳們問他唄。」

「師傅！」

「邵姊姊！」

唐果和柳柔兒異口同聲地喊道。

「那個……時辰不早了，唐果一路辛苦，柔兒也辛苦一天了，快去休息吧。」允瓔訕笑著後退，一進去就伸手掩門，喊道：「相公，我突然覺得脖子好痠，你幫我揉揉唄。」

烏承橋在屋裡聽得清楚，聞言走了過來，配合地問道：「哪兒？」說著，手已經伸到她頸上。

唐果和柳柔兒見烏承橋出來，一時有些不好意思。

趁著這機會，允瓔順利地關上門。

「哪兒痠？」烏承橋調侃地看著她。

「哪兒都痠。」允瓔嘟嘴，直接倚向他懷裡。「你那天去找關大人，有沒有問過雲大哥的事呀？按理說，他可是原告，怎麼也要在縣衙這麼多天嗎？」

「問了。」烏承橋將錯就錯地替她按揉著肩。「他沒在縣衙，這些天，帶著捕頭一起去尋證據了，柯老爺的死，其實錢發也有下手，雲哥以錢發謀奪柯家家產為由上告。這一次，錢發在劫難逃了，除此，說不定與錢發有關的那幾家樓坊也差不多走到底。」

「你們什麼時候做了這麼多事？我都不知道。」允瓔立即站直，瞪著他問。

「這些事，有我呢。」烏承橋扳過她，站在她身後，邊按揉邊推著往榻邊走。「妳還是頭疼一下外面那兩位姑娘的事吧，估計她們明天一定不會放過妳的。」

「你這是幸災樂禍。」允瓔哀號。「你剛剛還說這些事有你的呢。」

「我說的是外面的事，姑娘家的事，我可管不了。」烏承橋直接推託道。

「等柯至雲回來，非得讓他……」允瓔嘀咕著。

「讓他如何？」烏承橋忍不住笑。

「算了，外面兩個就夠他受了。」允瓔偏頭想了想，想不到應該讓柯至雲怎麼樣，不由失笑。「好讓他知道知道，桃花好惹債難還是個什麼意思。」

「妳呀，別管那麼多了，他們的事他們自己會解決的。」烏承橋撫了撫她的頭。「睡吧，明天差不多可以去關大人那兒領路引了，我們要走，妳總得去向奶奶問個安，說一聲吧？」

第一百一十九章

決意讓柯至雲嘗一嘗「桃花好惹債難還」的允瓔，抵擋了兩天唐果和柳柔兒的輪流攻擊之後，終於盼來了柯至雲的回歸，一看到柯至雲，她激動的程度並不亞於唐果和柳柔兒。

「雲大哥，你終於回來了。」允瓔第一個迎上去。她本意倒是想提醒柯至雲一下，可沒等她說話，唐果和柳柔兒應聲而出，一左一右圍住了他。

唐瑭和烏承橋已經開始交接貨行的帳目和各種事宜，看到這情況，他們也只是探出頭看了看，一笑置之。

「雲哥哥，你總算回來了，人家等你好幾天了。」柳柔兒比平時說話真嗲了幾分，聽得允瓔一個激靈。

「你們聊，我去幫忙。」允瓔飛快逃了回來。

「丫頭妳回來了！」柯至雲乍然看到唐果，眼中滿滿的驚喜，可是還沒問出下一句，耳朵便是一痛。

「喂，她是誰？」唐果卻是毫不客氣地揪上他的耳朵，貼近大吼道。

「喂，妳怎麼能對雲哥哥這樣？」柳柔兒皺眉看著唐果。

「我喜歡，妳管得著嗎？」唐果揚著下巴，不客氣地還了回去。

兩個姑娘間的暗鬥也因為柯至雲的回歸，瞬間升級為明戰。

「丫頭，妳怎麼還這樣野？」上來就揪耳朵。」柯至雲無奈地拉下唐果的手，打量著她。「瑭瑭呢？妳不會又蹺家出來的吧？」

「你別給我轉移話題，說，她是誰？」唐果沒有抽回手，瞪著柯至雲問道。

「她是柳柔兒，柳家小姐。」柯至雲頓覺不妙。他突然明白剛剛允瓔為何這樣欣喜他的到來，目光游離著打量了柳柔兒和唐果一番，他訕笑著解釋道：「妳們先聊，我先找瑭瑭去。」

「不說清楚別想走。」唐果一把就反拉住柯至雲。

「雲哥哥，她是誰呀？」柳柔兒卻用懷柔政策，眼淚汪汪地看著他。

允瓔躲在屋裡，扒著門，瞧著柯至雲的笑話，這兩天的頭大瞬間被治癒了。她抿嘴偷笑著來到桌邊，看著烏承橋和唐瑭交接，邊笑道：「這下夠他受的了。」

「那位柳姑娘是什麼來路？」唐瑭聞言，好奇地問。

「柳媚兒的堂妹。」允瓔回道。

「我問的是她和雲哥的關係。」唐瑭失笑，搖搖頭。「柳媚兒又是誰？」

「柳……」允瓔頓時笑了，她怎麼忘了唐瑭並不知道這邊的事，當下，把柳柔兒和柯至雲的牽扯說了一遍。

「這樣……」唐瑭聽罷，竟嘆了口氣。「看來，果兒要失望了。」

「唐果怎麼了？」允瓔和烏承橋互相看了一眼。

「她這趟跟著我出來，和我娘鬧翻了，直言要找雲哥，她對雲哥的心思……唉。」唐瑭嘆氣。

「依我看，未必沒有機會。」允瓔卻有不同意見。「愛情不是買賣，也不是妥協，雲大哥對柳柔兒沒心思，反倒是對唐果有那麼一點兒……你們應該懂的。」

「依我說，我們還是別摻和，靜觀其變吧。」烏承橋旁觀者清，輕聲勸道。

「那到時候要是雲哥選了柳姑娘，果兒豈不是……」唐瑭作為一個事事為妹妹的兄長，對這事便不像他們淡定了。

「你現在阻得了她嗎？」允瓔抬抬下巴，示意道。

「雲哥不是要跟你們一起出門嗎？到時候我把果兒留下就好了。」唐瑭微微一笑。「在雲哥沒有想好之前，這是最好的辦法，我不希望我的妹妹將來痛苦，哪怕這個傷她的人是雲哥，也不行。」

唐瑭雖然和唐果是雙胞胎，但行事卻比唐果可靠許多，很多時候，允瓔總覺得他就應該比唐果大好幾歲似的。

「唐兄弟，有一件事，我想還需要和你、雲哥坦言。」烏承橋放下手中的筆，忽地說道。

「何事？」唐瑭有些驚訝。

「瓔兒，去把雲哥請進來吧。」烏承橋抬頭看了看允瓔。

允瓔會意，他這是想向他們攤牌了。

院子裡，柯至雲還被唐果和柳柔兒纏著。

「雲大哥，我家相公有事找你。」允瓔站在門口笑盈盈地喊，難得看到柯至雲這樣狼狽，只是可惜，他們還有更要緊的事要說。

「來了來了。」柯至雲如遇救星，泥鰍似的從柳柔兒、唐果兩人之間鑽出來，繞過允瓔，逃進了門。

「欸。」唐果想也不想地就要追進去。

允瓔忙伸手攔下。「好啦，妳也不怕把他嚇跑了，他們有正事要說，先等等吧。」

「我也是貨行的東家，為什麼我不能聽？」唐果不高興地問。

「他們要說的不是貨行的事，是他們男人之間的事。」允瓔眨著眼，一把拉住唐果。「走，我們去做貨行的事，讓他們說會兒話。」

柳柔兒站在院子裡，看著允瓔和唐果的互動，若有所思。

「柔兒去忙吧，有些事呀，急不來的。」允瓔好意勸了一句。

「好。」柳柔兒看了看關上的房門，也知允瓔說的是實話，便點點頭，沒理會唐果，自己進廚房去了。

「師傅……」唐果把嘴噘得老高。

允瓔睨了她一眼。「說了讓妳別喊師傅。」

「邵姊姊，妳幹麼幫她？妳不喜歡我了？」唐果把矛頭對向允瓔。

「我什麼時候說過不喜歡妳了？」允瓔哭笑不得，拉著唐果站在院子裡閒聊，一邊注意著自己的房門。這會兒，烏承橋應該在說自己的事，雖說這兒來來往往的都是自己人，但也得小心些，別讓人聽了壁腳。

「那妳還幫她。」唐果嘟嘴，怎麼想怎麼不高興。

「妳呀，何必和柔兒置氣？」允瓔嘆了口氣，勸道：「妳喜歡雲大哥，柔兒也喜歡雲大哥，倒不如兩個人公平競爭唄，而且強摘的瓜不甜，要是雲大哥的心不在妳這兒，妳和柔兒賭氣又有什麼用？有時候不是迫使對方離開，妳就一定能贏的。」

「那……我要怎麼做？」唐果連忸怩也不屑裝一下，坦然問道。

「什麼都不要做，更不要針對柔兒。」允瓔眨眨眼。「她對雲大哥的心意可絲毫不比妳少，妳若咄咄逼人，說不定就把他……送到她那兒去了。」

「真的？」唐果猶豫著問。

「當然真的。」允瓔眼睛也沒眨一下，這樣的道理，她可沒騙人。

「那……好吧。」唐果看著允瓔的房門，好一會兒才勉強點頭。「我不換房間了，我就在她邊上盯著她，看她能找著什麼機會？」

允瓔忍俊不禁，卻沒有多說。

「烏家小娘子。」兩人正說著，陳四從樓上走下來，到了允瓔面前，鄭重地說道：「這次出船，我們決定一起去。」

「陳四哥，你們都想好了？」允瓔看著陳四，面對他，她忽然覺得有些對不住。「其實，你們不用急著決定的，哪怕是不做這單生意。」

「我們明白妳的好意，但，我陳四也不是懦夫，我會保護好我家婆娘，絕不會給任何人機會。」陳四搖頭，認真說道。「尤其是那個人，五年前，他就已經沒資格再站在她身邊。」

「可是，陳嫂子現在的狀況，適合上船嗎？」允瓔有些擔心，這害喜本身就是件辛苦的事，萬一因為有孕還暈船呢？

「沒事，她好著呢。」陳四擺手。「我們已經準備好了，我這就去醫館，給她備些安胎藥，不會有事。」

「那……」允瓔還在猶豫。

「放心，我們都做好準備了，不管結果是什麼，我們要去。」陳四看出允瓔的猶豫，反過來安撫道。

「好。」人家都這樣說了，允瓔當然不好再說什麼。

陳四的果斷和專情，讓允瓔深深欽佩，同時，也為陳四家的感到欣慰。五年前，陳四家的失去了一切，卻也得到了一切。

這，就是她所羨慕、所要努力的。

晚上，是不是要跟烏承橋也說一句愛的宣言呢?允瓔若有所思。

「邵姊姊，你們要去哪兒?」唐果等陳四離開後，冒出了一句。「柯至雲那小子也去嗎?」

「去的……」允瓔下意識地回答，等她反應過來，已經收不回來了。

「我心裡有數了。」唐果笑得兩眼彎彎，雙手猛地一拍，朝允瓔說道：「邵姊姊，我先回屋了。」

說罷，不等允瓔回話，直接跑了。

允瓔雖然沒有參與烏承橋和唐瑭、柯至雲的談話，但很快，她就知道了結果。對於烏承橋的真實身分，唐瑭表現得極淡定，反倒是柯至雲顯得激動，要知道，大公子可是他的偶像啊！

烏承橋這番坦白，無疑是給自己找到了兩個支持者，而且，還意外得到唐瑭的主動坦言——

唐瑭，竟是洛城唐家的少東家，洛城商會會長的獨子。

「聽起來好像很厲害？」允瓔對泗縣的家族勢力尚沒有摸清，更別提什麼洛城了，她好奇地問。

「當然厲害。」烏承橋卻是清楚得很，那些年他也不是光顧著玩的。「洛城唐家，曾經出過一位貴妃、十三名皇商，便是如今，也仍是皇商之一，其勢力是在京城也是個中翹楚，之前聽瑭瑭說洛城唐家，我還以為他們只是洛城唐家的旁系，卻沒想到他竟是唐家的少東家。」

「正好，有他在，我們可以放心了。」允瓔指的是貨行的事。

「瑭瑭已經接下貨行的事，按著原定的計劃，我們負責船運，雲哥負責接生意。」烏承橋心情極好。

有了唐瑭、柯至雲、蕭棣、關麒以及邵會長和關大人的全力支持，他不高興才怪。

允瓔很理解他的心情，同時也為他高興。

事情進行到這一步，已然是萬事俱備。

次日，允瓔便和烏承橋一起攜了禮物去邵家。

烏承橋是去找邵會長說下一步計劃，而允瓔則是去向太夫人辭行。

太夫人再不捨，一聽烏承橋要遠行半年的計劃，立即就改口同意，還千叮囑萬叮嚀的讓允瓔千萬爭氣，早些受孕，穩固其正室的位置。

聽了太夫人一番正室論之後的允瓔，看到烏承橋就忍不住笑出來。

「奶奶同意了？這樣高興。」烏承橋驚訝地問。

「奶奶不高興呢，不過一聽你要遠航半年，立即就改口了，還說……」允瓔忍不住樂道。經此次談話，她突然覺得邵太夫人也是個可愛的老太太，雖然那一番正室論說得她很是無語，卻也是老人對她這個孫女的拳拳愛護之心。「她說，讓我爭氣些，趕緊懷個孩子，然後麼……」

烏承橋挑眉，懷個孩子？這是個好主意。

「然後找個知心知底的丫鬟給你，好牢牢保住我正室的位置，還能給自己找個幫手。」允瓔盯著烏承橋，笑盈盈地問：「相公，要不，你喜歡什麼樣的丫鬟？需要為妻給你物色物色嗎？」

「找打。」烏承橋直接瞪眼。除了要孩子是個好主意，其他倒可以無視了。「什麼正室小妾，除了妳，我誰也不要。」

「噗——」允瓔也只是一時玩笑，聽到他這話，心裡更高興。「大伯怎麼說？」

「事情都辦妥了，這邊，他會照應，讓我們不用擔心。」烏承橋長身而立，看著遠處的天際，頗有種揚眉吐氣的感覺。

「蕭爺有消息了嗎？」允瓔站在他身側，目光流連片刻，問道。

「有，三天後準時啟程。」烏承橋回頭，朝允瓔伸出手。「走，回家。」

看著他的笑顏，允瓔忽地想起了那個午後，那一抹傾城的笑，看著他的笑容，允瓔握住他的手。

奶奶的說法放在邵家或許有用，可對她來說，卻不過是一堆笑話，因為他的身邊，要麼只有她一人，要麼……不，絕對不會有第二種可能。

臨行前的三天，眾人都變得異常忙碌。

苕溪灣建浮宅的事，允瓔已經告訴烏承橋，她的本意是想從她和烏承橋兩個人的帳上支取，可柯至雲知道後，卻非要插一腳，接著引來了唐瑭的支持，到最後，更是發起了一次眾人共同籌錢的行動，用他們的話說，修好以後，那就是他們共同的家，不能讓某個人獨攬出銀子的機會。

幾位上年紀的老人以及沒什麼要緊事做的婦人們，更是提出來早些回去運作這件事。

跟隨烏承橋等人出行的人員也定了下來，陳四是被指定要去的，戚豐池是允瓔有意提拔的，田娃兒在行船和帶人運貨方面也是一把好手，阿明作為懂木工的船家，當然也被編在內。

這樣一算，阿康卻只能留了下來，畢竟，這邊還得有個帶隊的幫著戚叔去調度，阿康雖然遺憾這次沒能跟著去見識見識，卻也乖乖聽從了安排。

因為允瓔說，此次出行，柯至雲也要去，而原先柯至雲所做的事，便得都交給他負責。這也是個機會，聰明如阿康，頓時拍著胸膛承諾——一定完成任務。

楊春娘也因為戚豐池要出行，只得交託手上的活兒，跟著一起去。

一大早，蕭棣便帶著他的商隊來了，整整二十三個人，瞧他們的體格，顯然個個都是好手。

當然，蕭棣帶著商隊走南闖北的，沒點本事自然不行。

允瓔不由想起他們的貨行。如果他們貨行想要走遠，這護衛勢必不能少呀，可是，好的護衛又該去哪兒找？

「蕭大哥。」也只有在私下的時候，烏承橋才會喊聲蕭棣為棣哥，這會兒人多，他自然要掩人耳目。「都準備好了，你的貨呢？」

「馬上到。」蕭棣應道，眼睛卻四下裡搜尋著。

允瓔知道他是在找陳四夫妻，站在一邊，沒有作聲。

「雲哥哥，為什麼不讓我跟著去？」柳柔兒淚眼汪汪地跟著柯至雲，一臉不高興。

「戚大嫂要走了，妳再走，妳讓一間麵館怎麼辦？再說，我去做生意，妳跟著去做什麼？」柯至雲撫額。他這兩天可沒少被唐果和柳柔兒折騰，實在是頭疼不已，這會兒他只想著快些離開，一個人清靜清靜。

「可是……」柳柔兒一聽，聲音都哽了哽。「你就這樣把我扔在這兒呀？」

「妳要是做累了、煩了，就回家去吧。」柯至雲很直接地說道。

「雲哥哥……」柳柔兒一副受傷地看著柯至雲。

「我得上船去，還有好多事沒準備呢。」柯至雲避開她的目光，倉促上了船。

「雲哥哥。」柳柔兒追了幾步，追到岸邊上，眼淚已經落了下來。

第一百二十章

「璎兒。」烏承橋留意到了，他朝允璎示意了一下。

允璎會意，轉身到了柳柔兒身邊，伸手拉住她。「柔兒。」

「邵姊姊，雲哥哥他……」柳柔兒像抓住救命稻草似的，緊緊抓著允璎的手。「邵姊姊，我要跟你們一塊兒去。」

「柔兒，我們不是去遊山玩水，妳還是別去了，要是妳還想留在貨行，就幫我做好一間麵館，若是煩了，就回家去，一個姑娘家，總不能老是這樣。」允璎其實剛剛已經聽到柳柔兒和柯至雲的對話，柳柔兒和唐果之間的戰爭，才剛剛拉開序幕，柳柔兒便已經輸了。

「邵姊姊……」柳柔兒失望地看著允璎，說不出話來。

「回去吧。」允璎嘆了口氣。以前她確實是不喜歡柳柔兒，可眼下看到這樣的她，不由心軟，勸道：「妳越是這樣，越會招他煩，還不如靜觀其變，畢竟妳去不成，唐果不也沒出現嗎？」

柳柔兒的眼淚頓時停住，她看著允璎，好一會兒，才眨眨眼睛，重重點頭。「邵姊姊，放心，我一定會努力幫妳看好一間麵館的，等你們回來。」

「嗯，好，不用勉強。」允璎拍拍柳柔兒的肩，笑了笑。

沒多久，蕭棣預定的貨都由商家們送了過來。泗縣這裡的貨不多，也不過是裝了六船，很快就搞定了。

「一路保重。」唐瑭和戚叔、陳掌櫃等人來送行，畢竟這是貨行開業以來頭一次走那麼遠，個個都帶著期待和高興來送行。

「要辛苦你們了。」烏承橋朝幾人拱手。

「咦？怎麼沒瞧見唐果呢？」允瓔四下看了看，覺得奇怪。

「興許是還生氣著吧，昨晚跟我說要跟著去，被我訓了一頓。」唐瑭笑道。「你們快上船吧，等你們離開，我也就放心了，她那脾氣，過幾天就好了。」

「成。」允瓔笑笑，轉身就要上船。

「等等——」就在這時，遠處傳來了關麒的聲音，眾人轉身，只見不遠處一輛馬車疾馳而來，關麒就坐在前頭，急急地朝著他們招手。

「他不會是要跟我們一起吧？」允瓔心裡突然閃過一個念頭，不由指著由遠及近的馬車囁嚅地問道。

馬車很快就停在他們面前，關麒還不等馬車停穩，就跳下來，笑嘻嘻地衝到烏承橋身邊。「表姑父，我要跟你們一起去。」

「你去做什麼？」允瓔皺眉，打量他一眼。

「長見識呀。」關麒理直氣壯地說道。

「你奶奶同意了？」允瓔瞪他。「趕緊回家去。」

「我奶奶當然同意。」關麒不理她，直接走到馬車邊，撩開車簾，朝裡面問了一句。

「是吧？我的好祖母？」

馬車裡坐的還真的是關老夫人，她是特意來給允瓔送行的，讓關麒跟著，也是想給關麒一個歷練的機會。她還送了允瓔四名護衛、一個婢女，除此，她還捎帶了一個被黑布罩著的鳥籠子，據說，裡面都是訓練有素的信鴿。

允瓔無奈，關老夫人的心意又不好推辭；再說了，烏承橋的本意也是要半路離開船隊一程，去聯繫那些離開喬家的老船工和老匠人們，雖說他已經送出消息聯繫單子霈，但，怎麼說，有關麒在，這些人總比單子霈要可靠些。

關老夫人選的那四個護衛，其中就有會行船的、會做飯的，會……總之，看著就不像是護衛，反倒像是家丁，不過這樣一來，允瓔倒是閒了下來，這會兒便坐在船艙裡，和烏承橋、關麒兩個討論起信鴿來。「這東西，靈光嗎？」

鳥籠裡一共有四隻白鴿，看著倒是挺可愛的……允瓔瞧一眼就喜歡上了，但是，讓她真拿這信鴿來寄要緊的信件，她卻沒什麼興趣，又不是沒看過電視，萬一不小心被人打下當乳鴿給烤了，信也落到別人手裡了。

「尋常的信件，還是可以的。」烏承橋笑著點頭，看向關麒。「你跟著來做什麼？」

「我猜，你要行動了吧？」關麒壓低聲音，神神秘秘的湊到烏承橋面前。「所以，我來了。」

「你來了，抵什麼用？」允瓔白了他一眼。「我們是去送貨，可不是你公子哥兒出門遊山玩水。」

「誰說我遊山玩水來的？」關麒不滿地反駁，不理會允瓔，移到烏承橋身邊，低聲問：「大哥，你準備怎麼行動？」

「什麼行動？」烏承橋睨他一眼。「我們的行動，當然是配合著蕭爺來的，下一站應該是鄰縣上貨吧。」

「大哥。」關麒離了泗縣，這會兒船艙又只有他們幾個，便直接喊起了大哥。

「你還是喊表姑父吧，隔牆有耳。」烏承橋抬手就敲了他一下。「還有，外面那些人晚上的住宿，你自己想辦法，別來煩我和瓔兒。」

「表姑父，不能吧，你不管我們？」關麒頓時垮下臉。

「誰讓你公子哥兒出門還帶那麼多人呢？」允瓔在一邊幸災樂禍地笑。

「好吧，我去想辦法。」關麒嘆著氣出去。

允瓔和烏承橋相視而笑。她沒有問烏承橋接下來的行程怎麼安排，反正到地方之後，他自然會告訴她。

一個時辰後，船隊轉出了支流，正式匯入江南運河，允瓔和烏承橋在船艙無事可做，便一起出了船艙，站在船頭領略江南運河的風光。

寬寬的運河上，南來北往的船隊穿行，如井然有序的交通要道般，各行在各自的航道上。到了這兒，漕船便有些不夠看了，因為運河上隨處可見條條大船。

「蕭大哥為什麼一定要用漕船呢？」允瓔有些不解，指著不遠處的船疑惑地問。「用那樣的大船不是更好？一條就夠了。」

「興許是有什麼原因吧。」烏承橋不以為意。

「用那樣的船，少人工，速度還快，這三、五個月的路程，怕是能縮短一半吧？」允瓔羨慕地看著那些大船。

「喂！站住！」就在這時，前面船上傳來一陣騷動，柯至雲的聲音隱隱傳了過來。

「怎麼回事？」允瓔驚訝地問。

「趕過去看看。」烏承橋也不知道出了什麼事，便朝著後面搖船那護衛揮了揮手。搖船的護衛居然還真有些本事，聞言立即加快速度，沒一會兒就與前面的船並行。

只見船頭上，唐果笑盈盈地朝他們招手，一臉得意。

「唐果！」允瓔頓時愕然。

「瘋丫頭，妳這樣出來，跟瑭瑭說了沒有？」柯至雲難得一臉嚴肅地看著唐果。說真的，剛才看到她的時候，他心裡的喜還是多於驚的，但他更知道，唐瑭對唐果的重視，想也不想，他便作了決定。「我馬上讓人送妳回去。」

「喂。」唐果的笑頓時垮下來，瞪著柯至雲問道：「你很失望來的不是柳柔兒是吧？」

「妳瞎說什麼啊？」柯至雲一臉錯愕。

「你要是討厭看到我，大不了，我到邵姊姊船上去，離你遠點兒就是了，幹麼這麼凶？哼！」唐果逕自轉身對允瓔說道：「邵姊姊，我去妳那兒好不好？」

「唐果，妳也太胡鬧了，妳哥要是找不到妳，該有多著急。」允瓔嘆氣。

「哎呀，我還沒那麼糊塗，我在我哥那兒留了信的，他看了就知道了。」唐果無所謂地揮著手。「有你們在，我哥不會擔心的。放心，我一定不會亂跑的，一定會聽你們的話，我保證。」

「瘋丫頭，妳來做什麼？」柯至雲嘆氣。

「我來……」唐果雙手放在後面，大剌剌地說道：「我來盯著你呀，省得你笨得被哪隻肥豬給拱了。」

「妳才會被豬……」柯至雲下意識地反駁，可話出口，忽然覺得不對勁，他可不是豬呀，這話不能說、不能說。

柯至雲完全沒有意識到，自己已經把唐果納入了心裡，也不想想，唐果被豬拱了，他怎麼就成那隻豬了呢？可這會兒，他根本還不清楚自己的心思，只是覺得話不對勁。

允瓔在那邊聽得偷笑不已，沒想到精明如柯至雲，遇上唐果也變傻了。

「唐果，妳真的給瑭瑭留信了？」柯至雲確認道。

「當然是真的。」唐果不滿地瞪他。「怎麼？你不信我？」

「不是不信，我得確認一下啊。」柯至雲無奈道。「既然是真的，那就留下吧，不過妳得答應我，不能任性，得聽我的才行。」

「好哇好哇，都聽你的。」唐果雙眼一亮，一迭連聲應道。

「奇怪，妳什麼時候肯聽我的話了？」柯至雲奇怪地看著她。

「喂，不要太過分！明明是你自己說的，讓我聽你的話，我給你面子還不好啊？」唐果心虛，飄著目光看了看允瓔，好一會兒才朝柯至雲說道：「不要面子算了，我聽我自個兒的，哪，以後這船艙歸我了，你，就睡船板上吧。」說罷，繞過柯至雲，直撲入船艙中。

「瘋丫頭。」柯至雲聞言一愣，待他反應過來，唐果已經搶了他的船艙，關上艙門，他只得瞪著那艙門一眼，轉頭朝允瓔和烏承橋無奈地攤手。「真要留下這瘋丫頭？」

「你決定唄。」允瓔笑嘻嘻地回道。

「憑什麼呀？」柯至雲撫額。

「就憑她是衝你來的。」允瓔眨著眼，幸災樂禍地說。

「衝……我？」柯至雲一臉錯愕，一顆心突然狂跳起來，他忍不住往船艙看去，臉上已經不由自主地浮現傻笑。「這不可能吧？」

「一切皆有可能。」允瓔咧咧嘴，拉著烏承橋回艙，進艙前，她還回頭補了一句。「她的安危就交給你了，不要欺負她。」

柯至雲聽得一愣一愣的，還沒從這又驚又喜的狀態中清醒，他看著船艙，時而皺眉，時而傻笑，完全沒了平時那吊兒郎當的痞氣，更不用提與人談生意時那偶現的沈穩，此時的他，更像個情竇初開的毛頭小子，明明歡欣，卻偏偏還摸不清自己的心意。

「傻呆了。」允瓔趴在船口看了許久，都沒見柯至雲動一下，不由無趣地縮了回來。果然啊，愛情真的會讓人變白癡的，柯至雲的反應就是最好的證明。

唐果當然順利地留了下來，柯至雲也認命地充當她的護艙口使者，夜夜裹著被宿在船艙門外。

而允瓔這邊的關麒倒是好手段，竟找著田娃兒，把他和她的丫鬟護衛們都作了安排，完全沒有影響到允瓔和烏承橋的二人世界。

晝行夜宿，七天之後，他們即將到達吳縣。

如往常一樣，黃昏時分，船隊停下來，楊春娘和幾個婦人湊到一起準備晚飯，蕭棣剛來到允瓔的船上。

「這個你拿著，如有需要，拿這個去皮草商鋪，他們見到，自會幫你。」蕭棣遞了一塊木牌權杖給烏承橋。

「好。」烏承橋接下，點頭。

「真的不需要我幫你安排船隻？」蕭棣問。

「不用，都已聯繫好的，想來這兩天便可到了。」烏承橋搖頭，看著蕭棣說道：「一路上多加小心。」

「我沒什麼的，倒是你……」蕭棣嘆了口氣，拍拍烏承橋的手臂，從懷裡掏出一疊銀票。「這個你帶著，接下來你要用銀子的地方還多著呢。」

「多謝。」烏承橋沒有矯情，接過銀票輕聲道謝。

允瓔一肚子的疑惑，但她很清楚此時不是發問的時候，便安安靜靜坐在一邊，只負責給他們倆添茶倒水。

「弟妹要不要跟我去湊湊熱鬧？」蕭棣轉頭對允瓔笑道。

允瓔心裡一個咯噔，警惕地抬頭看向蕭棣。

「下次吧，下次，我一定帶她去看你。」烏承橋淺笑，看了看允瓔，開口謝絕。「棣哥，陳四哥是個極好的人，你莫……」

「我知道。」蕭棣斂去笑意。他懂烏承橋這話的意思，事實上，這幾天他就沒離開陳四那船多遠，也確確實實看到陳四對肖秀兒的好，那份呵護，是他所欠缺的，他也承認自己做不到像陳四那樣。可是，他不甘心，尋了五年才終於尋到，才相處短短的七、八天，便讓他放棄？

不可能……蕭棣只剩下嘆氣。

面對烏承橋擔心的目光，以及邊上一直瞅著他的允瓔，蕭棣想了想，還是給了一顆定心丸。「放心吧，我什麼都不會做，我只是希望……這一趟能慢些，能讓我再多看她一眼。」

允瓔沈默。

蕭棣此時對肖秀兒的心無疑是真的，可是那又如何？肖秀兒在他身邊那麼多年，他沒有珍惜，如今，真心也沒有意義了。所以，允瓔對蕭棣並不同情，只不過，因為他這些話，心裡的反感和不忿也煙消雲散了。

「晚上一起喝一杯吧？」蕭棣畢竟是男人，很快就隱去了那分落寞，對烏承橋說道。

「不了，喝了酒總會有些氣息。」烏承橋搖頭，看了看允瓔。「天一黑，我們就下船。」

「好，多加小心，我在潼關等你的好消息。」蕭棣也不再多說什麼，伸出手掌。

烏承橋含笑抬起手，擊了一下，兩人握掌而笑。

允瓔看著他們交握的手，心裡飛快分析著這番話裡傳遞的訊息。

今夜，他們要下船行動了?!

蕭棣並沒有待很久，他很識趣地把空間留給烏承橋。

「瓔兒。」烏承橋把權杖收入懷中，卻把銀票全部交給允瓔。「收拾一下，我們下船。」

「好。」允瓔心裡的失落早在他拒絕蕭棣的提議時便消散了，她也不多問，接過銀票便站起來，逕自去收拾他們的換洗衣服。

她的空間裡，還裝著大量的糧食、酒以及必要的東西，頭一次，她把空間利用得如此充分，但是，顯然這會兒把糧食拿出來已經不可能了。

想了想，還是放棄了，有蕭棣的照應，有柯至雲帶隊，他們應該會安排好一切的。

該放空間的東西全部扔進去，餘下的只有一個包裹，沒辦法，掩人耳目的東西還是應該要的。

烏承橋下船前，叩了叩柯至雲的船，柯至雲早就知道他的計劃，也不多話，暗中朝他揮手，至於接下來的掩護，自然是由柯至雲解釋嘍，反正這一路上，他的另一個任務就是不能讓別人知道烏承橋和允瓔不在船上。

涇鎮的碼頭倒也熱鬧，加上離鎮上近，這會兒還有來來往往的行人。

烏承橋拉著允瓔的手，混入人群中，但，走沒多遠，他忽然放緩了腳步。

第一百二十一章

「怎麼了？」允瓔疑惑地問。

「有人。」烏承橋低聲說了一句很奇怪的話，明明身前身後都是行人，他卻說有人。

「什麼人？」允瓔卻是會意，頓時緊張起來。

「不知道。」烏承橋搖搖頭，拉著她的手不放。「我們繼續走，進鎮後找個地方先避一避，看看情況。」

允瓔很想說，她有個神器，但，最終還是沒有說出來。

很快，他們進了鎮，烏承橋眼明手快，拉著允瓔躲到左邊的民房旁，靜靜看著後面的動靜。

「咦？人呢？」沒多久，後面的人上來了，竟然是關麒幾人。

「小麒。」烏承橋鬆了口氣，拉著允瓔出去，皺眉看著關麒。「你做什麼？」

「大哥，說了你去哪兒我去哪兒的。」關麒的語氣隱含著不滿。

「我哪兒都不去，只是來鎮上轉轉。」烏承橋語氣越發的淡。

「大哥，你放心，這幾位都是我爹和大舅爺挑選出來的，既然讓我帶出來，自然是可用之人。」關麒倒是機靈，很快就明白烏承橋的顧慮。

「走吧。」烏承橋聞言，沒有說什麼。這會兒說什麼也沒用，而且他要是沒想到這一層，他剛剛就不會出來。

「好。」關麒高興地應著。

「你帶著他們，別跟太緊了。」烏承橋嘆氣，逕自拉著允瓔先走在前面。

涇鎮不大，很快，他們就找到一家叫平福的客棧，要了一間上房，至於關麒幾人，自然由關麒他們自己操心去。

直到進了房間，允瓔才開口。「讓他們跟著，會不會有影響？」

她沒有問烏承橋的目的地，他這樣做，必有所圖，至於他安排了什麼，他不說，她也懶得知道。

那些，可都是勾心鬥角的東西，參與進去，太累。

「沒事。」烏承橋微笑，伸手攬住她的肩，細細打量她一番，才開口。「沒話問我？」

「沒有。」允瓔搖頭。「你想說自然會說。」

「我們先在鎮上玩幾天，等單兄弟過來，我們去吳縣。」烏承橋的拇指拂過她的臉頰，主動解釋。「據可靠消息，有位老船工如今就住在那兒，要是能尋到他，再去尋其他船工就更容易了。」

「好。」允瓔點頭，一句廢話都沒有。

果然，烏承橋說玩，還真的認真玩起來。連續三天，不是帶著允瓔去吃涇鎮小吃，就是去看有趣的戲曲，踏青、爬山之類的事也沒少幹，可以說，這三天，他們的足跡幾乎踏遍了整個涇鎮。

關麒一行人在後面跟得一頭霧水。

第四天，烏承橋帶著允瓔來到熱鬧的城隍廟，據說這家城隍廟很靈驗，方圓百里的村民們都會到這兒燒香許願。

「來這兒幹麼呀？」允瓔看著那煙霧繚繞的大殿，忍不住皺眉。

「進去看看唄。」烏承橋拉著她，笑道：「據說，這個城隍廟極靈驗的，求財得財，求福得福，求姻緣便有姻緣，求子的更是能心想事成。」

「所以，大哥是想求子嘍？」關麒也不介意當個超級大燈泡，聞言怪笑著說道。

「去去去，瞎說什麼？」允瓔瞪了他一眼，心裡卻隱隱有些期盼。

「走吧，去瞧瞧熱鬧。」烏承橋側頭看了看允瓔，沒有反駁關麒的話。

跟著進香的善男信女們磨蹭兩刻鐘，兩人才到了大殿，一進大殿，允瓔便看到站在門邊的單子霈，頓時便明白了。

「來。」烏承橋拉著允瓔在佛前跪下。「求佛要誠心，別東張西望的。」

允瓔瞪他，又看了看單子霈，示意了他一下。

「快來。」烏承橋伸手扳正她的身子，居然真的很認真地合著掌，對著上頭的泥菩薩閉目許願。

允瓔疑惑地看看他，猶猶豫豫地跟著一起合起手掌。

許完願，一起磕了三個頭，烏承橋居然學人家求籤，不過，他倒是好運氣，竟求了一支上上籤。

「走，解籤去。」烏承橋把籤筒放回去，拉起允瓔往解籤的地方走。

允瓔覺得，這下應該和單子霈打招呼了吧，可沒想到經過單子霈身邊時，烏承橋卻什麼表示也沒有，便連單子霈，也還是那副別人欠他銀子無數的木頭臉。

擦肩而過的兩人，誰也沒有回頭招呼。

這是怎麼回事？允瓔滿心的疑惑。

烏承橋卻興致勃勃地帶著她解籤，他還真如關麒所說，求子嗣，惹得關麒竊笑不已，允瓔的注意力也被他們轉移了。

聽解籤的居士說了一堆吉祥話之後，幾人才從城隍廟出來，又去尋了一家酒樓吃過了晚飯，才回到客棧。

「你不是在等單子霈嗎？怎麼見到了卻不打招呼呀？你們到底在做什麼？」房間裡只剩下兩人，允瓔按捺不住疑惑。

「打招呼做什麼？」烏承橋取下臉上的假膜放好，看著允瓔一臉認真，忍不住逗她。

「不是……」允瓔正要說什麼，看到他那笑，心頭一陣鬱悶。她在這兒替他擔心，可他卻壓根兒就沒想告訴她什麼。「算了，我去洗澡。」

說罷，直接進了小間，裡面有剛剛讓小二送來的熱水。

帶著些許落寞，允瓔脫去衣服，滑進浴桶，溫熱的水一時之間卻還是難以消去心頭那股鬱悶，她看了看左右，也沒了泡澡的興趣，意興闌珊地往前挪了挪，伸手去搆面前的香胰子。突然，烏承橋竟邁了進來，坐在她身後，浴桶裡只有一半的水瞬間滿上許多，險些讓她嗆到水。

「你幹麼？」允瓔回頭看他，帶著一絲火氣。

「一起。」烏承橋卻笑著伸手，把她拉進懷裡，下巴擱在她肩上，低低地問：「不高興了？」

「沒有。」允瓔矢口否認，伸手抓住水下他那雙到處作怪的手。

「還不承認。」烏承橋低笑，細密的吻落在她肩上、頸間，最後停在她耳邊，悄聲說道：「剛剛他已經給了消息，我們明天一早就去吳縣。」

「哦。」允瓔試了幾次也沒能阻止他的手，只好放棄，直接靠在他身上，自顧自地往自己手臂上抹香胰子。

「妳呀。」烏承橋無奈地笑，伸手拿下她手中的香胰子，討好地幫她洗澡，一邊低聲說道：「瓔兒，我答應妳，等到了吳縣，找到老船工，我就告訴妳所有事，好不好？」

他哪裡不知她因何不高興，可她又能否懂得，他只想讓她高高興興的什麼都不用操心的那份心？

允瓔不吭聲。

烏承橋只好扳過她的身子，抵著她的額，哄道：「好瓔兒，莫生氣了好不好？為大給妳賠禮。」

「你……」允瓔感受著他落下的吻，很不客氣地推開他，一隻手已經滑到他腰間軟肉上，瞇起眼威脅道：「說，哪裡學的油嘴滑舌？」

「這還用學？」烏承橋沒避開她的手，看著她的眸光卻是一凝，伸手摟住她的腰，身子前傾，封住她正要出口的話。

「唔……」允瓔整個人一僵，隨即便被帶入他懷裡，那稍許的抵抗也消弭在他的熱情中……

可惡！居然用這樣的方式迴避問題……卻偏偏，她還就對他這一套毫無辦法！

之後，允瓔一想到那夜的妥協，她就牙癢癢的想咬人。

那夜，被他給折騰的，害她第二天跟著上船以後，都只能在艙房裡昏昏欲睡。來吳縣的三天路程，每每她問及這些，他便用這樣的方式待她，這下可好，到了吳縣，一行人都住進了這小院子，她還沒成功找到答案。

「表姑，大哥去哪兒了？」關麒的人都在收拾院子，看到允瓔一個人坐在院子裡皺眉發呆，他走過來，好奇地問。

「又是表姑，又是大哥的，你不覺得奇怪？」允瓔沒好氣地白了他一眼。「他出去自然是辦事去了，一會兒就會回來了。」

「習慣了……」關麒被說得訕然一笑，摸摸鼻子站在她身邊打量滿院的荒涼。「那個……大嫂。」

「怪怪的，有話直說。」允瓔回頭瞅了他一眼。

「大哥那兒，有什麼需要我們做的嗎？這麼多天來，我怎麼覺得他都是在糊弄人呀，是不是……」關麒問得有些忐忑，頓了頓，才鼓起勇氣說道：「是不是大哥還在怨我以前沒幫他？覺得我不配當他兄弟了？」

「你想多了。」允瓔失笑，搖搖頭。「他能帶你到這兒，就說明他心裡有你這個兄弟，要不然，你只會和家寧、家源一樣，只能知道他是烏承。」

關麒一聽，頓時喜上眉梢。「真的？」

「當然是真的。」允瓔點頭，認真地說道：「他都知道以前那是誤會，或許，曾經有一段日子，他也怨過、恨過、心灰意冷過，但，那絕不是現在的他，而且在他心裡，他也是不相信你會和他們一樣的，所以才沒有拒絕讓你發現他不是？」

「有道理、有道理。」關麒開心不已，但，想到了這幾天，疑惑又起。「可是，大哥這幾天……」

「他這幾天確實奇怪，至於原因，我也不知，問了他也不說。」允瓔搖頭嘆氣道。「不過，我們應該相信他。」

「我當然相信大哥，只是，我也想為大哥做點事呀，而不是像現在這樣，無從下手。」關麒苦著臉。「我跟著出來，真不是遊山玩水來的，這些地方我早就來過了。」

「你以前來過吳縣？」允瓔驚訝地問。

「當然，我在吳縣有朋友，曾在這兒住過些時日，雖然說不上吳縣百事通吧，但我那朋友是呀。」關麒忙說道。「這吳縣上到達官貴人，下到哪裡有老鼠洞，沒有他不知道的。」

「他在哪兒？」允瓔頓時眼睛一亮，追問道。

「當然是在吳縣呀，只不過，我還沒來得及去找他呢。」關麒回答，說罷看了看允瓔，有所了悟。「妳想找他辦事？」

「可靠嗎？」允瓔先問了一句。

「當然可靠。」關麒急忙解釋。「他就是吃這碗飯的，收銀子給消息，做他這行的，口風最緊了，妳放心，我去找他，他不會收我銀子的。」

「不是銀子的問題。」允瓔搖頭。這樣的行業，反倒是收了銀子更讓她放心。

「大嫂，妳要跟他打聽些什麼？」關麒見找著可使力的地方，十分積極。

「你去問問，吳縣最近可有老船工落腳？有幾位？什麼來歷？現況如何？還有，誰來打聽過他們，最好也能摸個清楚。」允瓔低聲交代。

「我明白了，大哥是想找喬家離開的那些老船工是吧？」關麒恍然大悟。

「噓！他還不想驚動別人，你問的時候謹慎些。」允瓔忙豎起手指示意道。「快去快回，要是需要銀子，就來跟我說。」

「好，我馬上去。」關麒說做就做，喊了兩個丫鬟過來，留下一個陪允瓔，帶著另一個匆匆出門。

允瓔目送關麒出了院門，心裡才略略鬆懈了一些。

她不知道那單子需有多大的能耐，但現在有了關麒，總比虛無縹緲的單子需要更可靠些，至少，主動權在他們自己手裡。

關麒的線很快就發揮了作用，他出去尋著朋友的第三天，便得到了一份訊息。

允瓔看過才知道，烏承橋這兩天竟然遇上了難題。

原來，單子霈找人也是透過關麒的這位朋友，他花了一百兩銀子得到老船工之一的莫老三的下落，得了地址後，就匆匆報給烏承橋，烏承橋這兩天便是去拜訪這位莫老三。

誰知，這莫老三是被喬承軒那手下老喬頭給迫害出船隊的，對喬家深惡痛絕，同時，也因為在吳縣過得安逸，他早絕了出去行船的想法，如今，已把家裡人都接過來，一家三代七口人，守著小院子，倒也安逸。

烏承橋為了安全起見，並沒有亮出身分，只是請莫老三出來掌舵，順便再把喬家離開的那些老船工們都尋回來，結果遭到莫老三拒絕，昨日烏承橋再上門時，他更是直接把人轟出來。

「吳縣有幾位這樣的老船工？」允瓔聽罷關麒的話，若有所思地問道。

「四位，都是喬家出去的。」關麒笑道。「我們也算是沾了那位單公子的福，因為他的請託，我朋友才特意把吳縣裡所有的船工摸了一遍底細，這不，正好送給我了。」

「他還真黑，一個人就一百兩銀子。」允瓔為這樣的高價咋舌，隨即又說道：「要是我們有消息要賣給他，他給多少錢？」

「這個我卻不知，改天再問問他。」關麒搔搔頭，訕笑著說道。「不知道大哥找那莫老三做什麼？那莫老三也不過是喬家一普通船工，也沒多大本事。」

「他找莫老三，肯定是有原因吧。」允瓔也同樣好奇，不過這會兒憑猜測也無益。「那莫老三有什麼愛好？家裡都有什麼人？都做什麼的？」

「我就知道妳要問。」關麒頗有些小得意，從懷裡拿出一份摺子，笑著打開。「瞧瞧，這上面有那四位老船工到吳縣後的詳細情況……」

允瓔直接伸手搶過來。「有這個不早些拿出來，非要自己說，你累不累呀？」

關麒嘿嘿地笑，倒也沒介意她的舉動，在一邊補充道：「那老莫頭本來就是吳縣鄉下出生，回到吳縣後，就買了個小院子，接了他老伴過來，還有兒子、兒媳、孫子、孫女，平時呢，他就和他老伴在家帶孫子們，在家種種菜，偶爾到集上去擺個攤，他兒子在玲瓏酒樓當跑堂，他兒媳婦在繡莊做工，一家人進項雖然不高，但也算過得去。」

允瓔看著摺子上寫的，微微點頭。不得不說，關麒的朋友很專業，每個人的出生年月、職業、經歷、愛好什麼的，都全了。

「大嫂，等大哥回來，妳把這個給他吧，應該會有用的。」關麒說道。「省得他天天在外面辛苦，還有那個單公子，來歷有些複雜，還是讓大哥小心些，莫和他牽扯太多。」

「單公子怎麼了？」允瓔聽到關麒提到單子霈，頓時捉住那話中的疑點，她正對這人不放心呢。

第一百二十二章

「單家和柯家還有牽扯呢，不過，什麼牽扯就不太情楚了，而且他還和江湖上的幾個黑幫有所往來。」關麒說道。「我朋友沒細說，他只是提醒我要小心這個人。」

「能查到他的背景嗎？」允瓔問道。

「要查嗎？要查的話，我現在就去跟他說。」關麒立即站起來。

「等等。」允瓔卻猶豫了。

「大嫂有什麼顧慮？」關麒打量著她的神情，若有所思。「若是要查，我們可以選個最高價的，付銀子給他，他定會做得隱密，對方不會察覺的。」

「你那什麼朋友，居然把生意做得那麼大？」允瓔驚訝地問。

「他呀，在我看來，他就是個挺好玩的胖子，不過他還真沒做不到的。」關麒說道。

「好，我們付銀子，務必尋到單子霈的背景，以及他接近我們的真正目的。」允瓔咬咬牙，她不能允許烏承橋的身邊有這樣危險的人物存在。

「沒問題。」關麒興奮地點頭，頗有種冒險的感覺。「那我去找他了，這個東西，大嫂記得交給大哥。」

「先不交給他。」允瓔搖搖頭。「我們先自己尋一尋缺口，尋到了再跟他說，省得他一而再、再而三的失望。」

「成，妳決定，有事就告訴我。」關麒點頭，帶著丫鬟走了。

允瓔回到屋子裡，仔細研究起上面的幾個人來。

四位老船工都是喬家商隊最早的船工，他們從喬家商隊組建開始就進去做事了，就好像苕溪灣的鄉親們在他們貨行一樣，都是元老級的人物。

但，這四位老船工雖做事穩妥，卻又木訥老實了些，做了這麼多年，也只是個掌舵的老船工，並沒有像老喬頭那樣成為管事。

他們在喬家，可以說是平平淡淡、無功無過的那種。

允瓔不由奇怪，但，她心裡還是相信，他既然找他們了，必定有必須找的理由吧。

收起這些心思，她開始細細琢磨著摺子上的人物關係，居然還真讓她找出了一絲線索。

莫老三和另一位老船工劉根茂是兒女親家，劉根茂好酒，時常和這莫老三一起啜上兩口，而劉根茂的大兒子劉一樹卻是個爛賭鬼。

前不久，這劉一樹還欠下賭債，險些把自個兒的婆娘給賣了，最後還是劉根茂湊錢，莫老三相幫，才勉強還上那賭債的本金，而利息卻還沒還清。

賭債利息沒還清……看來，劉根茂家裡的安逸只怕是要走到頭了。

允瓔細細把這些線索捋了一遍，心裡有數了。

放好摺子，允瓔從空間取了兩瓶兌過的酒，出了房門，叫上餘下的那個丫鬟，準備出門。

「小娘子要出門？」那幾個護衛聽到動靜，跟了出來。

「是呀，出去走走。」允瓔想先去劉家看看。「你們留兩個在家看著吧，若我相公回來，就說我上街去了，稍後就回。」

「是。」四個護衛應下，很自動的就出來兩個人，一個高瘦個子，一個卻是敦實的漢子，這兩人一個叫邵陸，一個叫邵柒，餘下兩個叫邵玖、邵拾伍。

帶著一丫鬟和兩個護衛，允瓔按著摺子上的地址，來到南城區的平民聚集地，這一片住的都是窮苦百姓。

有邵陸和邵柒在，倒也不用允瓔親自出面打聽，很快，他們就來到劉根茂的家。敲開了門，一老漢出來應門。「請問，你們找誰？」

「請問您是劉根茂大叔嗎？」允瓔客氣地問。

「我就是，小娘子是？」劉根茂細細打量允瓔幾人一番，或許是覺得他們不是壞人，明顯鬆了口氣。

「我夫家姓烏，今天是特意找您的。」允瓔笑著解釋，目光越過老人看向院子裡，院子一邊的土被翻過，種著不少的菜，另一邊晾曬著打了補丁的衣服，屋子也是普普通通，顯然劉家的日子並不好過。

「找我？」劉根茂驚訝地看著允瓔，想了想，還是猶豫著請他們進門。「請進來說話吧。」他在喬家做事這麼多年，待人接物的道理自然懂得一些。

「劉大叔現在身體可好？」允瓔邊走邊關心地問。

「好，好著呢。」劉根茂一頭霧水，疑惑地打量著允瓔問：「小娘子，恕老漢眼拙，妳說的烏家是哪一家？」

「劉大叔，我家相公是泗縣五湖四海貨行的東家之一，聽說您和幾位老船工離開喬家，有意想請幾位坐鎮，這不，我就來了。」允瓔直接說明來意。

「你們是怎麼知道我們在吳縣的？」劉根茂聞言，頓時警覺起來。

「吳縣不大，想打聽幾個人還是方便的。」允瓔笑道。「劉大叔，我們貨行剛剛開始，需要經驗豐富的老船工坐鎮指點，您要是願意，要什麼樣的待遇，儘管開口。」

「妳剛剛說，你們是泗縣的？」劉根茂猶豫著問。

「是的。」允瓔點頭。

「不好意思，你們還是請別人吧。」劉根茂連連搖頭。

「劉大叔，您是顧忌喬家吧？」允瓔笑道：「您放心，只要你們在我們貨行一天，喬承軒他便一天不會動你們的。」

「你們還是走吧。」劉根茂還是搖頭。「走吧！」

「劉大叔……」允瓔還待再說，劉根茂卻逕自進了屋，關上屋門，把他們幾人都晾在院子裡。

「欸，你這老頭怎麼這樣？」跟在身邊的丫鬟有些看不過去。

「算了，我們先走。」允瓔攔下她，看著緊閉的房門，她示意丫鬟把兩罈酒放在門邊，提聲說了一句。「劉大叔，我們先告辭了，您先考慮考慮，我們明日再來。」

屋裡一片安靜。

但允瓔知道，劉根茂必定聽到了。帶著人出了院子，閒步走在街上，邵柒開了口。「小娘子，為何不從他兒子那兒下手？」

「怎麼下手？」允瓔淡淡地問，沒有停下腳步。

「俗話說，拿人手短，如果我們在賭坊討債的時候上門，幫他們一把，那老頭子會不會……」邵柒的辦法倒還算溫和。

「這事交給你去辦，記得，強摘的瓜不甜。」允瓔叮囑道。

「是。」邵柒挺高興地接下差事。

「這兒是三百兩銀票，也不知道那人欠了賭坊多少銀子，你帶著，有備無患。」允瓔伸手在腰間摸了摸，實際上卻是從空間裡取了三張銀票出來，遞給邵柒。

邵柒領命而去。

允瓔則帶著丫鬟和邵陸回臨時的家。

烏承橋還沒回來，邵玖和邵拾伍在院子裡劈柴挑水。

邵會長這些護衛們也不知道是怎麼練出來的，看起來就跟尋常家丁無疑，又或者可以說，他們比尋常家丁更會辦事，能做飯能打掃，至於功夫，允瓔卻還沒見識過。

等到天快黑時，烏承橋才回來，神情間依然帶著些許鬱色，不過，一進屋，到了允瓔面前，便又是那淺笑輕語的樣子。

允瓔照樣不去戳破他，也不提今天的事情，在她看來，事情沒成功，說了也只是徒增他的煩惱。

關麒那兒依然沒有調查出單子霈的消息，倒是邵柒這邊，第三天便有了動靜。

賭坊的人找上門去要債，對劉家來說，無疑是雪上加霜，之前連莫老三的銀子都湊出來才勉強把本金還上，可現在，利滾利之下，其金額已超過了那本金。

聽到堵坊的人報出比原來高出不知道多少倍的金額時，劉根茂險些暈過去。

八十兩銀子！

對一個普通百姓人家來說，尚且是負擔，更何況是劉家這樣已經家徒四壁的人家？

只是，那賭坊也實在是黑，之前欠的利息也不過是二兩銀子，可這才幾天？

這些人，無疑就是在喝他們的血呀！

劉根茂梗著這口氣，氣得手直抖，連說都說不全了。

就在那些人要抓走劉一樹的媳婦時，邵柒出現，一次還清了所有的銀子。

「你怎麼跟他們說的？」允瓔問道。

「我跟劉老頭子說，是小娘子吩咐我在那兒保護他們的。」邵柒壓低聲音說道。「劉老頭很意外，但是，他讓我帶一句話給小娘子，他想當面感謝小娘子。」

想見她？看來事情有戲了。

允瓔也不耽擱，立即帶著人前往劉家。

劉根茂開了門，看到他們便什麼話也沒說，直接讓他們進去了。

堂屋裡，劉家人都在，劉根茂的老妻已經故去，女兒嫁到了莫老三家，這裡便只有兩個兒子，都成了家，這會兒各自帶著孩子等在堂屋裡。

「多謝小娘子援手。」劉根茂心裡再怎麼疑心賭坊那些人來得巧合，這會兒卻也說不出別的話，允瓔的人幫忙還了債是事實。

「劉大叔客氣了。」允瓔微微一笑，沒有否認自己的援手。

「小娘子聰慧，老漢我也就不拐著彎說話了。不知道小娘子找我們這些老船工，為的是什麼事？」劉根茂請允瓔坐下，一本正經地問。

「自然是拓展船隊。」允瓔笑道。「具體要做什麼，我也不知，只是這幾天，我家相公屢屢碰壁，我便想著幫他分擔一二，所以才來了這兒，劉大叔若有意向加入，我可以帶我相公過來。」

「妳家相公？可是那位烏公子？」劉根茂問道。這幾天沒少聽他家親家公提起這事，沒想到莫老三那兒頂住了壓力，他卻栽在這小娘子手上，不由苦笑。

「正是。」允瓔笑著點頭。「我家相公可能還不知道你們的地址，莫大叔那兒又一直沒有進展，要不然早就來請您了。」

「小娘子，妳都找到這兒來了，烏公子卻不知道我們的地址？」劉根茂有些不信。

「事實上，我也不知道他知不知道。」允瓔嘆了口氣。「這些事，我家相公怕我聽了操心，所以，回家一直未提過，我還是見他這幾天不太開心，才讓人打聽了一下，而且，我也想給他一個驚喜，所以也不曾告訴他。」

「原來是這樣。」劉根茂雖然疑心未解，但也沒再問什麼。「讓我去，也不是不可以，我得先安排我這一家老小才能去。」

「行。」允瓔笑道。「大哥大嫂想留在吳縣做小買賣也好，跟著去泗縣也成，或是回鄉務農也可，只要你們提出來，我一定盡力幫你們做到。」

「還有，我只做到還清妳幫我兒還債的那銀子，我就回家。」劉根茂又提了一條。

「好。」允瓔想了想，點頭。她要做的就是先把人收進來，至於他們要做什麼，還得看烏承橋的。

「妳不先問問烏公子？」劉根茂驚訝她的爽快，反而提醒道。

「這點小事，我還是能作主的。」允瓔微笑。「劉大叔若願意，我明兒一早就帶我相公過來，如何？有什麼話，都可以當面說，你們有什麼需要我們幫忙的，也好好想想。」

「行。」劉根茂猶豫著點頭，嘆了口氣。離開水上的生活也不過幾個月，沒想到這麼快又要回去那漂泊的日子。

允瓔目的達到，也不久坐，便起身告辭。

「小娘子，昨兒妳落了兩瓶酒在這兒呢。」劉根茂想到一件事，忙起身去翻找。

「劉大叔，那本來就是送給您的，您留著喝吧，自家釀的酒，您別嫌棄。」允瓔微微一笑，帶著人離開劉家。

事情發展到這兒，允瓔也不瞞著烏承橋，當晚，便把事情告訴了他。

「妳是說劉叔？」烏承橋一聽，驚訝地擁被坐起來。

「嗯，等你明天去見他呢。」允瓔點頭嘆道：「你呀，有事也不說，早說出來，我們也不用費這麼多周折了。」

「我只是不想讓妳跟著我煩心。」烏承橋見自己拉起大半的被子，忙又躺回去，把允瓔重新裹好，才側支著頭看著她，歉意地說道：「可還是讓妳操心了。」

「喂，我是你的誰？」允瓔沒好氣地伸手捧住他的臉，使力揉了揉，嘟嘴說道：「那個單子霈又是你的誰？你寧願相信他，都不願意相信我呀？」

「妳是我的妻唄。」烏承橋失笑，握住她作怪的手按在自己胸口。「瓔兒，辛苦妳了。」

「我不想聽這些。」允瓔搖頭，認真地看著他。「我不想當你的金絲雀、菟絲花，我只想與你並肩，無論是揚帆起航還是策馬狂奔，我都希望，站在你身邊的人是我，只能是我。」

烏承橋低頭看著她的眼睛，心裡暖暖的，這就是他烏承橋的妻。

「聽到了沒？」允瓔見他不吭聲，有些不高興，手被他握住了，便乾脆抬起腿纏上他的腰，故作凶狠地宣告道：「只能是我，就算單子霈是個男的，也不行！」

允瓔乘機表示了不滿，烏承橋倒也受用，哄得允瓔鬆了口，才娓娓說起自己尋莫老三的真正原因。

「喬家商隊留守在附近的管事姓莫，是莫叔一遠房的姪子，喬承軒如今遠在京都，家裡的生意盡數交給了這些管事，但他生性多疑，覺得自己剛當上家主，加上那些老船工的離開，所以，與老船工有關的人一律被調到了別處。那些人，現在也就莫叔的姪子還做著管事，只要我們能把他收進來，就等於把喬承軒留下的人全部收羅，這樣，我們接下去的事情就容易很多。」

「原來是這樣，我還以為你要請他們幾位回去坐鎮呢。」允瓔這才知道自己會錯了意。

「妳想得也沒錯，他們幾位都是經驗豐富的老船工，大運河上哪裡有淺灘？哪裡有暗礁？哪裡能走得哪裡走不得？他們心裡一清二楚，若有他們相助，我們用大船遠航便指日可待了。」烏承橋笑著安撫道：「等收羅下那些人，喬家餘下的生意再無船可運，到時，喬家那兩個女人必會焦頭爛額，說不定她們還會求助到我們貨行裡來。」

「乘機接手喬家的生意？」允瓔挑眉。

「喬家必亂，到時幾個船塢、船隊自然得易姓。」烏承橋的笑帶著幾分冷意。

允瓔看得不舒服，伸手戳著他的嘴角。「別笑得這樣嚇人。」

烏承橋的笑頓時柔和下來。

「那你明天不去了？」允瓔又問，有些小小的犯難，那邊都已經說好了呀。

「去。」烏承橋卻點頭。「他們為喬家做了這麼多年，我不能讓他們到老反受這樣的苦，無論如何，也得安頓好他們才行。」

「就知道你最好了。」允瓔不再糾結這些，側身倚進他懷裡，找了個最貼合的位置閉上眼睛睡覺。

第一百二十三章

一晚安眠。一早，夫妻兩人便出門前往劉家。

烏承橋有意聘回這些老人，自然不會瞞著身分，把劉根茂往堂屋裡一喊，私下就亮了身分。他算得沒錯，這些老人，從船隊初建便進了喬家，對喬老爺和喬夫人都有著深厚的感情，一聽大公子是被陷害出門的，二話不說，跟了。

有了劉根茂的幫助，接下來的事情便順利許多。

允瓔提出的條件頗豐，其他幾位老船工也紛紛加入。

莫老三更是沒什麼猶豫，直接對烏承橋說道：「我早就懷疑你是大公子，結果你非瞞著，要是你早亮出身分來，哪用這樣囉嗦？」

面對這樣的質問，烏承橋只得苦笑。他是沒把握呀，而且，莫老三連說話的機會都不給他，他總不能站大街上喊自己就是喬大公子吧？

不過，不論怎麼樣，這趟吳縣之行也算是沒有落空。

但，事情完成了，烏承橋卻沒有離開的意思。

終於，神龍見首不見尾的單子霈登門了。

換下了柯家護衛服的單子霈，穿著一襲藏青色長衫，倒也氣度不凡。

一來，他就和烏承橋進了書房，半天不出來，允瓔看著那房間，幾次皺眉。

就在這時，出去幾天的關麒回來了。

「大嫂，我查到……」關麒興沖沖的，一看到允瓔就喊。

「小聲些。」允瓔一聽不對，忙阻攔道。開玩笑，被他們調查的正主兒這會兒正和烏承橋一起呢。「你大哥和單公子正談事情呢，你嘰嘰喳喳的做什麼？」

關麒立即會意，壓低聲音。「查到了。」

說罷，私下遞過一份摺子。

摺子很薄，允瓔瞄了一眼，只有薄薄的兩頁，前面寫著單子霈的家世，倒是與他自己說的相符，包括在柯家做護衛那一段，三言兩語的，倒也對上，至於其他的，卻再也沒有。

允瓔隨後把關麒扯進廚房，低聲問道：「能查得出他的目的嗎？」

「查不出來，他這麼多年的勢力估計也不小，好幾次險些被發現了。」關麒也擔心。

「不過，可以盯著他的動靜。」

「小心些，別被他察覺了。」允瓔嘆氣。「現在，我們可禁不起他的任何小動作。」

「知道啦。」關麒會意，又返身出門去。

允瓔收好摺子，看著書房的方向緊鎖了眉。

之前關麒得來的消息，單子霈的那些勢力，與大運河上的有關，他完全有吞下喬家獨霸大運河的野心，那麼既然他有這樣的勢力，當時為什麼又要找上沒有任何依仗的烏承橋呢？

疑惑盤旋在心裡幾天，允瓔這次倒是沒有貿然行動，她在等關麒的消息。

只是，關麒的消息還沒收到，單子霈卻找上了她。「烏夫人。」

允瓔當時正在廚房燒水準備泡茶，對單子霈的突然到來，很是詫異，當然，也是她派人調查他，這會兒心虛所致。她愣愣地看著單子霈，沒注意茶壺裡的熱水已經滿出來。

「水溢出來了。」單子霈神情淡淡地提醒。

允瓔收回目光，低頭看了看，忙放下水壺，七手八腳地尋了抹布抹去桌上的水，藉此掩飾她的失態。

「烏夫人，不知可有空聽我說幾句？」單子霈看著允瓔。

「你不是正說著嗎？」允瓔聽著好笑。

「不知我可有得罪烏夫人的地方？」單子霈繼續說道。

「你想說什麼直接說吧，別夫人長夫人短的，我可不是什麼夫人。」允瓔把抹布一扔，抬頭直接迎視他的目光。

「妳似乎對我有偏見？」單子霈見允瓔這火槍筒似的話，不由失笑。

「沒錯。」允瓔很直白地點頭。

「為何？」單子霈更是驚訝，他驚訝她的答案，更驚訝她的直白。

「你倒是先說說，為什麼會這麼問？」允瓔雙手環胸。

「感覺，妳的眼睛告訴我，妳不喜歡我的到來。」單子霈說道。

「你又不是金子銀子，哪條規定誰都要喜歡你？」允瓔不屑地回應道。

「別人我是管不著，但妳是烏兄的妻子，我不能不管。」單子霈聞言，不由苦笑。

「行，既然你把話說到這分兒上了，我也就不藏著掖著，我們打開天窗說亮話。」允瓔聽到這兒，抿了抿唇，正色看著單子霈問：「你到底為了什麼接近我家相公？」

「妳不知道嗎？」單子霈驚訝道，不過，目光隱約流露一絲欣賞。「自然是尋找合作而來，烏兄也需要助力不是？」

「我家相公確實需要助力，但是你呢？你有你的人脈，就算沒有我們，你一樣可達到你的目的。」允瓔緊緊盯著單子霈，聲音不大，卻問得氣勢十足。「柯家勢大不假，但憑你之力，完全不需要助力，再說了，現在柯老爺已死，柯家已散，你又是為了什麼繼續與我家相公合作？還有什麼需要合作的？」

「大運河。」單子霈聽到這兒，反而放鬆下來，淡淡說了一句。

「這麼說，我們是競爭對手，更沒有合作的理由嘍。」允瓔瞇了瞇眼。「你又是為何而留下？」

「我確實有些人脈，但，那不足以讓我拿下大運河，我也吃不下那麼大的一塊餅，所以，我需要合夥人，而大公子就是最合適的人選，所以我來了。」單子霈勾了勾嘴角，竟也認真地回答。「這些，大公子都知道。」

「他知道是他的事。」允瓔頓時哼了一聲。「你從一開始，就盤算好了這一步是不是？」

「差不多。」單子霈點頭。「這些從一開始，我便和大公子細說過，所以，他才如此信任我。」

「你對付喬家，只怕沒這麼簡單吧？」允瓔有些咄咄逼人地問道。「你要對付誰？」反正都說到這分兒上了，也不差這一句。

單子霈看著她，反而笑了。「妳的消息倒是挺靈通，這些天就是妳找人跟蹤我的吧？」

「沒錯。」允瓔承認。「我得知道你出現在我家相公身邊的真正原因。」

「放心，我要對付喬家的那位，也正是大公子要對付的那些人。」單子霈笑起來露出幾顆白牙，倒是讓他那張木訥的臉生動許多，他打量允瓔一番，繼續說道：「妳既然有這個本事查到我的底細，倒不妨騰出空去查查喬家那幾個人的老底，說不定還能幫到大公子。」

「什麼意思？」允瓔皺眉。他的話中有話，讓她聽了很不舒服。

「喬家，到底是誰主張將大公子除名？又是誰暗雇了凶手？大公子當年所見，又是擋了誰的道兒？這些，妳清楚嗎？」單子霈問道。

允瓔頓時沈默，她真不知道。

「看來，大公子還是把妳保護得太好，妳什麼都不知道。」單子霈的笑意多了一絲嘲諷。「他難道不知道一個女人的疑心會壞了所有的事嗎？」

說罷，深深看了她一眼，轉身離開。

允瓔卻心潮起伏，久久難以平靜。

她不得不承認，他最後說的那些，也確實是她想要知道的。

當夜，允瓔選擇和烏承橋坦言，包括她對單子霈的調查，也包括今天單子霈和她的談話。

烏承橋聽罷，哭笑不得。「妳呀，真的是想多了，我只是不想讓妳操心，才沒有告訴妳這些。」

「相公，我知道你心疼我，可是，你有沒有想過，你不想讓我操心的原因裡面，有沒有一絲不相信我能幫你的想法？」允瓔嘆氣。

「我沒有。」烏承橋急急解釋。

「你有。」允瓔打斷他的話，幽怨地看著他。「你還是覺得我是女人，或許還會覺得我要是胡亂行動會拖累你，像今天，單子霈的話不就是那個意思嗎？」

「瓔兒，我真沒有。」烏承橋嘆氣，伸手欲攬她。

允瓔避開，很認真說道：「我不會問你要做什麼，那些事，我會自己去查，我會證明給你看，我允瓔是完全有能力與你並肩站在一起的。」

「傻瓔兒，我真沒有。」烏承橋幾乎苦笑，伸手拉住她，扶著她的肩膀，平視她的眼睛。「我根本沒想那麼多，也正是我相信妳能，才沒有告訴妳這些，只是，我沒想到妳對單子霈成見那麼深。」

「不是成見，我對他能有什麼成見？」允瓔白了他一眼。「我只是有戒心，畢竟經歷了這麼多事，而你，如今還是很不安全的好不好？對單子霈這麼信任……」

「好啦，是我不對。」烏承橋低笑，哄道：「如今倒還真的有事需要妳幫忙呢。」

「現在才想到我了？」允瓔嘀咕一句。「什麼事呀？」

「船塢那邊的事已經行動了，再過一段時日，喬家必會撐不住，到時候，我想以妳的名義買下船塢。」烏承橋低聲說道。

「姓邵？」允瓔驚訝地問。

「妳不是說妳叫允瓔嗎？」烏承橋笑道。

「可是，沒有戶籍名帖也能買嗎？」允瓔皺眉。她是叫允瓔沒錯，可是，她在這個世界沒有身分呀。

「戶籍名帖而已。」烏承橋不以為意。「單兄弟會想辦法的。」

「相公，這樣做合適嗎？」允瓔有些擔心地看著烏承橋。

「沒什麼不合適的，現在只是暫時，等到事情蓋不住的時候，再轉回我名下也是一樣的。」烏承橋倒是頗有自信。

「好吧。」允瓔猶豫了一會兒，點頭應下。

這一夜，烏承橋把他和單子霈的計劃和盤托出，夫妻兩人一番長談，倒是達成相同的意見。

他們的事，允瓔還是不插手，她還是做她的事，只不過，矛頭指向了喬家。

但是，半個月下來，卻是一點線索也沒有，甚至，種種跡象表明，那些人個個都是遵紀守法的好人、大善人。

允瓔不由無奈，唯一能做的，也只有讓關麒繼續關注那邊的線索。

烏承橋這邊，倒是有了些眉目。

這一日下午，他從外面回來，向允瓔詢問銀子的事，告訴她，吳縣外不遠的船塢已經到手了，那個船塢只有泗縣那邊的一半大，人也少，如今泗縣那邊出問題，喬二夫人和柳媚兒沒辦法，只好捨棄這裡，抽銀子回去救泗縣的船塢，畢竟，那一個是喬老爺當初的發家地，意義不同。

「喬家的人一個也沒出來幫她們？」允瓔現在對喬家的事瞭解頗多，再不像之前那樣了，她好奇喬家人的反應。既然喬承軒是他們扶上去的，那麼，他們這個時候怎麼會不幫忙呢？

「不踩一腳就算客氣了，還幫。」烏承橋冷笑。「妳記得柯家的事吧，在骨子裡，喬家那些老頭子們和柯家那些人沒什麼區別。」

「他們不會是利用喬承軒趕走你，現在又想對喬承軒出手了吧？」允瓔突然想到一個可能，不由倒吸了一口涼氣。「他們想謀家產？」

「未必不可能。」烏承橋點頭，嘆了口氣。

「你買下船塢後，準備怎麼處理？」允瓔拿出銀子交給他，問道。

「自然是好好經營，以此為據點，除了泗縣的船塢之外，江南運河上的其他幾個船塢，一個都不能放過。」烏承橋低低說道。「我絕不會讓他們占這個便宜。」

「這樣的話，這些銀子還是不夠呀。」允瓔默默算了一筆帳。船隊出行時，她把貨行的帳和銀子都交給了唐瑭，自己身上帶的只是些許散碎銀子，再就是蕭棣給的那一疊銀票，但，按他們這個動作，這點銀子也是不夠看的，所以還得去賺錢，賺更多的錢。

可是，怎麼賺呢？

一時，允瓔也沒有好點子。她本來就沒什麼生意經，對船塢的運作更加不懂。

「我會想辦法的。」烏承橋笑著伸手撫了撫她的臉。「我先去準備，明兒，我們一起去船塢看看。」

「好。」允瓔點頭。

「今晚可能會晚些回來，妳莫等我，早些休息。」烏承橋叮囑了一句。

「要出去喝酒？」允瓔挑著眉問。

「幾位幫忙的朋友，事情成了總得請他們喝幾杯。」烏承橋微微一笑。

「那你可別喝醉了。」允瓔不放心地叮囑，心裡不免嘆氣。這酒桌上才能談事的惡習，古今共通呀，唉。

「我有分寸的。」烏承橋點頭，帶著銀票出門去了。

允瓔也沒把這事放在心上，逕自按自己的思路做事。

她把關麒收集來的摺子翻出來重新看一遍，細細尋找著其中的蛛絲馬跡，但，翻來覆去也就是這些東西，根本挑不出不對來。

允瓔想得頭都疼了，決定還是自己出去看看。

烏承橋之前帶她去的，大多是好吃、好看的地方，至於民情風俗，卻是沒有關注過呢，他們貨行既然要做特產生意，瞭解當地的市場是必不可少的。

吳縣也是臨水，這方圓數百里，以船為家的人太多太多，平日裡隨意一撒網，就是一網的魚，於是，河鮮便宜的程度，幾乎已經到了乏人問津的地步。

允瓔出去逛了一圈，把與河鮮有關的生意在心裡全過了一遍，卻沒發現一個能快速賺錢的生意，只好帶著丫鬟、護衛回轉。

回到家，烏承橋已經起床，洗漱完畢正等著她。他昨夜回來得有些晚，不過，倒是沒喝多少酒。

事情辦妥，船塢跟了允姓，他心情自然極好。

「瓔兒，去哪兒了？我們該出發了。」烏承橋笑著迎到院子裡。

「我去街上了。」允瓔這才想起，他昨天說過要去船塢的。「都要去嗎？還是晚上回來？」

「晚上回來。」烏承橋應道。「邵陸、邵柒一起去吧，我們先去看看情況。」

「好。」允瓔點頭，交代韻兒和邵玖、邵拾伍看好家，便跟著烏承橋出門了。

他們來時坐別人的船，所以這會兒去船塢也只能雇船，所幸，碼頭別的不多，就是船多，沒一會兒就尋到一艘看起來乾淨些的船隻。

吳縣外的船塢也不算很遠，小半個時辰後就到了地方，單子霈已經等在那兒。

允瓔付了船錢，一行人上了埠頭。

這船塢只有泗縣那個一半大小，看著房屋也簡陋許多，大多都是小木屋，只是，這兒地處小山腳，有一半的屋子貼山而建。

「怎麼樣？」烏承橋一下船便問。

「人都齊了。」單子霈看了看允瓔，竟微微一笑，點點頭。

「走。」烏承橋扶了允瓔一把，帶著她往前走。

埠頭的木板有些已然殘損，上面又另外釘了新的木板，看著也有些年頭，順著這條木板橋往前只有一條船，沿著山腳蜿蜒。

允瓔遠遠望去，山腳的中央，才是造船、修船的操作臺，此時正懸著一條船，兩邊也搭起了木架子，工人卻不見一個。

再往那邊看，還有幾條新的小船懸著，有些還未完工。

「船塢裡，一共有十三名工匠、二十個雜工，以及他們的家眷，要不要把他們都清出去？」單子霈邊走邊問。「原來喬家留下的管事，因為辦事不力，被喬家解雇了，他的意思是，還想留下。」

「那些有家眷的，一共多少人？」烏承橋問。

「算上老人孩子的，有百多號呢。」單子霈瞭解得倒是詳細，他指著那山上的房子。「從一開始的幾家，到現在拖兒帶女、親戚拉親戚的，那上面差不多快形成一個小村子了，這麼多人清理起來，可得費不少的勁。」

「為什麼要清？」允瓔有些不解，輕聲問。

第一百二十四章

「他們原先都附屬喬家，最早的時候，還是靠他們家的人在船塢做事賺的那點銀子過日子，可慢慢的，他們便是舉家靠著喬家吃飯了，現在喬家撤出了這兒，自然不會去管他們，而我們，接手的只是船塢，可不包括他們這麼多人。」單子霈瞅了允瓔一眼，淡淡解釋。

允瓔點點頭，表示理解。他們現在也是初初成立，養這麼多人，當然不可能；再說了，這天下也沒有白吃的午餐，他們也沒有那個義務去白養著這麼多的人。

「那些人，再說吧，願意留下做事的就留下，不願意的就請他們離開。」烏承橋一點也不糾結這個。

很快，他們來到山腳下的一排木屋前。

那兒已經站了許多青壯年，而那通往山上的路上站著的，卻是老的老、少的少，其中婦人也比較多。

很顯然，這些就是單子霈所說的那些人。

看到他們過去，一個個的眼神都轉了過來，有好奇，也有緊張，更多的卻是茫然。

允瓔多看了他們幾眼，若有所思。

那邊船塢原來的管事已經和烏承橋幾人說上話了。「東家，小的叫喬長杜，這些都是這兒的工匠。」

「喬長柱？」烏承橋站在喬長柱面前，注目問道：「喬長石是你什麼人？」

「那是我哥。」喬長柱很驚訝。「東家認得我哥？」

「嗯，見過。」烏承橋打量喬長柱一眼。「你想留下？」

「是。」喬長柱連連點頭，微低著頭對烏承橋說道：「我和我哥很小的時候就跟著喬老爺，後來得老爺賞識，讓我做了這兒的管事，這一做就是二十多年，只是沒想到，如今老爺不在了，我哥也不在了，喬家……我……小的家就在這兒，離了這兒……小的也不知道該去哪裡，還請新東家開恩，留下我們吧。」

「你若有心助我，便留下吧。」烏承橋點頭。「不過，想留下的，必須簽下賣身契，不想留下的，我也不攔著，畢竟，我只是買下船塢，並不包括你們。」

「小的願意。」喬長柱竟連連點頭，他抬頭，認真地看著烏承橋。「其實船塢並沒有到山窮水盡的時候，我們還是有接到生意的，我們相信，一定不會讓東家失望。」

「這只是你一個人的想法，其他人呢？」烏承橋一點也沒被他這番表忠心的話感動到，目光一掃，看向其他人。

「都聽到沒有？願意的上前幾步。」喬長柱忙朝眾人急急示意道。

很快的，便站出來不少人，顯然，他們都是事先商量過的。

允瓔大略數了一下，十六個人，都是壯漢子，無庸置疑，很可能就代表了十六個家庭……

「你們呢？」喬長柱有些急，又不能催得太明顯，只好對著他們連使眼色。

站在後面的，大多都是年輕些的，年輕人，必然想法不同，一聽到要簽賣身契，個個都有些猶豫。

「喬管事，這事交給你，誰願意留下，誰願意走，都是自願，你記錄一下，到時候交份名單給我。」烏承橋這番作派還真有些氣勢，他淡淡說完，轉頭看了看單子霈。「我們去別的地方看看。」

「好。」單子霈顯然把自己定位在烏承橋的副手上，此時也很盡職地表現出來。

烏承橋點頭，側身看了看允瓔，伸手拉住她，在眾人驚詫的目光中，帶著允瓔往前走去。

圍觀的那些人中，不乏情竇初開的姑娘們，她們久居在此，看得最多的，不過是船塢裡的年輕人以及客人們，像烏承橋和單子霈這樣的公子，卻極少見到，所以他們的到來，自然讓這些姑娘們眼睛一亮，此時看到烏承橋這樣對待身邊的婦人，一個個皆用無比羨慕的目光追隨著允瓔。

「那些人，真的要留下？」單子霈問。

「對我們目前來說，工匠不可缺，留下了工匠，總不能把他的家人給趕出去吧？」這會兒不在那些人面前，烏承橋也收起了剛剛的架子。

「留下那些，不是白供著他們嗎？」單子霈有些不解。他一向做事果斷，絕不拖泥帶水，所以，他無法理解烏承橋的決定。

「要不然呢？」烏承橋微微嘆氣。

「相公，或許……我有辦法安置那些人。」允瓔此時才開口說道。

她要做的很簡單，就是成立加工小作坊，收購河鮮，製成各種乾貨，再尋找銷路。

他們現在有貨行，比之前已經有基礎多了。

喬長柱很快便送上名單，最終願意簽下賣身契的有二十六個人，其中，十一個工匠、十五個雜工，而他們背後，自然關聯了二十六個家庭。當然，這些人中並不是只有二十六家，因為其中還有幾家無兒無女的老人，是被他們的姪子姪女接過來照顧的。

烏承橋和單子霈兩人聽完允瓔的建議之後，便把名單交給允瓔，由她全權處理。

允瓔也不客氣，和烏承橋回了一趟吳縣，跟關麒打過招呼以後，便帶著韻兒和邵陸四人來到船塢。

喬長柱也是有意展現自己的辦事能力，一百一十八個人的賣身契很快就搞定了。

「有勞喬管事。」允瓔翻了翻這些契約。烏承橋並沒有要他們簽死契，這些都是十年一簽的活契。

「這是小的應該做的。」喬長柱並沒有立即離開，而是候在一邊，打量著允瓔。

他現在才知道，這船塢竟是掛在這位看起來不起眼的小娘子名下，加上那天烏承橋對允瓔的體貼，顯然，這位小娘子在東家心裡地位超然。

「喬管事，還有一件事。」允瓔只是翻了翻，便交給身邊的韻兒。

韻兒是關老夫人派給她的，這一路過來行事穩妥，更何況，她沒有自己的丫鬟，現在也只能借用韻兒了。

由著韻兒一個個的對著名單和契約，她轉而向喬長柱說起另一件事。「這兒可有合適的院子？我想組建一個作坊。」

「作坊？」喬長柱一愣，立即回道：「山上地不少，東家娘子想要什麼樣的作坊，小的馬上安排人去建。」

「要採光好的、水源足的。」允瓔點頭。「我還需要一個曬場，用來晾曬河鮮。」

「是，待我挑選到地方，再請東家娘子去掌眼。」喬長柱也沒有多問，領命退了出去。

韻兒很快就對好名單，把東西還給允瓔。

允瓔自然又把這些放進空間裡。

兩天之後，喬長柱來請允瓔，他已經尋到符合她所說的場地。

允瓔去看過之後，還算滿意，便讓人著手清理，修建曬場、木屋，同時也開始招集人手。

目前作坊雖未修好，卻不妨礙用外包的形式開始這一門生意。

允瓔貼出告示，招收採購、倉管和帳房，男女不限，年紀不限，只要你有能力勝任，都可以來，而且，採購還不止一名；除了這些人員，她還聲明，任何一家有意願賺取貼補的都可以來領活兒幹。

告示出去沒半天，便來了不少人，對於這位新上任的東家娘子，他們都充滿好奇，而且，有貼補家用的活兒可做，又不用出門，他們何樂而不為呢？

應聘的人不少，允瓔親自把關，篩選再篩選，最後留下了五名採購、兩名倉管、兩名帳房。

其中，五名採購有三名都是有些年紀的老人，他們以其豐富的經驗取信了允瓔，而其他兩名則是五大三粗的婦人。

採購這一職位，當然不只要看口才和對市場價格的把握，允瓔更關注的是他們是否正直。

所幸，這些選出來的人，倒都和苕溪灣的鄉親們一樣，都是純樸憨實的人家。

事情進展得極順利，這五名採購從允瓔這兒領了銀子，便去向喬長柱領了船隻出門，一天的工夫，每人都收回了一船的河鮮，其中魚蝦占半，螃蟹及其他東西少量。

允瓔很滿意，當天便親自教倉管和帳房怎麼發放、怎麼記帳，當然，初做這種事，誰也不知道這鮮魚曬成乾魚後還能餘下多少重量，於是，兩個倉管和兩個帳房紛紛出主意，先論條數再過秤，記下資料以後再參考。

只要他們不嫌麻煩，允瓔自然沒有意見，當下全權交給他們處理；至於怎麼曬、怎麼醃，又少不了花了一番工夫傳授經驗。

連續半個月，允瓔這邊忙得不可開交，烏承橋那邊也沒閒著。他督令喬長柱等人加緊趕工，不僅趕在原來那幾位單子的期限裡完成船隻，還給自己的貨行訂了一艘大船，至於其中怎麼和唐瑭聯繫的，自然不必贅言。

船塢有烏承橋和允瓔在忙，單子霈也沒有留下，他繼續遊走各地，查探各種消息，同時按著他和烏承橋的計劃去推動其他船塢的收購。

一晃，便是兩個月過去。

允瓔空間裡存著魚乾之類的貨物也有了一定的積攢，經過這兩個月的操作，各人都有了熟悉的流程。

比如，那五名採購聯合起來，每天到固定的地方收取河鮮，他們收河鮮的消息已經傳出去，吳縣附近的船家都紛紛送貨過來。

又比如那兩位倉管，舉一反三，也開始收購各家自己打魚曬乾的成品，一時之間，人人聞風而動。

但，船塢的船除了採購的那五條，便只有一條給烏承橋專用的船隻，他們想出去打魚，還得自己想辦法。

這樣一來，船塢原先積壓的一些舊船、破船也被允瓔翻了出來，讓人修修補補的翻了新，半價賣給了他們。

除此，山上的荒地也被開發出來，分給各家去種菜，做到自給自足。

對此，烏承橋很滿意。如今，船塢只消付那些工匠們的工錢便可，而他們的家人已經不在船塢供養之列，當然，現在的他們也不需要船塢去供養了。

「先歇歇。」允瓔的辛苦，烏承橋都看在眼裡，這日，他特意讓人給允瓔準備了一盅雞湯，親自捧了回來。「剛得的雞湯，趁熱喝。」

「馬上好。」允瓔正寫著日後的安排。貨有了，銷往何處還得思量，正寫到這兒，手中突然一空，筆被烏承橋抽了出去，她才驚訝地抬頭。

「妳看妳，最近都消瘦了許多，那些事，交給他們去辦就好，何必事事親自動手呢？」烏承橋不滿地看著允瓔。相對於允瓔事事親自教導，他便輕鬆許多，最多的時候還是盤算好計劃，再交給下面的人去做。

這，或許就是他與允瓔的不同。

「這是初建，我心裡也沒底呢，等事情都塵埃落定，以後自然不用我這樣了。」允瓔看看自己指尖的墨，笑著安撫道。

「還有何事未解決的，我去辦。」烏承橋嘆了口氣。他也知道她閒不住，放下筆，他從懷裡掏出手帕，輕輕揩去她指尖的墨汁。

允瓔見他一臉不贊同，生怕他生氣，剝奪她的做事自由，忙開口哄道：「嗯嗯，就這些了，派人將東西送回貨行，再捎封信給瑭瑭就好了。」

「好，我派人去做。」烏承橋瞟了桌上散落的紙，點頭，伸手舀了雞湯放到她手上，催著她喝下。

允瓔乖乖地聽從，再加上這雞湯熬得不錯，她倒是喝得挺香。

烏承橋坐在一邊，就這樣凝望著她。

最近兩人都忙，白天幾乎都沒什麼在一起的空餘，也只有晚上回來，偶爾溫存一番，此時他才恍然記起，自己最近似乎太冷落她了。

她……烏承橋算著時日，猛地想起一件事來，不由目光一凝，坐直了身，盯著允瓔輕聲喊道：「瓔兒。」

「嗯？」允瓔不以為意，只當他有什麼話說，邊喝湯邊抬眼看他，等著他後面的話。

「妳……是不是有什麼事沒跟我說？」烏承橋小心地問。

「什麼事？」允瓔眨著眼睛，想不起自己有什麼事忘記告訴他了。

「妳……」烏承橋希冀的目光落在她小腹上，好一會兒，才試探著問道：「妳這個月的月信可到了？」

他依稀記得應該是每個月的月初，因為一到那幾日，她的臉色就非常不好，唉，看來他真的太忽略她了，這可不好。

「月信……」允瓔一時沒反應過來，話出口，頓時回過神，一口雞湯頓時噴了出來，她好像、似乎真的忘記了……

「當心些。」烏承橋也不在意自己被噴了一身，反而拿了手帕，拭去她嘴角的湯漬，一邊拍著她的背，幫她順氣。

「咳咳……」允瓔咳著，臉色頓時變得精彩起來。

她自己都沒注意的事，沒想到卻讓烏承橋留意到了，可仔細想他們兩個也確實沒什麼預防措施……

烏承橋看到允瓔的神情，便知道自己的感覺錯不了了。

他這個看似能幹的小媳婦兒，在自己身體這方面卻是糊塗透頂，時常就忘記照顧自己，這不，連這麼重要的事也給忘記了吧？

不過，這麼重要的事，當然不能只憑感覺。

於是，他喊了韻兒，讓她去請一位大夫回來。

一個時辰後，邵陸和韻兒從吳縣請了一位老大夫回來，一診斷，允瓔竟是真的有了。

「啊……」允瓔頓時愣在當場，此時此刻，什麼計劃、什麼生意也擋不住那洶湧的喜悅，之前還只是歡欣的期待，現在卻是實打實的興奮了。

「恭喜公子、恭喜小娘子。」老大夫雖然辛苦這一趟，但診出喜脈也是好事，連帶著他也沾了些喜氣，對著烏承橋和允瓔拱手，笑呵呵地道賀。

「恭喜公子、恭喜小姐。」韻兒立即歡呼起來，替允瓔高興。

「有勞大夫辛苦，韻兒，重謝。」烏承橋雙眼閃亮，卻還算鎮定地對大夫道謝行禮。

「是。」韻兒連連點頭，取了銀子厚謝了老大夫。來到這兒以後，她便掌著允瓔他們的伙食，所以，身上還有不少允瓔給她備用的銀子。

老大夫也不客氣，見主家客氣，又見烏承橋和允瓔都年輕，怕是不懂這些事，便耐心講解起生活起居應該注意的事項，烏承橋認真聽著，一一記下，反倒是允瓔，聽得漫不經心。

她就這樣有了？

被喜悅衝擊的允瓔完全忘記自己和烏承橋圓房已有多久，也完全忘記了這些日子兩人有多火熱。

這個孩子就在她一心一意忙事情的時候，在她完全沒有心理準備的時候，突然來到她的身體裡。

允瓔只覺得，某個角落，似乎變得不一樣了。

第一百二十五章

「瓔兒。」烏承橋讓韻兒幾人送了老大夫回去，關上門，他才滿臉笑容地抱起允瓔，低低說道：「我們有孩子了，我要當爹了……」說到最後，竟隱隱有些哽咽。

允瓔一愣，不至於吧，喜極而泣？

「哎，輕點。」腰被勒得有些緊，允瓔忙拍拍他的背，提醒道。

烏承橋才慌忙鬆開了些，只不過，也只是稍稍鬆開，卻依然埋首在她頸項，聲音漸漸堅定。「瓔兒，放心，我們的孩子，絕不會再走我的路，我一定會努力，讓他快快樂樂、平平安安長大……」

允瓔聽明白了，他這是想到了自己。喬承軒並不比他小多少，其背後的涵義不言而喻，他此時說這些，是在安她的心，也是給他自己的承諾。

他親眼看著他的娘親承受被心愛的夫婿背叛的痛苦，親眼看著自己原本敬愛的父親帶回一個不比他小多少的男孩，從此，家不是家，到現在，他所擁有的一切還都被那個孩子占有，他卻落得連姓氏都被剝奪。

「我們，肯定不會那樣的。」允瓔心裡一揪，收攏了雙手抱住他。

如允瓔所想，烏承橋果然不讓她再繼續做作坊的那些事，第二天，他便接手了所有事，並把事情分派下去。允瓔猶豫的事情，到了他手上似乎也變得順利起來，他很果斷地點了一個人主管作坊，負責那些事宜。

對此，允瓔也只有觀望的分兒。

事情說起來也奇怪，之前毫無徵兆的允瓔，在被查出有喜之後，忽然變得倦怠起來，早上睡不清醒，下午還犯睏，更離譜的時候，有時候吃著飯便打瞌睡，把烏承橋給緊張的，外出辦事的機率大大減少。

那位診出允瓔有喜的老大夫也被請了幾次，確定這只是正常反應之後，烏承橋才稍稍鬆了口氣。

「瓔兒，要不妳隨我一起去吧？」單子霈再次來到船塢，告訴烏承橋一切準備妥當，第二家船塢將收入他們囊中，這樣的場合，烏承橋必須要去看看，可他又不放心允瓔，再三思量，還是決定帶上允瓔。

「你去吧，我還是在這兒等你。」允瓔說話間便打了個大大的哈欠，對這嗜睡症狀，她也表示無奈，所以她不想動彈，二來也不想讓烏承橋分心。

「可是……」烏承橋還是不放心。

「我在家肯定不會有事啦。」允瓔笑著起身，準備幫他收拾衣服。「這兒有韻兒，還有這麼多人在，能有什麼事呀？倒是你，這次去，莫記掛著家裡，行事當心，莫讓人看出蹊蹺。」

「那……我儘量早些回來。」烏承橋想了想，也沒有堅持。那邊剛剛盤下，還有許多事要做，她跟著過去只能宿在船上，肯定沒這邊安逸。

「嗯，注意身體，別熬夜了。」允瓔忍著睏乏，送了烏承橋出來。

單子霈等人已經等在那兒。

烏承橋撫了撫允瓔的臉，對著邵陸等人拱手，鄭重說道：「幾位，拜託了。」

「邵玖、拾伍，麻煩你們。」允瓔卻把兩個護衛分給烏承橋，不知道是不是她身體的原因，她這會兒連眼皮子都在跳，總覺得有什麼事情要發生似的。

「是，小姐。」邵玖和拾伍應下。

烏承橋帶著一顆牽掛的心離開，允瓔則掩嘴打著哈欠，準備回屋補覺，這睏勁兒，讓她自己都覺得無奈。

「東家娘子。」走到門口時，喬長柱帶著幾個婦人湊過來。「鄉親們知道東家有喜，特意來看妳。」

幾個婦人手裡不是提了雞蛋就是提了家養的雞鴨、或是新網的魚。

「謝謝各位。」允瓔忙轉身笑著道謝。

「小娘子，本來想前幾天就要來看妳的，後來聽妳身邊這位大妹子說，小娘子一直犯睏，才沒來。」那幾個婦人和允瓔都認識，倒也沒什麼拘束。「小娘子這樣困乏，應該是前段日子累著了吧？這些，都是我們自家養的，給小娘子調養補補身子。」

「別……」允瓔正要拒絕，一邊的人又開口了。

「小娘子，這些都是我們大家的心意，要不是小娘子想的法子，我們也不可能像現在這樣安逸；還有東家，船塢要是沒被東家買下，我們這些人不知道要過什麼樣的日子呢。」

「是呀是呀，在這兒這麼多年，看多了那些連家都沒有的浮船人家，我們還擔心有一天會和他們一樣，我們能安逸，都虧了東家和小娘子，現在東家有喜，我們當然要來祝賀一下，只是，小娘子莫要嫌少。」

「也沒多少，都是自家的。」

說罷，幾人也不待允瓔回答，紛紛把手上的東西塞到韻兒手裡，見韻兒拿不下，更是直接把東西放到韻兒面前。

「幾位嬸子，妳們太客氣了，我們也沒做什麼，再說了，我也吃不了那麼多。」允瓔心裡暖暖的。

「沒事沒事，這些都可以現宰現殺的，吃的時候再處理，妹子要是不會，儘管來找我們。」婦人們紛紛表態，最後更是拉著韻兒說起了注意細節。

「東家娘子，都是大家的心意，妳就收下吧，要不然，她們回去之後心裡也要不安了。」喬長柱在一邊輕聲對允瓔說道。

允瓔最後那絲想要拒絕的想法，頓時也收了回去。喬長柱說得沒錯，這些人現在和她的關係已經不一樣了，若是她不收，反倒讓他們心裡不安，或許還會覺得她看不上他們。賣身契只是一種留人和管理人的手段，但，想要更好的做好生意，人心才是最要緊的。

當下，允瓔笑著點頭，示意韻兒收下所有東西，並一一道謝。

就在這時，船塢外面的進出口處，緩緩駛來一隊船隊，瞧著都是那種大船，頓時吸引了允瓔等人的注意力。

要是自家貨行能有這樣的船隊，對擴展生意可是大大有利啊。

「喬叔，那是什麼船？」允瓔好奇地問。

「那是方艄。」喬長柱解釋。「這幾艘船……是喬家原來的老船工，半年前都離開了喬家不知去向，卻不知今天為何都來了這兒？東家娘子，請恕小的失陪。」

「您去忙吧。」允瓔聞言，有些驚訝，不過她這會兒正睏著，一時好奇之後，困倦又上來，當下不再多說，回房歇著去了。

這一覺，直睡得天快黑，她才懶懶地起來。

韻兒聽到動靜，忙進來幫她梳洗，一邊告訴她。「小姐，喬管事來了幾次了，說是那船隊的領頭想見見妳，瞧他樣子，好像挺急的呢。」

「船頭領頭的人要見我？」允瓔驚訝地問。「我又不認識他們。」

「那我去回了他們吧，等公子回來再見他們不遲。」

「等等，讓他們稍等，我一會兒就過去。」允瓔卻搖著頭攔下了她。

喬家原來的老船工提出要見她，她當然不能拒絕，要知道，烏承橋正在到處找這些人呢，更何況，還是有船的船隊，只是，他們為什麼要見她呢？

片刻之後，允瓔便恍然。「莫叔、劉叔。」

那站在喬長柱身邊的，可不就是之前在船塢見過的老莫和老劉嗎？當時，他們和烏承橋密談之後便離開了，沒想到這會兒居然看到他們，還帶了這麼多的船。

「小娘子，果然是妳。」老莫和老劉看到她，神情有些激動。

「你們認識？」喬長柱不知內情，不由驚訝地來回打量幾人。

「長柱，你不知道她是……」老莫說到這兒，警覺地停下來，打量了一下允瓔身邊的韻兒。

「韻兒，去外面守著，莫讓人隨意靠近。」允瓔會意一笑，對韻兒使了個眼色，但同時，她的目光也一樣不客氣地掃向老莫身邊的幾人。

老莫沒有讓他們迴避的意思，看來是想把這幾人介紹給她吧。

「少夫人，小的有要事向公子稟報，不知公子何日回來？」老莫這時上前一步，頗有些激動地對允瓔說道。

「他有要事要辦，估計……三、五日吧。」允瓔打量著老莫。上一次便見老莫激動過，這一次又是為什麼事？

「莫哥，你這是？」還不待允瓔細問，一邊的喬長柱仍一臉錯愕。

「長柱，這位小娘子，是大公子的夫人，難道你不知道？」這下換老莫驚訝了，他有些不安地看向允瓔。

「喬管事怕是還沒認出來，因為船塢剛剛收回，情況未明，我們也不便多說，喬管事莫見怪才好。」允瓔順著話，笑著安撫道。「我們在這兒的事，也沒外人知曉，他們只知我們已隨貨行船隊往潼關去了，所以，我和大公子的行蹤，還請各位緘口。」

「原來大公子還活著……」喬長柱頓時睜大眼睛，失聲說道：「之前他們都說大公子已經……」

「說大公子如何了？」允瓔看著他問。

「各個船塢還有往來的商隊都在傳，說大公子離開泗縣上了黑船，被……」喬長杜說到這兒，猛然看到允瓔的臉瞬間沈了下來，不由打住話頭。

「哼！好一個黑船！」允瓔無名火騰地竄了上來。「他們雇人謀命，害我爹娘枉死，倒反過來說我們是黑船！真真顛倒黑白！」

「什麼?!」喬長杜等人面面相覷，這一段，他們卻是不知。

「莫叔，這幾位是？」允瓔看向老莫身邊幾人。她倒是不介意把那天的事誇大宣傳一下，但，至少還得搞清這幾人的身分不是？

「這位是大公子要尋的喬陌、喬阡、喬知，他們都是之前大夫人在時一手提拔的，會離開喬家，也是得知大公子出事，他們不相信，藉故離開，四下尋找大公子下落。」老莫明白允瓔的意思，忙介紹道。

允瓔倒也不端著架子，起身朝幾人福了福，才說起烏承橋的遭遇。這些事，烏承橋並沒有和老莫幾人細說，老莫和老劉聽罷，不由憤怒地攥緊拳頭，不過，他們也都是顧全大局的人，並沒有衝動地嚷嚷要出去給烏承橋出頭，而是安靜地聽允瓔把話說完。

「莫叔，事情真相未明，做那些事的真凶也不知是誰，所以，這些還不能聲張。」允瓔倒是挺滿意這些人的表現，真不愧是跟著喬老爺創家業的元老，個個鎮得住場子。

「少夫人，公子如今何在？」喬陌的年紀比老莫要大，頭髮花白，一身不起眼的布衫，但，整個人的感覺卻是沈穩，剛剛她一番話說下來，也數他最鎮定，憤怒也只是在眼中一閃而逝，面上卻依然不動如山。

「他安排了人，收購了第二家船塢，但，我並不知道那家船塢的位置。」允瓔如實說道，看了看眾人，最後還是落在老莫身上。「莫叔，你剛剛說有什麼要事？」

「這……」老莫猶豫了一下，看了看身邊的喬陌。他和允瓔雖然見過兩次，也知道她是大公子心上的人，可是有些事，女人能做什麼？

允瓔卻明白了，不以為意地笑了笑。「不方便說，那我也就不問了，不過，有件事還得提醒一下，你們的船隊這樣過來，怕是不能久留，這家船塢是以允瓔的名義買下，你們可以在這兒維修船隻，但，若是長留，怕是會引起有心人的覷探，對相公的計劃怕是有礙，所以……」

「少夫人說得是，我們馬上安排。」喬陌看向允瓔的目光帶著一絲驚訝，顯然，他沒想到她會看到這些。

「喬叔安排吧，若沒別的事，我先回去了，又乏了。」允瓔藉口離開。這幾人對她有戒心，這很正常，不過她相信烏承橋的眼光，既然老莫沒有問題，那麼，老莫帶回來的人應該也沒什麼問題。

允瓔逕自回去歇著，有喬長柱和老莫幾人在，他們自然會安排好事情。

船隊在船塢停了一天，喬長柱帶著人，有模有樣地給船進行修補檢查，第二天下午才全部離開船塢。

胎。

允瓔自己嗜睡，但她可沒忘記吩咐邵陸、邵柒兩人留意那些船的去向，果然，船隊離開了，老莫和那個喬陌卻留下來，看來是要等烏承橋回來。

允瓔也沒管他們，他們不來找她，她也不主動過問，更何況，她現在最要緊的可是養胎。

直到第三天，按捺不住的老莫和喬陌在喬長柱的陪同下尋了過來。

允瓔正坐在門口椅子上曬太陽，春日的陽光與微風，讓她暖洋洋的幾乎又要睡過去。

「小姐，喬管事和那兩位大叔來了。」韻兒看到幾人上來，在允瓔身邊提醒了一句。

「去備茶。」允瓔坐正了身子。她身邊倒是有喝的，但，那是韻兒特意給她煮的蜂蜜紅棗茶，並不合適招待他們。

韻兒很索利，很快就把屋裡的其他椅子搬出來，又匆匆去泡茶，正好，喬長柱帶著老莫和喬陌到了。

「少夫人。」幾人齊齊行禮，老莫的日光還隱隱有些欣慰，時不時的往她小腹上看，顯然，他們已經知道她有孕的事。

允瓔略欠了欠身，請三人坐下，笑問道：「不好意思，我最近總是困乏，莫叔和喬伯在這兒幾天，也沒能去看你們。」

「少夫人客氣了，妳如今當然是養身子要緊。」老莫是個豪爽性子，又重情義，當日為了另外幾個船工，他出頭擋在前面，後被允瓔和烏承橋援手，對允瓔一直很有好感。

「在這兒還住得慣嗎？若有什麼缺的，儘管去找喬叔，不用客氣。」允瓔笑了笑，關心起他們這幾天的起居。

「我們長年跑船的，到哪兒都慣。」老莫笑著擺手，看了看喬陌，說道：「少夫人也是豪爽之人，而且這幾天我們也知道了少夫人做的事，既然大公子的事，少夫人都知道，那……」

「莫叔有事不妨直說。」允瓔笑了笑，正好韻兒送上茶，她便示意了一下，讓韻兒自己去忙。

「公子何時才能回來？」老莫點點頭，等韻兒走開，他才正視地問道。

「辦完事就回來了，他也安不下心在外面。」允瓔說的倒不是假話。

「若是七天內回不來，事情怕是來不及了呀。」老莫看向喬陌，似乎是徵求喬陌的意見。

允瓔心裡好奇不已，順著老莫的目光，也轉向了喬陌。

第一百二十六章

喬陌卻沈默著，按在膝上的手緊了緊，似乎是在斟酌她的可信度。

而同時，允瓔也在觀望著喬陌這個人。

這段時日，她也算是見了不少喬家老人，老莫幾位工匠都是豪爽的人，他們沒有多少彎彎繞繞的心思，知道烏承橋的身分後，很自然地就接受她。莫老三和劉根茂幾人則對她有些戒備，自那天見過之後，他們便被安排了事情，她也沒怎麼多接觸，只有喬長柱，她之前籌備作坊的時候，倒是天天會找他做事。

喬長柱做事穩妥周全，待人也圓滑和善，倒也不難懂。

倒是眼前這個喬陌，讓允瓔有些顧忌，從老莫帶他們過來見她，他那波瀾不驚的沈穩便讓她多看了幾眼，縱然是聽到烏承橋的真實身分，他也只是微微側目，並沒有表現太多情緒。

「少夫人。」就在這時，喬陌開口了，他沒有避諱地直接看著允瓔的眼睛。「大公子可有什麼計劃？」

「自然。」允瓔見狀，微微一笑，正色說道：「他可以不要喬家的家產，可以不姓喬，但，喬老爺和大夫人當年創業的根基卻不能丟，喬家聲譽不能丟，當年一起共患難的老兄弟們不能丟，所以，他才放棄安逸的小日子，才會來到這兒。至於他的計劃，自然是收回所有船塢，重振喬家聲威。」

「他都不是喬家人了，還管喬家聲威做什麼？」喬陌問道。

「他雖不再是喬承塢，可是，他身體流的卻實實在在是喬老爺和大夫人的血，這可不是喬家說驅逐就能驅逐得了的。」允瓔認真說道。「而且，他想重振的是喬老爺和喬夫人的聲威，可不是現在的喬家，你們是最早跟在老爺身邊的老人，想必應該能明白當年老爺和大夫人打拚這份家業的不易。」

「他若能想到這些，當初就不會那般不長進了。」喬陌冷哼一聲。

果然，與老莫幾人不同，這喬陌對烏承橋怕是更多一分恨鐵不成鋼的心思，所以，才會說出這句話。

「喬伯，誰都有年少輕狂的時候。」允瓔不贊同地反駁，定定看著他。「自從二夫人進門，大夫人離世，他所承受的苦處，又有幾個人能體會？他也不是天生那般不長進的，再者，浪子回頭金不換不是？」

「聽少夫人所言，似乎對他那段年少輕狂的往事很瞭解？不知少夫人可否為老僕解解惑，老僕也想知道，大公子這些年都做了什麼好事？」喬陌似乎很不屑，雖口口聲聲自稱老僕，但語氣中的傲慢卻絲毫沒有掩飾。

「喬伯既然有這份雅興，我自當從命。」允瓔微微一笑。喬陌從之前的面無表情轉變成現在這樣，也算是進步嘛，她直接就把他理解成他想知道烏承橋的經歷又不好意思，所以……

允瓔簡單地把烏承橋的一些事告訴喬陌，當然，她心裡也有些小小的緊張，喬陌能不能認同烏承橋這位大公子，全力幫助他，都將影響到烏承橋的計劃；有了喬陌等人，他無疑如虎添翼，可若喬陌要自己帶著船隊自立門戶，以後烏承橋想拿下大運河，也是一大阻力。

「沒想到大公子過的……」喬長柱和老莫幾人聽罷允瓔的話，唏噓不已。

「哼，說來說去還是他不長進，他要是早接觸這些，喬家家主何至於旁落庶子之手？他又何至於像今天這樣進退維谷？」喬陌沈了臉，還是很不高興，但那分鄙夷卻已經消失不見。

允瓔沈默不語，她該說的都已經說了，若是喬陌心存自立門戶的想法，她再多說也沒用。

「他就只是想收回船塢？」喬陌過了一會兒，又問。

「自然不是。」允瓔眼中一亮。

「還有什麼？」喬陌問，語氣倒是緩和許多。

「他的想法很簡單，就是希望有一天，一家人能開開心心、無憂無慮的，暢遊天下江河湖海。」允瓔想起他的話，不由會心一笑。這是他的想法，也是她的夢想。

「哼，還是扶不起的阿斗。」喬陌聞言，冷哼一聲站起來。

「喬伯何出此言？」允瓔皺眉，跟著站起身，誰是扶不起的阿斗？

「堂堂男兒，不知謀一番事業，盡想些兒女情長的事，難道就不是阿斗嗎？」喬陌目光凌厲地掃向允瓔，一字一句沈聲問道。

「喬伯怕是沒聽清我說的話了吧。」允瓔的話也帶出了絲絲火氣。

「我還沒老到重聽的地步，少夫人說的話，我句句聽得真。」喬陌轉身，看著允瓔，嘴角泛起一抹譏笑。「難道，少夫人的話還有別的深意？」

「喬伯。」允瓔挺直了背，迎視喬陌凌厲的目光，淡然說道：「您帶著商船久居水上，想必對水上運事已然爛熟於心了吧？您覺得，沒有絕對的財力、權力、人力，一個人能做到開開心心、無憂無慮暢行天下江河湖海嗎？」

喬陌看著允瓔好一會兒，搖搖頭。「不能。」

「喬伯這麼多年，行船、經商的心得必不會少，若是您，帶著一家人，無憂無慮地暢遊，您覺得，您能做到嗎？」允瓔笑盈盈地反問。

喬陌看著允瓔，漸漸地，目光流露出驚訝，接著便是沈思。

喬長柱和老莫幾人互相看了看，都不敢開口打斷他們的對話。

他們這些老人裡面，喬陌在喬家的地位確實是高於他們的，喬陌替喬老爺掌管商隊，商隊裡雖然不是只有他一個大管事，但無疑，喬陌是大管事之首，而喬長柱也不過是一個船塢的管事，老莫更不用說，他只是個老工匠，而莫老三幾人呢，更只是船上的老船工罷了。

船匠、船工、管事、大管事……

在喬長柱幾人感慨的空檔，允瓔也把他們這些人在喬家的地位給捋了一遍，還別說，喬陌還真的是他們裡面地位最高的，要不是當年的情分在，只怕喬長柱和老莫幾人看到他都得行禮吧。

「老僕逾越，還請少夫人見諒。」喬陌似乎想通了其中關鍵，再次恢復沈穩，只不過，從他緩和的語氣、自稱以及現在這抱拳的手勢，無一不是表明了他的折服。

至於他折服的原因是什麼，允瓔不知道，也沒那個精力去深究，這番話說下來，她又睏了。

「少夫人，喬承軒帶人去了京城怕是要回來，據老僕所知，大概半月後便能回泗縣，而喬家原有的一筆大單子，就在這幾天要出船，如果我們能拿下這筆生意，喬承軒的勢力便可削去三成，大公子可趕得及回來？」喬陌重新坐下，還是那副神情，可他開口說起他們的來意，便足以表明他的態度。

老莫聞言，頓時鬆了口氣，笑了。

烏承橋讓他們幾人出去聯繫喬家以前的老人們，他和老劉找到了喬陌，可是，他也只能把話帶到，卻無法影響喬陌的選擇，可這會兒，他徹底放心了。

「非要他出頭嗎？」允瓔愣了愣，立即問道，同時，她和老莫一樣，也是心裡一鬆。喬老爺做了不可靠的事，可當初他和大夫人的眼光卻是不錯的。

「淩容縣的淩家，與喬家合作多年，當年大公子也曾多次隨老爺作客淩家，淩老爺也曾有意將獨女許配大公子。」喬陌點頭，繼續說道：「這些老生意接貨，倒是直接帶上家主蓋印的單子便可，但……」

說到這兒，喬陌頓了頓，打量了一下允瓔的臉色。

「喬伯是覺得，大公子出面與淩家攀個交情，此事可成？」允瓔聽到這兒已經明白了，好笑地看著喬陌。做個生意而已，居然得讓烏承橋上演美男計？

「八九不離十。」喬陌居然被允瓔看得不自在，微垂了目光。

「嗯，好，我知道了。」允瓔點頭後站起來，抬手掩住脫口的哈欠。

「少夫人歇著，老僕告退。」喬陌順勢說道，帶著人離開。

喬陌幾人一走，允瓔雖然困乏，卻也忍著那倦意，坐著細想了想，還是召來邵陸，讓他出去給烏承橋報個信。

烏承橋身邊有邵玖和邵拾伍，他雖然沒說具體位置，但想聯繫上他，也不是什麼難事，畢竟，她還有關麒朋友那條線不是。

果然，邵陸出去的第三天，烏承橋便帶著人回來了，只是，還不待他來看允瓔，便在半道上被喬陌給截了過去。

等他回到屋裡，允瓔又已睡了兩個時辰。

「相公，你回來了。」允瓔一睜開眼，就看到坐在一邊的烏承橋，高興地坐起來，打量他一番，問道：「還順利嗎？」

「一切順利。」烏承橋扶起她，順勢拿起外衣給她披上。「這幾日感覺如何？」

「不如何，天天成睡豬了。」允瓔無奈地嘆氣。「一點事情都做不了。」

「妳呀，現在只有一件事需要做，就是乖乖地養身子，其他的事，有我呢。」烏承橋伸手，親暱地幫她理著髮。

「你見到喬伯了嗎？他有要緊事要找你呢。」允瓔笑笑，忙問道。

「見了。」烏承橋點頭。

「那你什麼時候去？」允瓔想起喬伯的話，心裡小小地悶了一下。

「吃過飯就走。」烏承橋不以為意地笑了笑。「起來吧，就等妳了。」

「我？」允瓔驚訝地指著自己，納悶地問：「我去幹麼？」

「我成親了，還不曾給妳正式介紹長輩們，淩伯伯與我爹幾十年的交情，也算是我的長輩，我當然要帶妳去拜見他了。」烏承橋說得理所當然。

「可是，喬伯說……」允瓔為難地嘆氣。

「瓔兒，妳家相公我，是個男人，是男人又怎麼會去做那樣的事？」烏承橋沈了臉，看著允瓔說道：「難不成妳想把我往淩小姐那邊推？嗯？」

「哪個說的？」允瓔瞪大眼睛，直接撲到他身上，摟著他的脖子威脅道：「你敢對別的女人用美男計試試，哼！」

「妳當心點。」烏承橋忙伸手護住，無奈地笑。「自然沒有別人，唯有妳。」

「可是，我們這樣去，淩老爺能幫你嗎？」允瓔心裡甜甜的，不過，她也有擔憂，畢竟拉住那單生意，便能削弱喬承軒三成勢力，這對烏承橋來說，可是個大機會。

「我們先去看看，若這生意做不成也沒什麼打緊。」烏承橋抱著允瓔起身，催促道：「飯已經好了，快起來吃，我們下午就啟程。」

允瓔點頭，鬆開了手，開始穿衣服。

吃過飯，讓韻兒略略收拾一番，便帶著邵陸幾位護衛一起出門。跟著烏承橋到了埠頭，喬長柱和喬陌幾人已經等在那兒了，埠邊也停了一條漕船。

「喬叔，這邊便麻煩您照應了。」烏承橋對喬長柱交代一句。這兩個月下來，諸事都早已有規律，倒也不用一一過問。

「公子放心。」喬長柱躬身行禮。

「若有急事，可到吳縣找關麒，這是地址。」烏承橋從懷裡取出一張紙條，遞給喬長柱。

老莫和老劉是船匠，喬陌幾人也不可能親自去撐船，所以，邵陸自告奮勇撐了槳，倒是省了再帶一個人。

「公子。」誰知進了船艙，喬陌、喬阡、喬知三人竟齊齊向烏承橋跪下來。

「喬伯，你們這是做什麼？」烏承橋忙伸手相扶，不解地問。

「公子遇難，老僕不知內情，還一度誤會公子……還請公子責罰。」喬陌一臉的愧疚。

「喬伯，這件事不是你們的錯，快起來。」烏承橋聽罷，不由好笑，一一扶起喬陌幾人。「來，坐下說話，剛剛匆匆忙忙的，也沒細問，喬家對你們做了什麼？你們怎麼會全部離開？」

這也是允瓔所好奇的，當下在一邊給幾人斟上茶，安靜地聽著。

「喬承軒並沒有對我們做什麼，我們是自己走的。」聽烏承橋問起，喬陌嘆了一口氣，細說原由。「大公子可能不知，老爺臨終前曾暗中見過我們兄弟三人，留下話要讓我們幫扶大公子守住喬家家業，若大公子……」說到這兒，喬陌停住話，看了看烏承橋。

「喬伯有話直說就是，沒關係。」烏承橋隱約猜到，笑道。

「若大公子仍像以前那般，不知悔改，我等可自行離開喬家，自立門戶；若大公子還有一絲可扶之處，我等自當生死追隨。」喬陌點點頭，繼續說道：「可沒想到，我們沒等來大公子，卻等到了喬家消息，喬家的人說，大公子與人勾結，以次充好偷換官糧，幸被家人發現，及時阻截禍端，因德行有虧，被驅出喬家……」

「大公子，此事可真？」一邊的喬阡此時沈聲問道。

雖然他們已經知道烏承橋被陷害的事，但心裡還是有些疑慮，畢竟這位大公子以前吃喝玩樂樣樣行，就是沒對家裡的生意上過心，對他們而言，那等紈袴子弟還不配讓他們生死追隨，所以，烏承橋要說的真相便顯得猶為重要。

「生殺大權，盡在他們手上，他們今日可說我殺人，他日也可說他人殺人，誰又說得清楚？」烏承橋不由苦笑。

「那件事，是栽贓。」允瓔忍不住為烏承橋抱屈。「喬家有人做了見不得人的事，別說以次充好了，便是在賑災糧裡混入泥沙的事也做過，相公只是一時巧合，撞破了他們做的醜事，擋了不少人的財路，所以才會招來橫禍。當然，他們驅逐相公出喬家，派人暗殺，除了殺人滅口，還是為了喬家的家產。」

「可恨！」雖是喬阡問的話，可聽完之後，喬知卻氣得捶了一下船板。「沒想到喬承軒居然這麼無恥！」

「那些事未必是喬承軒做的。」烏承橋擺擺手。「我也知道，以前確實是我年少輕狂……只是，你們怎麼又……」

他想問的是喬陌幾人為什麼又回來？可接著他就想到老莫幾人，便停了話題。

「大公子，他對你這樣，你還幫他說話。」喬知忿忿不平地說道。

喬陌見狀，朝喬知抬手，繼續說道：「那並不是我們離開的理由，而是後來，不知哪兒又傳來大公子誤上黑船，不幸遇難……老僕不信，才藉故帶著船隊離開，為的就是想尋找大公子下落。」

第一百二十七章

「沒錯，記得大公子百日那天，老爺曾經請了先生給大公子批命，那先生就說過大公子必會大富大貴，所以，大哥和我們都不相信大公子出事，只以為是喬家為了家主之位故意弄出來的傳聞。」喬阡接話道。「我們順著大運河，一路尋到入海口也未打聽到大公子的消息，便想著回程看個究竟，這也幸虧我們回程了，才遇上老莫幾人。沒想到更巧的是，我們聽說吳縣船塢被賣，便想來打探情況，還真就遇上長柱兄弟。」

「也虧得老莫認得少夫人，老僕才沒有錯過。」喬陌也連連點頭。知道了事情經過，一向沈穩如山的他也顯出幾分憤慨。「大公子，當初你出生在泗縣船塢裡，老爺為你取名承塢，便有讓你繼承家業的意思，別的不提，這船塢和商隊可是當年老爺和夫人的一番心血，無論如何，你都不能讓這兩樣落在那些人手裡啊。」

「喬伯放心，我已經在籌劃了，若一切順利，半個月後，便有第三家船塢要改姓，等周邊幾個主要船塢都拿下，我們便回泗縣，到時候，泗縣船塢回歸之日，便是我喬承塢歸來之時。」烏承橋目光堅定。「但現在，一切都得穩下心，不可著急。」

「大公子放心，老僕定全力相助。」喬陌立即表態。

「有幾位伯伯相助，瓔兒便能輕省許多了。」烏承橋笑著轉頭看了看允瓔，伸手扶住她的肩。「這段時日，她為了我勞心勞力，我能有現在這光景，也多虧了她。只是，如今她已有身孕，生意上的事不便再辛苦，以後還得幾位伯伯多多費心。」

「大公子想讓老僕如何配合？」喬陌有些驚訝地看著允瓔。

「這趟去過淩家之後，我們便得準備船塢的事，待我們貨行的船隊一回來，我們還得回泗縣去。」烏承橋說起自己的計劃。「現在泗縣不少人見過我，不過在泗縣，我是烏承，泗縣會長和縣太爺已為我弄到一張戶籍名帖，喬承軒雖然疑心，卻也沒有證據，但這樣，還是有許多事極為不便。所以等我們回去之後，這大運河上的生意便有勞幾位伯伯了，最好，讓所有人都知道，喬大公子搶走了喬家的生意。」

允瓔眼睛一亮。

之前她還和他談過怎麼讓大公子出現的問題，現在有了喬陌這些人，讓他們帶著船隊在大運河上活動，暗中搶喬承軒的生意，宣揚大公子在商隊中，那麼，她和烏承橋在泗縣便輕鬆不少。

船行半日，傍晚時分，半道上便被人接上了喬陌的大船，允瓔才知道，喬陌並沒有讓船隊遠離，而是安排在附近，以收貨為名停下來，她不由會意一笑。有這樣能幹的大管事回來相助，對烏承橋而言，無疑是如虎添翼。

上了大船，喬陌立即給烏承橋和允瓔安排了船艙，相較漕船的船艙，這兒便顯得舒適許多。

允瓔本就困乏，看到那舒服的榻便再也忍不住一波又一波湧上的倦意。

喬陌見狀，忙讓人安排晚飯。

見。

韻兒和邵陸幾人也安排在允瓔的船艙兩邊，對此，喬陌只是多瞧了幾眼，並沒有什麼意見。

吃過飯，允瓔便上榻安眠去了，烏承橋則和喬陌一起去見那些船隊裡的「老人們」，當然，到了自家的船上，他那偽裝自然便取了下來。

船隊的人大多都是跟著喬老爺做過事的人，能跟著喬陌離開喬家的，其忠心自然又是挑了又挑，安全方面並沒有什麼問題，縱是如此，邵拾伍還是多了一個心眼，跟在烏承橋身邊。

五天的光景一晃而過，這五天裡，允瓔只負責睡覺，烏承橋卻沒有這安逸，除了晚上和三餐陪著允瓔，白天基本上和喬陌幾人一起，聽他們彙報船隊的情況，很快便把喬家所有生意掌握於心。

他的表現，讓喬陌幾人暗暗點頭。允瓔所說的浪子回頭，果然沒錯，他們的大公子真的不是扶不起的阿斗，喬陌三兄弟的臉上，笑容明顯增多。

很快，船便到了淩容縣外的碼頭，喬陌來通知烏承橋準備下船。

「相公，我還是不去了。」允瓔臨時變卦，表示要留在船上。

「為何？」烏承橋不解地看著她，不是說好了嗎？

「我想過了，我還是不去的好。」允瓔笑著搖頭。

「瓔兒。」烏承橋以為她因為淩小姐的事心裡不舒坦，不免有些急。

「相公，聽我說。」允瓔卻安撫地拉住他的衣袖，也不避諱一邊的喬陌幾人。「這幾天我反覆權衡過了，我不去為好，而且你也得記住，你是以大公子的身分去的，不是烏承橋。」

「瓔兒，妳何必……」烏承橋嘆氣，心疼允瓔的明理。

「我很好。」允瓔被他的表情逗笑，她都想得開，他反倒糾結了。「你說了，等我們回泗縣，大公子帶著商隊在大運河，這樣一來，大公子和烏承橋可就是兩個人了，兩個毫無關聯的人，身邊出現一個同樣的我，若讓有心人看到，徒惹麻煩。而且我相信以我家相公的能力，只要你不願意，誰能強迫得了你？」

「妳呀，那妳一個人在船上能行嗎？」烏承橋親暱地撫了撫她的臉，目光流露著歉意。

「沒事，有韻兒陪我呢，還有這船上的人，不會有事。」允瓔拉下他的手，寬慰道：

「你只管去，一切小心。」

「韻兒，照顧好小姐。」烏承橋點頭，又不放心地對韻兒交代了一句。

「讓邵玖和拾伍跟你一起去。」允瓔笑道。「不許跟淩家小姐走太近喔，要不然……哼哼。」

「知道了。」烏承橋失笑，伸手摟摟她的腰，一點兒也不顧忌船上那麼多雙眼睛。

喬陌陪著烏承橋去淩家，喬阡要處理船隊補給的事，船上便餘下了喬知。

「少夫人，外面風大，還是進去歇著吧，一會兒我二哥回來，我讓人給妳送新鮮的瓜果過來。」喬知看著允瓔，笑容都真誠了許多。

「謝謝。」允瓔回以一笑。「您和喬伯、喬二叔是親兄弟嗎？」

閒著無事，允瓔便沒話找話。喬陌這三人，兄弟相稱，可性子卻大不同，喬陌沈穩，喜怒不形於色；喬阡圓滑，做事極細膩周全；喬知便顯得粗獷許多，年輕的時候一定是個火爆脾氣。

「大哥是我的親哥哥，二哥是我堂哥，當年家裡遭難，兄弟幾個一路乞討去投親，險些喪命，是大夫人的爹救了我們。」喬知說道。

原來是大夫人的人啊。允瓔驚訝，那他們怎麼姓喬呢？

「我們也算是和大夫人從小一起長大，情同兄妹，後來大夫人嫁入喬家，老太爺便讓我們幾人幫著大夫人掌管名下的嫁妝鋪子，那時候喬家也只不過是一般人家，全虧了大夫人當年英明，一手幫扶老爺掙下這份家業，沒想到……唉。」喬知說到這兒，嘆了一口氣。「夫人去得冤哪。」

「你們既是大夫人身邊的人，為何大夫人不在這麼多年，你們卻為喬老爺做事，還半點不知大公子的處境？」允瓔心裡疑惑又起，直接問道。她知道以喬知的性格，這樣直截了當地問，更容易得到答案。

果然，喬知苦笑一聲，看著她說道：「大夫人搬進佛堂前給我們來了一封信，讓我們無論如何都要守住大公子的家業；二來，我們也覺得，大公子也是老爺疼愛的兒子，而且老爺確實是對大公子花了不少心思，反而大公子自己……所以，我們只想著全心全意給大公子多創根基，多守住一份是一份，也沒怎麼關注喬家內宅的事，畢竟我們一年到頭的，留在泗縣的時日也不多，偶爾見到老爺帶大公子來，大公子還都是那副氣死人不償命的樣子，說實話，我看著就火，就想抽他一巴掌，可誰想到他……」

「噗——他以前的樣子，很欠揍是不是？」允瓔噴笑，看著喬知問道。以喬知的性格，那樣的事他還真做得出來。

「確實是。」喬知尷尬地撓頭。「沒一次不把老爺氣得發抖，有一次還險些把老爺氣得差點吐血。」

「怎麼回事？」允瓔來了興趣。

「就是淩家的事，喬老爺和淩老爺有意親上加親，結果公子他……」喬知說到這兒，看著允瓔嘿嘿一笑。「嫌人家淩小姐是無鹽女。」

「無鹽女……淩小姐長得不好看嗎？」允瓔頓時對淩家小姐起了好奇心。

「那個……」直爽的喬知看著允瓔，突然支支吾吾了起來。

「喬三叔，有話直言，那淩家小姐是不是比我長得要好看？」允瓔一看就明白了。

「那個……剛開始看到少夫人，我還真有些不相信，以為老莫認錯了人。」喬知嘿嘿笑著，迴避著答道。

「我就知道。」允瓔倒是無所謂地笑。「說起來，還真多虧了他以前眼高於頂，我們這一路才沒被人認出來，外面的人一看到我，誰會想到我家相公就是那個無美不歡的喬家大公子？」

「娶妻當娶賢，大公子能娶到少夫人，是他的福分。」大剌剌的喬知竟然也會安慰人，他很認真說道：「那天見過少夫人回來，我大哥便說了一句，大公子有福，娶對了人。」

「真的？」允瓔驚訝地問。「可我沒做什麼呀？」

「我大哥看人很準的。」喬知自豪地笑著。

兩人倒是沒有什麼代溝，就這樣站在甲板上，看著不遠處人來人往的碼頭閒聊。

也不知是喬知有意告訴，還是無心洩漏，允瓔很快就知道了他們三兄弟的分工。

喬陌是大管事，掌著生意上的舵；喬阡也是大管事，管著船隊裡面一切補給和安排，相當於後勤總管；而喬知，三人中數他拳腳最了得，便管著船隊的安全，這次脫離喬家，原本船上的護衛隊都是他的親信，差不多都跟著他出來了。

他們三人的離開，可謂是給喬承軒狠狠地捅了一刀，也怪不得喬家會那樣緊急調派喬記倉的所有人回來，只怕，便是全召回來，也補不上那個空缺吧。

說著說著，便扯到喬知與他的那些親信身上。以他的話說，能一起大碗喝酒、大口吃肉的都是同道中人，當然，能成為像今天這樣密不可分的兄弟也是這二十幾年來風雨同舟累積下來的，這份情誼可不是喬家那幾個錢能收買的。

允瓔聽到這兒，不免唏噓。也多虧了喬家三兄弟對大夫人的那份情誼，要不然，烏承橋想通行大運河多的便不是助力，而是強大的阻力了。

「三叔喜歡喝酒？」允瓔也挺喜歡喬知的性格，才會和他聊這麼久。

「是呀，不過大哥不讓喝，說是誤事。」喬知有些遺憾地說道。「而且，這邊的酒都太淡了，沒有關外的酒喝著過癮。」

「我那兒倒是有幾瓶好酒，三叔若有興趣，不妨嚐嚐。」允瓔的空間裡可還裝了不少，要是幾瓶酒能讓他們對烏承橋更親近，那也值得。

一聽到有酒喝，喬知當然高興。

「韻兒，去看看有沒有什麼下酒菜？再取幾個酒杯過來。」允瓔先支開韻兒。

韻兒應聲離開。允瓔回到船艙，喬知幾人都是大男人，也不好跟進來，倒是方便了她。

從空間挑了幾瓶沒有兌過的果酒，允瓔重新回到甲板上，笑道：「三叔，就在這兒吧，船艙裡有些悶。」

「妳能喝？」喬知雖然是個大老爺們，可他畢竟也活到四十幾歲，這點常識還是懂的。

「我不喝，我等著三叔品嚐完給我提意見呢，這酒若有做得不好的地方，還能改進。」允瓔笑著把酒遞過去，她取的都是小瓶，幾個瓶子幾個口味。

「少夫人還會釀酒？」喬知顯得驚訝，卻不是很在意，他覺得這邊的酒太淡。

「只會些皮毛。」允瓔說的可不是謙虛話，她真的只會些皮毛，不過是把人家釀的酒再蒸餾一下罷了。

「我嚐嚐。」當著允瓔，喬知還是給些面子的，他打開其中一瓶，湊到鼻子前嗅了嗅，臉上頓時驚喜起來。「這酒……」他看看允瓔，也不等韻兒取酒杯過來，直接就著瓶子就是一口，細細品嚐一番後，他雙目圓睜，不敢相信地看著允瓔。「少夫人，這是妳釀的酒？」

「那個……是我們貨行現在的主打商品。」允瓔也只能這樣說，著實為喬知的話汗顏了一把。酒是陶伯家釀的，現在蒸餾的事也是老王頭做的，跟她沒有多少關係啦。

「好酒！」喬知眼睛發亮，緊緊攥著幾瓶酒，有些急切地說道：「少夫人，我能不能把這些分給兄弟們嚐嚐？大家的嘴已經寡淡了好幾個月呢。」
「當然沒問題。」允瓔笑著點頭。
「多謝。」喬知說罷，抱著酒瓶興沖沖地走了。
結果，韻兒取了下酒菜回來，允瓔也只能自己留著當加餐吃。
略吃了些東西，允瓔便自顧自歇著了，這幾天，雖然嗜睡的症狀略略好些，但也還是不如以前那樣精神。
深夜，允瓔正迷迷糊糊著，只覺榻邊似乎有人，她驚了一下，睜眼一看，卻是烏承橋回來了。
「相公。」允瓔想要起來，被接著上榻的烏承橋給按住。
「吵醒妳了。」烏承橋拿被子裹住允瓔，歉意地說道，氣息中帶著淡淡的酒氣。
「他們為難你了沒？」允瓔打量著他，關心地問。
「沒有，淩伯伯一向待我極好。」烏承橋心裡嘆氣，但他不想讓允瓔跟著擔心。
「他答應了？」允瓔問的是生意的事情。
「還不曾。」烏承橋搖頭，鑽進被窩緊緊抱著允瓔，低語道：「除了妳，我誰也不想要。」
「他還是提親事了？」允瓔隱約猜到，不由皺眉。
「莫管他，若是這生意非要娶了他女兒，不做也罷。」烏承橋的聲音洩漏一絲絲火氣。

允瓔可說不出勸他將就的話，那也太違心了。「累了吧？睡吧，船到橋頭自然直，會有辦法的。」

只是，辦法也不是說有就有的，第二日，烏承橋和喬陌依然去了淩容縣，允瓔叫了邵陸和邵柒過來，吩咐兩人也去縣裡，打聽一下淩府的事，她反正在船上，安全方面自有喬知等人負責。

允瓔這樣做，也只是想知己知彼，多打聽些淩府的事，說不定能找到一些說服淩老爺的機會吧。

然而，讓允瓔沒想到的是，這一打聽居然打聽出來一件讓她驚詫不已的事情。

第一百二十八章

「你是說，淩家小姐很可能有孕了？」

允瓔瞪大眼睛看著回來報信的邵柒，邵陸則還留在縣裡打聽後續消息。

不得不說，陸柒帶回來的消息很勁爆，懷孕是常事，但這個時代的姑娘未婚先孕卻是天大的稀罕事！

「這消息確定嗎？」允瓔的神情多了一分慎重。她想幫烏承橋沒有錯，可是萬一因為消息有誤，毀了淩家小姐的清譽，只怕到時候，烏承橋就真的要為她的這番行動對淩家小姐負責了。

「小的只是猜測。」邵柒也有些猶豫，他看看允瓔，細說了起來。「我和陸哥在茶館打聽，那茶館對門就是藥鋪子，說來也巧，正好遇到淩府的小丫鬟去抓藥。那茶館的幾個茶客看到那小丫鬟，便說起了淩家小姐身子弱的事，據說最近更是臥病在床，我便去藥鋪子打聽一下，花了不少銀子抄了一份方子，小姐請看。」

邵柒從懷裡取出一張紙遞給允瓔。

允瓔打開一看，一頭霧水，她看不懂呀。

「這能說明什麼？」

「小姐，這方子，之前姑爺給您請的大夫不也開過嗎？是安胎的藥。」邵柒提醒道。之前允瓔剛被診出喜脈，烏承橋便請過大夫，還開了不少滋補調養的藥，那些都是他和邵陸去抓的，每張藥方都細看過，細細記下，絕不會弄錯。

「安胎……」允瓔張口結舌，不過她還有不確定。「你能確定那就是淩家小姐的？不會是府裡別的人吧？」

「不會，那茶館的茶客認得那丫鬟，淩家小姐在縣裡也是有些名頭的才女，之前沒少拋頭露面，為了……為了能博大公子青睞，她更是卯足了勁，所以大家都認得那是她身邊的貼身丫鬟。」邵柒很肯定地說道。「而且，抓藥的那位掌櫃也確認過，那就是淩家小姐身邊的貼身丫鬟碧嬋。」

「這事還不能胡亂猜測，畢竟事關人家姑娘清譽，你再去縣裡告訴陸哥，務必要有十成十的把握才好，有什麼消息立即回來報我。」允瓔略一沈吟，還是覺得應該慎之又慎才行。

「是。」邵柒立即應下。

「多帶些銀子，有些地方不要怕花錢。」允瓔直接遞上一百兩的銀票給邵柒。要是此事是真，她看那個淩家老爺還怎麼逼烏承橋娶他家女兒。

這一晚，烏承橋還是那麼晚回來，不過比起昨夜，他的神情倒是鬆快許多，告訴允瓔，他見到了幾個故人，去萬花樓坐了坐，喝了幾杯酒。

對於他的坦誠，允瓔不由啞然失笑，只是嗔怪幾句，小小地抗議一下才算揭過。

至於關於淩小姐的猜測，還沒等她說，烏承橋便已經睡了過去，她只好作罷，想著等事情清楚之後再告訴他不遲。

接連兩天，邵陸和邵柒都沒有消息回來，但是，到了第三天，邵柒再次帶著一件驚爆的消息回來了。

「小姐。」邵柒的臉上多了一分凝重。「那碧嬋說，淩小姐的孩子是喬家大公子的。」

一句話，頓時讓允瓔嚇了一半的紅棗茶全噴出來。「咳咳——你說……什麼?!」

邵柒打量著允瓔的神情，小心翼翼回道：「我們截到了碧嬋，花了些手段，她說，她家小姐肚子裡的孩子是喬家大公子的。」

允瓔一臉震驚。她第一個想法就是：難道是烏承橋出事前的種？

一想到這個可能，心裡便一陣一陣的翻騰，抱著一絲希望，允瓔強作鎮定地問。「可知道淩家小姐懷了幾個月了？」

「已有五個多月。」邵柒點頭回答道。「淩家小姐這半年都抱恙在家，從沒有出來過，不過很顯然，淩老爺應該是知道這件事的。」

「呼——」允瓔撫著心口，重重鬆了口氣，責怪地看著邵柒。「嚇死我了。」

五個月前，烏承橋的腿傷還沒好，和她朝夕相處，哪來的作案時間？除非他有分身術，會瞬間移動。

「小姐？」邵柒有些驚訝。

「那個人絕不是我相公，因為他的腿傷過年前才好。」允瓔簡略地解釋一句，消除了邵柒的懷疑。

「小的馬上再去打探。」邵柒也想到了這一層。

「找個機會，引那淩家小姐出來，我想見見。」允瓔皺著眉。不論那個喬家大公子是誰，她也不能讓人壞了烏承橋的名頭呀，到時候要是鬧不清楚，還以為她家相公有多風流呢。

「小的明白。」邵柒眼中精光一閃，拱手應下。

「記得，別傷著她們。」允瓔沒有錯過他眼中閃過的那絲光，心裡咯噔了一下，忙補了一句。

淩家小姐的行蹤很快被鎖定。

淩家老爺千防萬防地把女兒鎖在深宅大院，卻也沒能防住人家那顆騷動的心，通過碧嬋，邵陸很快就傳回消息。

明日黃昏，淩家小姐要私會喬家大公子！

消息傳到允瓔這兒，她自己不會錯過這個尋查真相的機會。

一大早，烏承橋要出門的時候，允瓔拉住他，把事情細細說了一遍。

「還有這事？」烏承橋眸光一凝，眼睛便眯了起來。居然有人做了那樣的齷齪事，還栽贓到他頭上？

「嗯，你想個辦法，把淩老爺引出來，戳穿這件事，看他還怎麼逼你娶他女兒？」允瓔興沖沖地說道。「七里街尾的如園茶樓，人約黃昏後喔。」

「我明白了。」烏承橋當然不會放過這個機會，但是看到允瓔發亮的眼睛，他又有些無奈，伸手掐她的臉。「妳要是想去瞧熱鬧，記得多穿點，和喬三叔說，讓他多派幾個人安排妥當，知道沒？」

「嗯嗯嗯，我一定會照顧好自己的。」允瓔笑得兩眼彎彎。有進步喔，知道堵不如疏了吧？反正今天這場好戲，他不讓她去，她也會偷著去的。「我想知道，喬大公子到底是什麼樣的風采？」

「天天看，還看不夠嗎？」烏承橋無奈地看著她笑。

「我說的是那位讓凌家小姐以身相許的喬家大公子。」允瓔伸手戳他，凶巴巴地問：「是你幹的嗎？」

「肯定不是我。」烏承橋忙改口，攬住她的腰說道：「我得出門了，妳自己小心些。」

「放心，有邵陸和邵柒呢，這一次，邵會長算是做了一件大好事，這幾個人很不錯。」允瓔笑盈盈地稱讚道。

「那是妳大伯。」烏承橋輕掐她的腦門一下，鬆開了手。「好好休息，養足精神好看戲。」

這個允瓔當然知道，送走烏承橋，她派韻兒去尋了喬知，告知這件事，直爽的喬知一聽，頓時火大了起來。「什麼?!居然敢壞我們大公子名聲！」

「行了行了，嚷嚷什麼？你這不也是壞公子名聲？」跟著一起來的喬阡瞪了他一眼，克制住喬知的火氣。「少夫人放心，這件事交給我們去辦。」

「喬二叔，事情已經安排下去了，相公會處理，不過我想去看戲，麻煩二叔、三叔安排一下。」允瓔沒有隱瞞，她覺得，說服這兩個人比說服烏承橋要難，烏承橋已經深知她的脾氣，根本連說服都不需要了。

果然，她話剛出口便遭到喬知的反對。「那怎麼行？少夫人還懷著小公子呢，這樣太冒風險了。」

「能有什麼風險？我又不露面，只是去看熱鬧聽個戲罷了。」允瓔失笑。「再說了，不是還有你們嗎？」

「少夫人，這事交給我們就是了，何必冒這個險？妳最近不是一直很累嗎？」喬阡便顯得溫和許多。

「我一會兒休息，去如園茶樓聽完戲就回來，不會有事的。」允瓔搖頭，很堅持地說道：「我想知道，到底是誰在冒充我相公，這件事馬虎不得。」

「那我陪少夫人同去。」喬阡想了想，點頭說道。

「二哥，你怎麼又和我爭？」喬知瞪著眼，不高興了。

「你這火爆脾氣，還是別去了，少夫人也說了，只是聽戲，而且公子和淩老爺的買賣未成，此事聲張不得，你這大嗓門怕是要誤事。」喬阡淡淡看了他一眼，逕自說道：「我去安排轎子，到點便來接少夫人。」

「謝謝二叔。」允瓔笑盈盈地點頭。有喬阡去，自然更好，這幾天瞧他把船隊打理得井井有條就知道了。

「真是……」喬知瞪著眼看著喬阡離開，卻也無可奈何。喬陌陪烏承橋去了淩家，還帶走幾個好手，喬阡下午陪允瓔出門，也得安排幾個好手，這樣一來，他就只能留守在船上了。

其他的事，自有他們去安排，允瓔沒有多想，讓韻兒給她準備衣裳和帷帽，自己便縮回窩裡養精蓄銳去了。

黃昏瞬息便至，允瓔換上衣裳，戴上帷帽，在韻兒和喬知的陪同下，下了船。

戴帷帽，自然是不想讓人看到她的臉。在喬家人的心裡，允瓔和烏承橋是隨船隊去了潼關，不應該出現在這兒，尤其是這會兒喬大公子出現在淩容縣的日子裡，更不能讓人瞧出半點蛛絲馬跡。

轎子是喬阡雇的，抬轎的人卻是喬知安排的，在喬知哀怨的注視下，允瓔幾人向淩容縣出發。

一路上，時時聽到喬阡在交代幾人緩行，允瓔不由好笑。

她不知道的是，專業轎夫和業餘轎夫的區別，喬阡只是擔心這幾個護衛頭一次抬轎，默契不夠顛著她。

七里街並不遠，在淩容縣也稱不上繁華地段，不過，也不是什麼冷清的街，如園茶樓處在十字街口，人來人往，倒也頗有人氣。

允瓔在如園茶樓門口落腳，邵陸看到韻兒便迎上來，他已經安排好了雅間，就在淩家小姐訂的那房間隔壁，而另一邊則是烏承橋他們。

「小姐，姑爺已經到了。」邵陸的話挑不出毛病，就算被人聽到，也只會以為是人家小夫妻一起出來喝個茶，並不會奇怪。

可允瓔卻明白，烏承橋已經約了淩老爺先進了茶樓。

「那兩位貴客到了嗎？」允瓔環顧了一下，跟著邵陸進門。喬阡揮手，讓人去安頓轎子，自己和韻兒兩人跟在後面。

「只來了一位。」邵陸回道。

允瓔點點頭，沒再說什麼。

茶樓的雅間果然沾了些雅氣，牆上掛著不知哪位名家的墨寶，竹桌子竹凳子，還點了檀香。

「把這個撤了。」喬阡一見，立即讓上來倒茶的夥計撤去檀香，並快步到了窗邊打開窗戶。

清冷的風吹進，很快便消散了一屋子的檀香味。

允瓔讚賞地看著喬阡的舉動，緩緩拿下帷帽。

「少夫人有孕在身，以後這一類的檀香，都不要再用了。」喬阡對著邵陸說道。「對胎兒有害無利。」

邵陸哪裡懂這些，聞言忙躬身領命。他不是喬阡的手下，本不用這樣恭敬，但事情涉及允瓔，他自己又確實疏忽了，才會對喬阡如此。

喬阡又給允瓔點了一壺紅棗茶，才帶著四個護衛去了隔壁，安頓好一切，他才回到這邊，只等隔壁的好戲上演。

一盞茶之後，隔壁傳來動靜，有人進去了。

允瓔立即來了精神，起身走到牆壁邊，側耳傾聽。

「大公子。」嬌滴滴的聲音響了起來，立即便是一陣抽泣聲。「你好狠的心，這麼久都不來看我，你讓我和孩兒怎麼辦？」

「清兒莫哭。」男子的聲音還算清朗，不過，絕對不是烏承橋。

「你說了想辦法的，你想到辦法沒啊？這眼看就瞞不下去了……」

「清兒聽我說，再過些日子，喬家家主之位必能回到我手中，到時候，我一定三媒六聘上門提親。」男子哄道。「妳再忍忍，到時候，我一定讓妳風風光光地嫁進門。」

「可是再過不久都能看出來了。」女子嗲著聲撒嬌。「大公子，你說了的，會馬上提親，你不會在騙我吧？」

「清兒，我怎會騙妳呢？此生能得到清兒妳，是我三生有幸。」

允瓔聽得雞皮疙瘩都起來了，她咧著嘴，卻不得不聽下去。

「我再給你一個月，若是……若是……哼，到時候別我怪不講夫妻情義。」

「好清兒，妳放心，我絕不會讓妳失望的。」男人忙哄道。

接下來的聲音有些低，聽不真切，但允瓔自行就腦補上了，無非就是你儂我儂的場面。

允瓔無趣地回到位子上，現在能做的只有等。

隔壁傳來的聲音漸漸變得……喬阡有些尷尬，朝允瓔拱手，拉走了邵陸，屋裡只剩下允瓔和韻兒兩人。

允瓔倒沒什麼，韻兒卻是滿臉紅暈，遠遠地離開了那邊的牆。

「噗——」允瓔看著韻兒的臉，不由笑出聲來。「這作戲的都不怕羞，聽戲的反而難為情了。」

「小姐，我們還是回去吧。」韻兒有些不贊同。「姑爺會處理好的，妳又何必……」

「噓……」允瓔示意了一下，指了指隔壁。「我就是好奇喬大公子長什麼樣。」

「砰！」

突然，隔壁的隔壁傳來一聲甩門的巨響，接著，走廊上響起一聲驚呼。「老爺！」

「賤婢！馬上給我回府！」不用猜，說話的人必是淩老爺無疑，他已經聽到淩家小姐與所謂的喬家大公子的對話，只是這兒是茶樓，他不想讓自家家醜鬧得人盡皆知，就不能此時闖進去教訓自家的糊塗女兒，有火也只能壓著。

「是……是……」丫鬟驚惶的聲音響起。

允瓔抬手撓了撓耳朵起身，重新戴上帷帽開門出來，當然，她今天就是來純看戲的，她倒要看看那自稱喬家大公子的人長什麼樣子？

來到門外，便見到烏承橋悠哉地負手立在走廊上，聽到這邊的動靜，他轉頭看了一眼，嘴角流露一絲笑意。

樓梯口，一大腹便便的老者正滿臉怒意的下樓去，身後還跟著幾個家丁，喬陌站在後面相送。

「碧蟬，還不請妳家小姐回府？」烏承橋朝允瓔挑眉，便轉回去處理正事。剛剛，他已攬下這件事。

「是。」碧蟬縮著腦袋顯得驚慌不定。她認得他，他是自家老爺的座上客，據說他才是真正的大公子，可小丫鬟心裡揣著事，硬是沒把這消息告訴淩家小姐。

允瓔遠遠站著，望著那頭的烏承橋，嫣然一笑。

「小姐。」碧蟬在烏承橋的注視下上前敲門，屋裡倒是因為那聲巨響安靜了下來。

「碧蟬，出什麼事了？」屋裡傳來淩家小姐的聲音。

「小姐，快回府吧。」碧蟬壓低聲音。「剛剛老爺就在隔壁，他都聽到了。」

「什麼?!」門被人陡然拉開，一身量嬌小、髮髻微亂、微挺著腹的姑娘出現在門口。

第一百二十九章

允瓔立即看了過去。

淩家小姐長得倒也端莊，擱在人群裡，也算是出類拔萃的，但是和仙芙兒那樣的美人兒一比，確實有些不夠看了，但也沒到無鹽女的地步。

允瓔有些怨念地看向烏承橋。她自己就只能算是清秀娟麗，與淩家小姐可謂是差不多層次的，也難怪人家以前總說她這樣的無鹽女，大公子怎麼會看上？因此才能掩護他好幾次，唉。

烏承橋似有所覺，往這邊側頭，不過，他現在要處理淩家小姐的事，不便多分心，於是馬上又回過頭去，對淩家小姐說道：「淩世妹，淩伯伯方才已回府去了，世妹還是不要逗留為好。」

「你是誰？」淩家小姐一愣，打量烏承橋的目光充滿了疑惑，但漸漸地，她的疑惑便轉化成震驚，指著烏承橋久久說不出話來。「你是……你是……」

「小姐，他才是大公子。」碧蟬適時地輕聲介紹了一句。

「什、什麼！」淩家小姐怔怔地看著烏承橋，好一會兒才回頭看向屋中另一個人。「你不是……怎麼會這樣？」

「來人。」烏承橋可懶得多說什麼，手一揮，喬陌便帶著人上來聽命。「送淩小姐回府。」

「是。」喬陌應下，他帶的幾個護衛便往前走了幾步，朝淩小姐齊齊拱手。「淩小姐，請。」

淩家小姐還在怔忡，碧蟬有些不忍，上前扶了一把。「小姐，先回去吧。」

「不。」淩家小姐突然回過神來，推開碧蟬，衝向屋中。「你告訴我，你到底是誰？你到底是誰！他是大公子，那你呢？你為什麼要騙我？」

「他確實是喬家的大公子，沒有錯。」此時，烏承橋卻出人意料地說了一句，俊逸的臉上浮現一抹痞痞的笑意，他拱拱手，竟朝著屋裡的人說道：「原來是承祖大堂哥，多年不見，我險些認不出來了。」

大堂哥？

允瓔眨眨眼睛，好奇地盯著門口。

「清兒，妳先回府去，改日，我必好好解釋。」那男子安撫地說道，並沒有回應烏承橋的話。

「我不，你現在必須給我答案！」淩家小姐不依不饒。

烏承橋皺眉，朝喬陌幾人很不耐煩地抬了抬下巴。

立即有人進了屋子，沒一會兒，碧蟬驚呼一聲，屋裡男子也驚呼一聲。「你們要做什麼？」

「大堂哥，此時此地，你覺得在這兒說話，方便嗎？」烏承橋挑眉，語氣中的戲謔意味十足。

屋裡男子沈默著。

「還不快送小姐回家？」烏承橋瞟了碧蟬一眼。

接著，碧蟬和剛剛那個護衛一起攙了淩家小姐出來。

喬陌另一邊已經吩咐人把轎子抬到樓下候著。

「大堂哥，要不，換個地方談談？」烏承橋看著他們送走淩家小姐，才懶洋洋地問。

「你怎麼會在這兒？」屋裡男子此時才正視烏承橋，聲音裡竟有些許顫抖。

「怎麼？我在這兒讓大堂哥你吃驚了？」烏承橋笑問。此時的他，與平時和允瓔在一起時完全不一樣，他雖然也笑著，可是此時的笑裡卻多了許多允瓔沒見過的東西，笑得沒有溫度，卻帶著一分嘲弄。

「沒錯！你怎麼會在這兒？」屋裡的男子似乎按捺不住，衝了出來。

允瓔頓時眼睛一亮。

眼前的男子個子與烏承橋相仿，身形略顯清瘦，著一身寶藍色深衣，雖不及烏承橋的俊逸、喬承軒的溫雅如玉，卻也長得清朗，對那些深院大宅裡的小姐們來說，確實很有吸引力。

「你怎麼會在這兒？」那男子衝到烏承橋面前，才發現走廊上還有不少人，他頓了頓身形，張望一番，伸手直接扯了烏承橋的衣襟，拉進屋子，門也被他重重踢上。

「小姐？」韻兒見狀，湊到允瓔身邊低聲詢問。

「回去吧，好睏。」允瓔看著那門，搖搖頭，回頭看了看喬阡。「讓喬伯派人守好這附近，莫讓人驚擾了姑爺他們的談話。」

「是。」韻兒快步過去和喬陌說了幾句話。

坐進轎子，允瓔的睏勁便湧上來，她無奈地打著哈欠，手撫上依然平坦的小腹，唇邊浮現一抹溫柔的笑。

黃昏時，烏承橋一臉笑意的回來了，一進來便從懷裡取出摺子，獻寶似的到了允瓔面前。「瓔兒，瞧。」

「得了什麼寶貝？這麼高興。」允瓔不由失笑，坐了起來。

烏承橋順勢坐在她身後，拉起被子裹住她，讓她靠在身上，一邊環著她展開手裡的摺子，笑道：「全虧瓔兒細心，瞧，淩伯伯已經答應把生意交給我們了，這是契約。」

「真的？」允瓔驚喜地坐直，搶過他手裡的契約看了起來。「怎麼這麼快？」

「妳呀。」烏承橋淺笑，將她拉回懷裡，重新裹好被子。「淩伯伯經商多年，能有今日的家業，又豈是普通人？他當時是震怒，回到家裡一平靜，自然就想明白今天的偶遇是怎麼回事了。」

「他倒也不是個老糊塗。」允瓔收起契約，遞還給烏承橋。

「喬家出了個昏招啊，淩伯伯又豈能嚥得下這口惡氣？」烏承橋嘆氣。

「什麼意思？那男的……真是喬家人？」允瓔本就好奇，聽到他這話立即問道。

「他叫喬承祖，是我二爺爺的大孫子，雖是喬家旁系，不過，他確實也是我們這一輩的大公子。」烏承橋語帶一絲笑意。

「他還真是喬家大公子啊？」允瓔笑倒在他懷裡。「自作多情了吧？一聽大公子就直接自己對號入座了。」

「笑我？」烏承橋睨著她，抬手便在她額上彈了一下，戲謔地說道：「之前也不知道是誰拈酸吃醋來著。」

「誰拈酸吃醋了？」允瓔的手伸到他腰間，揚著下巴問。

「……我。」烏承橋倒是轉得極快，連連哄道：「是我是我。」

「那位喬家大公子跟你說什麼來著？」允瓔這才鬆手，好奇地追問。

「他啊……」烏承橋收起契約，擁著她往後靠了靠，嘆了口氣。「喬承軒這家主之位沒坐穩，那些老傢伙們就不安分了，他們選中了大堂哥，讓他藉著那大公子的名頭，接近淩家小姐，為的就是淩家這些生意。」

「他真可惡。」允瓔一聽，立即啐道。

「他也是不得已。」烏承橋卻為那位大堂哥辯了一句，還大大地嘆了口氣，眼中閃過一抹厲色。

允瓔聽到他語氣不對，便抬頭，正巧捕捉到了這抹厲色，不由一愣。他可從來沒像現在這樣啊，就是他自己受傷那會兒，也不曾這樣過，她不由斂了玩笑的心思，認真地看著他。

「你怎麼了？」

烏承橋如今對允瓔也沒什麼隱瞞，見她問起，便把從喬承祖那兒聽來的事情細細說給她聽。

喬承祖比烏承橋大了五歲，再加上成親較早，膝下已添了兩個兒子，今年算起來，也都到進學堂的年紀。可是那些老傢伙們密議之後，在眾多孫輩中挑來挑去，卻挑中了成親的喬承祖，至少，到時候事發，追根究柢的，還能有個喬家「大公子」的名頭撐著。

喬承祖無奈之下，被趕鴨子上架，不得不和淩家小姐接近。他也算是個讀了不少書的人，頗有才華，那淩家小姐也不是花瓶，詩詞歌賦也頗喜愛，再加上仰慕大公子之名已久，於是兩人就這樣搭上了。

「這不對呀。」允瓔聽到這兒，忍不住插話。「這漏洞太多了，你信他的話？」

「信不信在我們，怎麼說的卻在他。」烏承橋笑道。「這些可都是他的原話。」

「他不是成親了嗎？還和淩家小姐……」允瓔就像吞了蒼蠅一樣噁心，眉頭皺得緊緊的。「依我看，他一樣可惡。」

「別動氣。」烏承橋點頭，抬手拍拍她安撫道。

「你生氣，也是因為這些吧？」允瓔看著他問。

「嗯。」烏承橋沒有否認。

「他原來的妻兒呢？他不會還想娶了淩家小姐吧？是假的就是假的，他怎麼圓得過去？還有，淩家不是和你家是世交嗎？淩家小姐好像不認識你呀，你們沒見過面？」允瓔一張口，便是一連串的疑問。

「小時候見過，世交也是老頭子的事，前些年倒也來過，不過，並沒和淩小姐照過面，她不認識我很正常。」烏承橋一眼就看穿她的小心思，先解釋了一下後面的問題，才把話題重新引回到喬承祖的身上。「大堂嫂半年前病故了，留下一雙兒子也被送到鄉下莊上養著。」

烏承橋語氣中流露出來的沈重，讓允瓔一下子找到了重點，令她目瞪口呆。「他一被選中，大堂嫂就病故了？」

「嗯。」烏承橋低低應著，手撫了撫允瓔的後腦勺。「大堂哥無奈，生怕一對孩子也追隨大堂嫂而去，所以他只能這樣做，可他沒料到的是，他對淩家小姐動了心，如今，倒是假戲真做了。他說，只要我能助他和淩家小姐在一起，他就能幫我穩住那些人。」

「無恥！」允瓔不屑地罵道。「他妻子是怎麼走的？半年前大堂嫂剛走，淩家小姐現在有孕已有五個多月，能做出這樣的事，也不是什麼君子！依我看，他是既想做婊子又想立貞節牌坊！」

「妳呀。」烏承橋見她氣得連這些話都罵了出來，不由無奈。「好啦，不管怎麼樣，他這樣說，對我們倒也有利，有他穩著那些老傢伙，說不定，我們還能從他那兒得到些證據，喬家……只怕早就爛了根了。」

允瓔聽到這會兒，莫名其妙地想到喬老爺的事，她頓時瞪大眼睛，揪住烏承橋的衣襟，低聲驚呼了一聲。「相公！」

「嗯？」烏承橋滿腹心事。

「公爹在世的時候，身體可好？」允瓔小心翼翼問道，她為自己的想法感到心驚。

「嗯？」烏承橋回過神，定定看著她。「為何……這麼問？」

「沒啦，我隨意問問的。」允瓔也怕自己只是疑心太重，惹他心煩，忙安撫道，心裡卻有了決定，她一定要找關麒的那個朋友，好好地細查一下。

「我……不太清楚。」烏承橋的神情漸漸變得凝重，猛然間，他才發現自己忽略了多少事情。

老頭子死的時候，他還在外面胡鬧，甚至入殮時都沒有去瞧上一眼，在這點上，他和柯至雲那樣相像，卻遠遠不如柯至雲做得好。

允瓔見狀，暗暗後悔，伸手抱住烏承橋勸道：「我只是問問，你別想多了。」

「沒事。」烏承橋收拾心情，反而安撫起允瓔。「他們有什麼招，我們只管接著便是，若是……他走時真如我們所猜想的，那……」

「關麒那位朋友極有本事，你認識不？」允瓔一聽便知道他和她想到一處，也不留著，把想法告訴他。

「認識。」烏承橋點頭。「以前見過幾次，妳別太勞神，這些事我會處理的，如今，我們足可以與他們一戰。」

允瓔沒有再繼續說下去，她看得出烏承橋此時沈重的心情。

「瓔兒，我去找喬伯，妳先睡吧。」烏承橋抱著允瓔靠了一會兒，柔聲哄道。

「嗯，早些回來。」允瓔點頭，鬆開了他。

深夜，烏承橋還沒有回來，允瓔獨自裹著被子，卻還是覺得刺骨的冷，她翻了個身，閉目聽著外面的動靜，想著事情。

喬大夫人之死、喬老爺之死、喬承祖妻子之死……那晚跳上船的無數黑衣人，還有那在黑夜中猙獰的大船……

黑暗中，那大船忽然扭曲起來，漸漸變成一個漩渦，漩渦中間慢慢出現了一個黑點，一點一點擴大，如同黑洞般，把烏承橋吞噬進去……

「不！」允瓔驚叫著坐起來，卻發現那不過是一場夢，讓她心驚肉跳的惡夢！冷汗，濕了髮，浸透了衣衫，允瓔擁被坐著，看著昏暗的房，抬手捂住狂跳的心，只覺得肚子隱隱有些疼。

「小姐。」韻兒披著外衣跑進來。她就住在隔壁艙房，今晚烏承橋還在喬陌那邊商議事情，她是知道的，所以聽到允瓔的驚叫，便沒有顧忌地跑過來。把手中的燈放到桌上，韻兒邊繫扣子邊跑向榻邊，急急問道：「小姐，妳怎麼了？」

「韻兒。」允瓔看到光，聽到韻兒的聲音，稍稍地安心了些。「幫我倒杯溫水。」

「喔，好。」韻兒剛走到榻邊，聞言又立即轉身。

允瓔撫著肚子，不舒服地皺了眉，她不敢大意，忙說道：「還有，尋個大夫。」

「啊？大夫？」韻兒剛走到艙門邊上，聽到這話，頓時嚇了一跳。「小姐妳怎麼了？」

「韻兒，小姐怎麼了？」門外傳來邵陸幾人的聲音。他們就住在另一邊，自然也聽到了動靜。

「小姐不舒服，快去請大夫，快送熱茶過來。」韻兒這會兒也不敢離開了，只得開了艙門，對外面的邵陸幾人說道。話音未落，一個人影夾著涼風掠了進來。

「怎麼回事？」來的是烏承橋，他就在相鄰那船上的喬陌房間裡，和喬陌三兄弟商量事情，聽到允瓔這一聲驚呼，便直接掠了出來，後面緊跟著喬陌幾人。

「沒事。」允瓔見驚動了這麼多人，有些不好意思。

烏承橋已到了榻邊，一眼就看到她蒼白的臉、滿頭的汗，不由一驚，趕緊坐下擁住她，一邊打量著她，急急問道：「怎麼了？」

「作了個惡夢，肚子有些不舒服了……」看到他好好地出現，感覺到他的氣息，允瓔狂亂的心終於落回原處，倚入他懷中，她低低說道：「我夢見……那晚的大船……」

一句話，烏承橋頓時明白了，那晚的事，終究在她心上留下了深深的烙印。

喬陌行事穩重，再加上喬阡思慮周全，所以，他們船隊四處流動，人員配置上也是極全的，隨船的大夫自然更不可缺。

沒一會兒，大夫便來了，給允瓔把了脈，開了一帖安胎藥。

喝了兩天，加上靜臥休息，允瓔才覺得舒服了些。

但，烏承橋卻再不敢大意。

淩家的生意已經到手，這兩天，烏承橋也去了淩府兩趟，接了貨準備啟程，考慮到允瓔的情況，他決定帶著允瓔先回船塢，畢竟算算時日，柯至雲他們的船隊也快要回來了。

對此，喬陌沒有意見。「公子放心，老僕必會辦好一切。」

生意上的事，喬陌比烏承橋更加精明，交給他們打理，烏承橋和允瓔都放心。

於是，在他們這些船接了淩家的貨之後，便緩緩起帆往京城運去。這些貨，當然不只是有京城的，還有淩家別處的商鋪，都要按著清單上的一一落實。淩老爺對烏承橋的認真很欣慰，他親自到碼頭送行。

船離開淩容縣半天之後，無人的河段，大船上放下了小船，烏承橋一行人轉道最近的小鎮略微修整，直直往船塢行去。

第一百三十章

喬知本來要親自送他們回轉，被允瓔拒絕，沒辦法，只好派了兩個親信跟隨烏承橋回來。

不巧的是，烏承橋一行人剛剛回到吳縣碼頭，還沒來得及去船塢，便見到關麒安排在碼頭接應他們的人。

喬承軒回來了，此時他就帶著船隊在船塢休整！

這個突如其來的消息，讓烏承橋和允瓔臨時改變了主意，他們決定先回吳縣的小院子。

「大哥大嫂，你們總算回來了。」關麒被留在吳縣，倒是混得活蹦亂跳，一看到烏承橋和允瓔進門，立即便撲過來。「可想死我了。」

「你真是屬猴的？走路用躥的。」烏承橋護著允瓔，瞪了他一眼。

「好嘛好嘛，我用走的。」關麒不以為然地咧嘴，打量允瓔一番，驚訝地說道：「大嫂看起來臉色不太好呀，害喜害的？」

「既然知道，還不幫我去請個可靠的大夫來？」烏承橋攬著允瓔往屋裡走，一邊說道。

雖然允瓔並沒有像別人害喜那樣吐得天昏地暗，但她總是犯睏，在船上自然不像在家這樣休息的好，再加上那夜驚夢，著實嚇著他了。

「我又沒事，幹麼看大夫？」允瓔有些無奈。「我在家休息就好了，你忙你的。」

「等大夫看過我再去。」烏承橋堅持。

關麒很快就請了一位大夫過來，給允瓔把完脈，證明一切正常，烏承橋才放心下來，安心地去忙事情。

烏承橋開始起早貪黑的，允瓔的日子卻恢復到如前世的假期般，吃了睡、睡了吃，沒多久，整個人明顯地豐腴了許多。

這一日，烏承橋笑容滿面的提前回來，一進屋就向允瓔報喜。「瓔兒，大功告成了。」

「什麼大功告成？」允瓔驚訝。

「喬承軒頂不住壓力，決定把餘下的船塢都轉給我們貨行，他倒是打的好主意。」烏承橋把手中的信遞給允瓔，一邊笑道：「接二連三幾家船塢歸入妳名下，他顯然是知道有人針對他，不如賣與貨行，至少，他還占著一份子，這算盤打得倒是精。」

「假如他知道貨行和這些船塢都是你收的之後，會不會氣暈過去？」允瓔輕笑，粗粗瀏覽著信。信是唐瑭寫的，不過並非平常的書信，而是半截信紙，整張紙有捲過的痕跡，明顯是通過暗線送過來的。

信上簡略寫了貨行的現狀，以及喬家的動作。喬承軒未回來這段日子，喬家的老族長已經派人幾次進入喬府，後來，柳媚兒也曾來貨行詢問允瓔的歸期，還曾兩次通過貨行向邵會長和關大人送了禮物。關老夫人已經和柳媚兒接觸過，聽柳媚兒的意思，喬家那邊已經有人給他們施壓了，所以，二夫人和柳媚兒便不得不巴結邵、關兩家，好讓那些人不敢輕易動喬承軒。

現在喬承軒已經回來，但他似乎在京城找到了更大的生意，手上銀兩周轉不夠，喬家裡面又沒有人肯出面助他，喬承軒便想把船塢拋出去，套現銀。

「奇怪，柳媚兒的爹不是很厲害嗎？那些人難道就不顧忌她？」允瓔對這個疑問，存在心裡已經很久了，這會兒終於問出來。「難道，她老爹還不如邵會長和關大人嗎？」

「柳大人遠在京城，她又只是個不受待見的庶女，能有多少作用？」烏承橋帶著一絲輕蔑說道。「妳也不想想，她要是柳家得寵的，她的親事能被一個叔叔隨意操縱嗎？會讓她下嫁給商家嗎？」

「商家怎麼了？他們為官不正缺錢嗎？還看不起商家？」允瓔驚訝地問。

「庶出不待見的，也未必會許給商家，相對於京城，喬家根本不算什麼。」烏承橋笑著搖頭。「不過是對大運河說得上話罷了，依我看，喬承軒這次是想往京中發展，借一借他老岳父家的勢了。」

「得隴望蜀。」允瓔把信摺起來還給烏承橋。「不如趁著這次，把喬承軒手裡的那份子給要回來，省得跟他夾纏不清。」

「還不是時候。」烏承橋搖頭笑道。「這事瑭瑭會處理，這個時候若是讓喬承軒撤出份子，他會起疑，說不定會弄巧成拙，不過他也不全然是對我放心，把船塢賣給貨行的另一個目的，只怕還是對我的試探。」

「也不知道雲哥他們回來沒有？」允瓔贊同地點頭。

「不出半個月，必能到吳縣了。」烏承橋淺笑，伸手撫了撫她的髮。「是不是擔心陳嫂子？」

「又被你猜到了。」允瓔輕笑。「有他們的消息了？」

「陳嫂子和陳四哥怕是要留在潼關。」烏承橋也是今天得的消息，本來就要告訴她，並不是猜測到她的想法才開口的。

「為什麼？」允瓔一聽猛地站起來，急急問道：「蕭棣為難他們了？」

「當心點。」烏承橋忙扶住她，微有些責備地看著她。「如今不方便還這樣大意，當心一會兒又要不舒服了。」

「我沒事啦，他們為什麼不回來？蕭棣為難他們了？」允瓔顧不得管這些，滿腦子都是蕭棣耍手段。「我就知道他不會這樣善罷干休的，真是卑鄙，之前還說那麼好聽，敢情是把他們騙到他的地盤上好方便下手啊。」

「瓔兒，棣哥不是那樣的人，妳且莫激動，聽我把話說完。」烏承橋見狀，不由無奈，伸手拉住她，安撫道：「棣哥並沒有對他們做什麼，這一路，他也是見到陳四哥對陳嫂子的好，留在潼關，是陳四哥和陳嫂子的主意。我們貨行想得到那邊的生意，必須在大運河的沿岸設下各個收貨點，收取當地的特產，並且等我們船隊過去時，也方便轉賣這邊過去的貨物。陳四哥和陳嫂子是自動請纓，棣哥只會照顧他們，絕不會使絆子的，他是大丈夫真漢子。」

「他們倆也真是，留在那兒幹麼？」允瓔有些汗顏。想當初貨行初建，這各地買賣貨物的事還是她提的，沒想到他們做得都比她提的好。

「陳嫂子在那邊生活那麼多年，畢竟熟悉那邊；再說，她身子也不方便，久待船上對她也不好。」烏承橋輕拍她的背，安撫著。

「那得多久才能再見到他們啊。」允瓔長嘆。「說真的，我還真佩服陳嫂子的豪氣，活得自在。」

烏承橋失笑，不想她總是這樣唉聲嘆氣，乾脆隱瞞下某件事，說起另一件喜事。「再告訴妳一個好消息，田大哥這趟去，也算是完成了他的終身大事，這次也留在那邊的鎮上了。」

允瓔這才高興起來，追問起其他人的消息來。

烏承橋為讓她高興，一一將新得的消息都告訴她。

陳四夫妻留在潼關，田娃兒有了媳婦兒，楊春娘夫妻也被派在一大縣城當了管事，楊春娘甚至還在那兒撐起了一家一間麵館，柯至雲和唐果之間也有了些苗頭……

半月之期，一晃而過，允瓔的嗜睡終於也得到緩解，而柯至雲一行人也終於回來了。他們回來得正是時候，正好，他們一到，就可以和喬承軒那邊接頭，看一看他是不是真心想把船塢轉手給五湖四海貨行。

允瓔要韻兒早早收拾了衣物，關麒等人也趕了回來，這一次，他們倒是不用再避人耳目，因為船上還有一批貨要卸在吳縣這兒。

「小姐，船已經靠岸，隨時可以登船。」邵拾伍回來報信。

「那走吧。」允瓔有些迫不及待。吳縣也好，淩容縣也罷，終歸不及泗縣給她的歸屬感強。當然，那泗縣還是比不過苕溪灣，在允瓔心裡，已經把苕溪灣當成了她在這兒的故鄉，那兒，有她剛來時得到的最溫暖記憶。

一行人出現在碼頭，柯至雲帶著人正在指揮卸貨，允瓔的那條船正悄悄停在不起眼的地方。唐果守在一邊，一雙大眼睛滴溜溜地轉著，尋找著允瓔幾人的下落。

「在看什麼？」允瓔快步上前，拍了唐果一下，把唐果給驚了一跳。

「邵姊……姊！」唐果驚呼一半，立即掩住自己的嘴，左右瞄了瞄，放輕了後面的話，伸手擁住她。「邵姊姊，我想死妳了。」

「噗……妳怎麼說話跟關麒一樣。」允瓔失笑，看到活力四射的唐果，心情都亮了起來。「路上辛苦了吧？」

「不辛苦，可好玩了。」唐果連連搖頭，興高采烈的就要說話，可馬上想到允瓔的事，連忙拉著她上船。「我們進艙說。」

允瓔回頭瞧了瞧，烏承橋正和柯至雲說話，邵陸幾人已經插手裝作卸貨的人混入人群。

「唐姑娘，妳慢些，我家小姐可不能走急了。」韻兒見唐果連拽帶拉的，嚇了一跳，忙上前輕聲細語地提醒。「我家小姐現在是雙身子呢。」

「雙身子？」唐果一愣，立即便反應過來，喜笑顏開地看著允瓔，倒是放柔了動作，扶著她進艙，才笑問道：「邵姊姊有喜了？太好了，我要當乾娘。」

允瓔不由失笑。之前唐果拉著她一口一個師傅，現在倒好，直接要當孩子的乾娘。

「這麼喜歡孩子，不如早些成親嘍。」允瓔坐下，開玩笑地說道。

「他說這次回來就去洛城提親。」沒想到，唐果雖然臉上帶著紅暈，說出來的話卻讓允瓔大大地驚訝。

竟然已經到了這一步？

允瓔打量著唐果，就好像剛剛認識她一樣，把唐果看得，真正的不自在起來。

「邵姊姊，想笑就笑吧，幹麼這樣看我？」唐果不好意思是真的，但她並沒有躲開，反倒是滿臉幸福的笑意。

允瓔滿意地點頭，打趣道：「行啊妳，一趟潼關走下來，都摘了勝果了。」

「我還不是怕回去有人搗亂嘛。」唐果給了她一個「妳懂得」的眼神，笑咪咪地說道：「先下手為強，這是我哥教我的。我喜歡他，他也喜歡我，為什麼還要藏著掖著呢？平白把機會讓給別人，那可不是我唐果的作派。」

「有魄力。」允瓔豎起大拇指，但一想到柳柔兒，她又忍不住嘆氣。「這次回去，柔兒那邊……」

「不怕，他已經是我的人了，我還會怕那什麼柳柔兒？」唐果卻是眉頭一挑，很有氣魄地說道。

只是，什麼叫他已經是她的人了？

允瓔擠了擠眼，古怪地瞄向唐果的肚子，又看了看自己。

這一下，唐果雙頰染紅，羞惱不已，嘟著嘴便要湊過來捶允瓔兩下，但，馬上又想到允瓔的情況，高高舉起的手最後還是輕輕落下，嬌嗔地說道：「師傅，妳怎麼這樣……」

顯然，唐果也是不好意思到了極點，才又喊了師傅。

她再不拘小節，可到底還是個姑娘家。允瓔嘿嘿笑著，抓著唐果的手，算是給了個臺階。「快給我說說這一路上都有什麼好玩的、好吃的，讓我也見識見識，回去若有人問起，我也好顯擺。」

笑鬧一陣，唐果便對允瓔說起了這一路的事情，說得很是細緻。

唐果和允瓔這邊聊得熱絡，外面的貨也在柯至雲等人的安排下，搬卸完畢，柯至雲和烏承橋一起進了船艙，邵陸幾人則分散在外面。

船上的貨搬下，補給的人則又帶了貨上來，允瓔一行人的混入也沒有引起別人的注意。

柯至雲一坐下，就朝允瓔笑嘻嘻地道喜。「邵姑娘……不對不對，恭喜弟妹。」

「我也得恭喜你才是。」允瓔看了唐果，笑盈盈地回一句。

「嘿嘿。」柯至雲立即會意，倒是爽快承認。「我和果果不是還沒到恭喜的時候嘛，這次回去，瑭瑭那一關還不知道能不能過呢，更別提岳父岳母那兒了。」

「喲，岳父岳母都喊上了，還說沒到恭喜的時候。」允瓔打趣道。

「咱也不是外人，更不是那矯情的人。」柯至雲笑咪咪地看著唐果。這一趟潼關之行，對他來說，是收穫最大的，不僅是生意上讓他能在兩位好友面前交代，更大的收穫就是和唐果的兩情相悅，不虛此行啊。

「看你得意的。」允瓔失笑。

「恭喜。」烏承橋拍拍柯至雲的肩。男人之間，有些話自然不像允瓔和唐果這樣非要絮叨個半天才顯親近，隻字片語就足夠讓兩人意會。

「快說說，這次喬承軒的事，你倆什麼意見？」柯至雲看著黑瘦壯實了不少，剛剛在外面給人的感覺也是沈穩許多，可這一坐下來，立即就暴露了本性，著急地問起喬承軒的事。

「沒什麼意見，有人送了聚寶盆，我們還能往外推了？又不是傻了。」允瓔笑盈盈的。

「就是不知道，喬承軒知道事情真相之後，會是個什麼反應？」

「一定是氣得在家摔東西唄，還能有什麼反應，世間沒有後悔藥，他賣出來了，就別想吃回去了。」唐果在一邊理所當然地應著。

第一百三十一章

順風順水的行了幾日，泗縣碼頭漸漸出現在視線中。

遠遠看去，碼頭上人來人往熱鬧非凡，碼頭邊上更是停滿了船隻，正忙著裝船、卸貨。

「瑭瑭在那邊。」柯至雲忽然指著碼頭左邊岸上，笑著提醒道。

果然，那邊的岸上，一少年長身而立，身後還擁著無數人，除了貨行的，唐瑭身邊還站著一個人，瞧著那身形和裝扮，分明就是喬承軒。

允瓔回頭瞧了烏承橋一眼，打量他臉上的裝扮沒有紕漏，這才微鬆了口氣。

烏承橋朝她安撫一笑，背負著雙手，神情平靜地看著那岸上的人。

船漸漸地近了，唐瑭等人的笑容清晰可見。

「哥！」唐果久不見唐瑭，這會兒看到，高興得連連揮手，連平日從不輕易喊的「哥」也脫口而出。

「這邊。」碼頭外停靠的船見狀，紛紛往一邊移動，將左邊讓出一塊空地，戚叔帶著貨行的幾個夥計，快步走到岸邊招手接應。

「戚叔。」允瓔開心地招呼，再看到他們的感覺真好。

「呵呵，小娘子氣色越發好了。」戚叔朝允瓔和烏承橋幾人笑著。

「戚叔，您不知道，邵姊姊有小娃娃了。」唐果嘴快，在一邊揭了允瓔的底。

「真的？太好了，恭喜小娘子，恭喜烏小兄弟！」戚叔至今還是沒有改口，依然喊烏承橋為烏小兄弟。「快快，一路辛苦，快回院裡歇著。」

「戚叔，我沒那麼嬌氣，沒事呢。」允瓔心裡暖暖的，在烏承橋的相扶下上岸。

「恭喜。」喬承軒幾人也聽到了這個消息，朝烏承橋和允瓔拱手。

「有勞喬公子相候。」烏承橋倒是挺客氣，和喬承軒兩人抱拳問候，看得允瓔無言不已。

「哥——」唐果一上岸，直接就撲了過去，拉著唐瑭又蹦又跳。「你怎麼瘦了？還這麼黑，這哪還像是你唐公子呀？不行不行，現在我回來了，等我給你弄些吃的，把你恢復原樣。」

唐瑭頓時滿頭黑線。他一個大男人，黑些瘦些有什麼不好？不過，兄妹也算是久別重逢，心裡還是很高興唐果的關心。

「好啦好啦，姑娘家的，這樣嘰嘰喳喳當心嫁不出去。」唐瑭拉住亂蹦的唐果，無奈地說道：「我瞧瞧，有沒有少胳膊少腿？」

「什麼呀，我又不是螃蟹，哪那麼多胳膊和腿可少。」唐果瞪著眼睛，重重捶了唐瑭一下，眼中笑意盎然。

柯至雲和喬承軒幾人打過招呼，來到唐瑭邊上，一時竟有些侷促，他訕笑著，手指摩了摩自己的鼻翼，竟有些開不了口。

原本兩人就是好友，說話也沒顧忌，可現在，唐瑭卻成了他未來大舅子……一向率性的柯至雲竟也有種醜媳婦見公婆的羞澀感。

允瓔在一邊看到，好奇地瞄著柯至雲。

「雲哥，看到我怎麼生分了？」唐瑭倒是如往常一樣，笑著上前，虛握拳頭，輕捶了一下柯至雲的肩頭。

「沒，怎麼會呢。」柯至雲嘿嘿笑著，還了唐瑭一下，眼睛瞟了瞟唐果。

唐果在一邊睜著大眼睛看著柯至雲，可見他這樣，頓時嘟了嘴，朝他又是擠眼又是噘嘴地暗示著。

柯至雲有些無奈地苦笑，他說不出口啊。

「一路辛苦，大家快回去吧，喬兒送來了酒菜，等著給你們接風呢。」唐瑭轉身笑道，似乎沒有瞧見他們之間的小動作。

允瓔見唐瑭分明已經看透唐果和柯至雲之間的暗潮湧動，卻故意無視，心裡不由好笑，看來，唐瑭是要整他們嘍，她也不戳破，只等著看好戲。

船上的東西，自然有人負責安排。

允瓔一行人先往貨行走去。

回到小院，堂屋裡果然擺下了豐盛的酒菜，只是，小院裡的人卻不如以前那麼多，顯得冷清許多。

「咦？這人都去哪兒了？」允瓔奇怪地問。出船或是出攤的都是青壯年，像一些老人，平時無事都會聚在院子裡曬曬太陽，做些他們力所能及的小事，可這會兒，卻是一個未見。

「浮宅建成了，他們便急著搬回苕溪灣去了。」戚叔一聽就知道允瓔想問什麼，笑著解釋。「在那邊住慣了的，在這兒又沒什麼事可做，便先回去了。」

「建好了？」允瓔驚喜地問。

「是，小娘子改日有空，不妨去看看。」戚叔點頭。說起苕溪水灣的浮宅，眼中滿滿的笑意，畢竟是他們生活了大半輩子的地方，對他們而言，那就是他們的根。

「好。」允瓔立即點頭，對新建成的浮宅，好奇不已。

「我也去。」唐果在一邊插了一句，但下一句卻讓眾人啼笑皆非。「去哪兒？」

「妳呀。」允瓔失笑，指了指唐果。

眾人哄然大笑，唐果也不忸怩，大大方方地跟著樂。

考慮到允瓔的狀況，眾人也不圍著，先讓他們各自去洗漱。

允瓔的房間依然整潔如昔，顯然他們經常打掃，被子還有陽光曬過的味道。允瓔一進去，整個人都覺得放鬆下來，她微閉著眼睛，深深地吸了口氣，嘆道：「回家的感覺真好。」

對她而言，這屋子倒是比苕溪灣更讓她懷念，她和烏承橋之間的甜蜜，大多始於此。

「嗯，真好。」烏承橋笑著應了一句，拉她過去坐下，他也有這樣的感覺。

韻兒這段時日跟在允瓔身邊也是慣了，到這兒也沒把自己當外人，逕自尋到廚房，給允瓔和烏承橋打來熱水，關麒和柯至雲等人也得到了照應。

簡單地洗漱，換了衣服出來，眾人也都圍了過來。

允瓔看到幾位熟悉的嬸子端上菜，卻沒有見到柳柔兒，不由有些驚訝，但這會兒，唐果正在興頭上，要是提柳柔兒必定會掃了她的興，允瓔想了想便沒有開口。

而烏承橋幾人，也因為喬承軒在場，很默契地避開了要緊事，只敘述著這次潼關之行的種種見聞。

烏承橋也不知道是不是和柯至雲溝通過，說起這些事，絲毫不遜於柯至雲，兩人一唱一和，倒是把眾人的興趣都挑了起來。

喬承軒也識趣，酒足飯飽，他便起身告辭，烏承橋倒是坦然，起身相送。

「這次的事，多虧了邵姑娘和烏兄援手，承軒感激不盡。」喬承軒看著烏承橋，笑意滿滿，熱情相邀。「過兩日，還請烏兄和邵姑娘賞個臉，承軒當設宴相待，以謝兩位援手之情。」

「喬兄弟客氣了，我們貨行初開，少夫人能如此相信，也是我等榮幸。」烏承橋淡淡一笑。「至於飲宴，我心領了，拙荊有孕在身，這幾個月漂泊對她身體多少會有影響，怕是要靜養。」

「只是家母想表達一下感激之情，就家母與我夫妻幾個，並沒有別人。」喬承軒卻極力相邀，看了看小院，他又說道：「我家中尚有幾樣上好的藥材，正好能給邵姑娘安胎，一會兒我就派人送過來，這次來不知邵姑娘有喜，兩手空空的也沒個準備。就這樣說定了，後日中午，承軒掃榻相迎。」

烏承橋聽到這兒，心中一動，便點點頭。「如此，恭敬不如從命。」

喬承軒拱拱手，帶著人離開。

烏承橋一回來，堂屋裡只剩下柯至雲、唐瑭和允瓔聊著貨行的事，柯至雲一看到他便頭一個按捺不住地問：「他說了什麼？」

「只是表示感謝，謝我們援手之情，還有，就是後天讓我和瓔兒去喬家吃飯，說是喬二夫人想見我們。」烏承橋走到允瓔身邊，低頭看看她。

喬承軒剛剛的話倒是提醒了他。家裡有的那幾樣上好藥材，當初還是他那幾位朋友重金尋來給老頭子祝壽用的呢，如今喬承軒卻用來感謝他。不過，那幾樣倒正是允瓔所需要的，不妨帶她去一趟，拿回那些原本屬於他的東西。

「宴無好宴。」柯至雲直接說道。「回絕了他。」

「不，我們該去，免得讓他們起疑，更不好做事。」烏承橋隨意一笑，說了決定。

「咦？好奇怪，今天怎麼沒見著柳柔兒？她是不是躲起來想耍什麼花招？」這時，唐果從廚房出來，咋咋呼呼地說道，一臉防備。

「對呀，怎麼不見柔兒？」允瓔沒想到這個疑惑居然被唐果給問出來，看來，唐果對柳柔兒這個情敵還是很在意的。

「她……」唐瑭聽到問話，卻尷尬地嘆了口氣，說起柳柔兒的事。原來，在船隊離開之後沒兩天，柳柔兒便發現唐果也混進了船隊，失魂落魄了好幾天，接著便不見人影。

唐瑭一開始還擔心柳柔兒出事，派了不少人出去尋，沒想到得到的結果卻讓人大大震驚了一番。

「什麼消息？」唐果急切地問。

「她回了柳家，還在石陵渡開了一家一間麵館，我們麵館有的，她那兒全都有，甚至還更全。」唐瑭嘆氣。「如今，柳家的一間麵館已經在附近幾個鎮都開了分店，便是泗縣，也有一家新開的一間麵館，比我們貨行還要大。」

「叛徒！」唐果憤憤地捶著桌子。「她怎麼能這樣？那些可全是邵姊姊教的。」

「我們最近的攤子出去，生意已經大不如前了，以往一個攤子便能抵得上現在的三個或是四個，我又不懂這麵怎麼做，所以……」唐瑭有些自責。

「不用管她，麵館不做也就不做吧，我們只管做好貨行就行了。」烏承橋嘆氣。他之前就是怕允瓔知道了生氣，才把消息壓下去。

誰知道，允瓔卻沒有半點反應，反倒是唐果憤憤不已，手指直直戳向柯至雲。「都是你啦，惹的什麼爛桃花，叛徒！」

「果果，叛的又不是我……好好好，我去擺平她行了吧，我讓她在泗縣開不下去，行吧？」柯至雲欲要反駁，被唐果一瞪，立即改了口。

「你去擺平？不行，我也要去。」唐果又不放心柯至雲一人去，氣呼呼地說道。

「沒必要去找她。」允瓔看著他們，直接轉向關麒。「小麒，有件事要麻煩你。」

「啥事？」一直賴著不回家的關麒興沖沖地問。

「向你爹討一幅字唄，做匾額用的。」允瓔說道。「你還不回去？當心你奶奶該擔心了。」

「一會兒就回嘛。」關麒笑嘻嘻的。「要什麼樣的字？」

「一間麵館。」允瓔笑道。「她可以賣那些麵點，但這招牌，我們得自己留著，希望縣大人能賜墨寶為我們正名。」

縣太爺正名，在這個年代，除非柳柔兒能找到比縣太爺大且不要臉的官，才能奪走她的招牌；至於柳媚兒她爹，她是完全不擔心的，官做得越大，越是愛惜羽毛，應該不屑做這種搶人生意、奪人招牌的事。

「瓔兒，何必與那些人一般見識？」烏承橋安撫地拍拍她的背。

「不是與她一般見識，麵館的生意一向不錯，我們現在也正是用銀子的時候，多做些也沒壞處。」允瓔搖頭。「我們現在小院也空出不少房間了吧？不如重新規整一下，做成麵館，讓孀子和嫂子們也別每天辛苦出攤了，就在麵館做生意就行了。至於柳柔兒那兒，暫時不用理她，生意都是自己做出來的，她有那份本事，就由她去。」

「邵姊姊，妳就讓她這樣？」唐果不滿地瞪眼。

「她給一間麵館造勢，我有什麼不願的？」允瓔笑道。

「可我嚥不下這口氣。」唐果氣鼓鼓的。

「妳想出氣，也沒什麼難的。」允瓔好笑地看著唐果。唐果顯然是因為柳柔兒也喜歡柯至雲，所以才把她當成對手，如此忿忿不平。

「什麼辦法？」唐果急急追問，便是柯至雲幾人也好奇地看向允瓔。在他們心裡，一間麵館而已，做好了貨行，可好過那無數間的麵館，有什麼可計較的？但這會兒，他們好奇的是允瓔的主意。

「我們先把小院改造出來，打響一間麵館的招牌；另外，可以用船做麵館，等到一間麵館遍布江南運河甚至是大運河的時候，她還能有什麼優勢？麵點這些，無非不就是圖個新鮮？」允瓔倒是敢想。現在貨行也算是有人有船了，把麵館開出去倒也是個不錯的想法，活動於每個碼頭，說不定還能收集資訊傳遞情報用呢。

「好，就這麼定了，哼，敢搶生意……我一會兒就去寫信，讓我娘從洛城幫我請個最有名的麵點大師回來，看她怎麼囂張。」唐果氣呼呼的，一巴掌捶在桌子上。

「我去跟我爹要字去。」關麒站起來，準備回家。

「小麒，如今我們也回來了，韻兒和邵陸幾人也可以回府交差去吧。」小院太小，留下邵陸幾人未免不便，允瓔便主動開口讓關麒帶回去。

「這不行，邵陸幾人都是大舅爺派給妳的，以後就留在妳身邊照應，大哥又不是能天天在妳身邊，妳出去什麼的，總不能沒有使喚；韻兒麼，我就帶回去了，我奶奶身邊也沒幾個得力的，過幾日我去給妳挑兩個好的。」關麒很直白地說道。

「丫鬟就算了吧。」允瓔搖頭。「來了沒地方住。」

「大哥，你該買個院子了。」關麒無奈地看著烏承橋。「得了，這事也不用你們操心，我去辦。」

說罷，便帶著兩個丫鬟走了，邵陸四人也在眾人的幫助下，安排了房間。

第一百三十二章

回到家，雖然有柳柔兒這件鬧心的事，允瓔依然睡得香甜，第二日直睡到日上三竿才在唐果的敲門聲中醒來，而身邊的烏承橋早已起來做事去了。

「邵姊姊，是不是有了小娃娃，都跟妳一樣愛睡呀？」唐果等到允瓔開門，笑嘻嘻地擠進來，一開口就問道。「我一早就起床了，結果雲哥就是不讓我來吵妳，我哥也是，他們倆都不知道什麼時候商量好的，兩人對付我一個。」

「最近確實是嗜睡了些，不過已經好很多了。」允瓔笑道，著手整理被褥，一邊梳髮。

「我去幫妳打熱水。」唐果見狀，自動拿了木盆去廚房打水。

這剛回來，瑣事一堆，除了麵館的事，允瓔還得先去邵、關兩家請客，用了人家的人這麼久，總得去道個謝。

洗漱好、吃過早點，允瓔便要出門，唐果一聽，死活要跟著，允瓔只好應下，帶著她去了邵府。

豈料，邵太夫人早就等著了，允瓔客客氣氣行了禮，把唐果介紹給他們。唐果活潑又會說話，倒是很快就得了邵太夫人的歡心。

許久未見允瓔，邵太夫人自然不會輕易放人，便讓人準備中飯，召集一家人陪允瓔吃飯。

允瓔現在對邵府一家子一起吃飯實在是有些怕了，吃過幾次都如芒刺在背，實在讓人不舒坦，可眼見邵太夫人懇切的眼神、蒼蒼的白髮，她又心軟了。

「我就知道英娘在這兒。」廳外傳來關老夫人的笑聲，沒一會兒就看到關老夫人帶著韻兒和另一個她常帶的丫鬟進來，先朝邵太夫人行禮。「給娘請安。」

「妳來了，坐、坐，正和英娘說中午吃飯的事呢。」邵太夫人看到關老夫人極高興，指著允瓔和唐果說道：「這丫頭是英娘的小姊妹，我瞧著就喜歡，這水靈靈的模樣，和小麒倒是極般配的。」

噗——允瓔頓時暗笑不已。

唐果倒也大方，笑著向關老夫人行禮，對邵太夫人說道：「奶奶，我有心上人了，關公子也認識的。」

「哦？妳也認識小麒？」關老夫人驚訝。

「是，我哥和關公子也是朋友，我們認識很久了，雲哥也是，都是朋友。」唐果也不羞惱，甜甜地說道，她顯然很會討老人家的歡心。

「娘，您呀，就別操心小輩們的事了。」關老夫人笑著轉移話題。「英娘，韻兒在妳身邊也有些日子，妳如今有孕在身，身邊不能沒有個使喚的人，邵陸幾個兄弟到底是男人家，不方便，妳就帶韻兒回去吧。」

「英娘有了？」邵太夫人這會兒反應居然極快，很敏銳地抓住重點，埋怨道：「妳這孩子，居然也不告訴我，剛剛又是行禮又是站的，快快，讓人準備安胎湯……」

「奶奶，我好好的，不用什麼湯。」允瓔有些無奈地看了看唐果，換來她同情的一笑。

唐果自然對這樣的關心極熟悉，因為她回到家裡，就有兩個老人家這樣疼她，生怕她坐著硌著了，站著又累著了，那種既無奈卻又不忍拒絕的心情，她深以為然，當下笑著幫腔。「奶奶，烏大哥對邵姊姊好著呢，您瞧瞧她，這幾個月在船上，不僅一點不適都沒有，還白淨了不少呢，這安胎藥還是不必了吧，是藥三分毒。」

「確實比之前白了不少，也豐腴了。」邵太夫人聞言，打量允瓔一番，連連點頭。

不過，這不代表她就這樣放過了允瓔，一家人聚在一起吃飯的時候，她又對邵大夫人開口。「大兒媳婦，家裡那上好的鹿茸和血燕可還有？尋些出來讓英娘帶走，安胎藥不喝，這些補身體的還是要多吃些……要不，英娘妳就直接住到府裡來，妳一個人在那邊，那地方能養得好嗎？」

一言道出，頓時，眾人紛紛向允瓔道喜。

好不容易，拒絕了邵府幾人的熱情相邀，允瓔和唐果帶著韻兒以及各人送的禮物出來，邵陸幾人已經準備軟轎在外等候。

邵琛的夫人代表長輩們送允瓔出來，看到邵陸幾人，免不了又是一番吩咐，不過，她比邵太夫人等人可好說話多了，體諒允瓔的情況，也沒怎麼耽擱，便放人離開。

允瓔回到小院就立即和唐果一起準備改造小院。

烏承橋和柯至雲都在和唐瑭商議貨行的事，分析著喬承軒轉讓船塢的種種，對麵館之事，便沒多少熱中，允瓔要做，他們自然也不攔著。

尤其是烏承橋，對他來說，允瓔只要不累著自己，她想做什麼他都會支援。

允瓔和唐果兩個先上樓逛了一圈，清點了一下有多少空房間。

現在，貨行出船越來越頻繁，許多時候，出去就要好些天，甚至十天半個月都有，那些單身的小夥子們自然就住在船上；而老人們如今都搬回苕溪灣，一樓幾乎沒剩下幾家，正好可以住到樓上，要實在不行，在附近另租個院子安頓也行。

當然，也不用把一樓的房間全部打通，只消弄出幾間雅間，另一邊再支起櫃檯，也就足夠了。至於招呼客人的桌子就擺在院子裡，上面蓋上頂，把門面開得大些，簡單的麵館麼，綽綽有餘了。

允瓔和唐果兩人坐在桂花樹下寫寫畫畫，想到一點添一點，倒也熱鬧。一天的工夫，新的麵館設計圖就出爐了。

還別說，唐果的畫功還真是一流，把門面畫得美輪美奐。

「妳這個得花多少銀子才能搞定？」允瓔不由失笑，好說歹說，才說服唐果重畫一張普通些的。「我們做的是大眾生意，妳弄得那麼美，誰敢上門來吃？」

「好吧。」唐果只好又改。

設計圖有了，兩人又就著麵館開始畫需要的桌椅、家具、裝飾。

這點，允瓔照搬了前世看過的速食店那種長桌，兩人桌、四人桌、六人桌，至於人再多些，就到雅間用圓桌，反正這碼頭上的生意，那些過往的船家們即使是呼朋喚友的一起來，也不會非要湊作堆的坐，不存在容納不下的問題。

「小娘子，清渠樓的青嬤嬤來了。」戚叔快步進來。現在多了個陳掌櫃，他的事依然不輕鬆，這會兒卻親自進來告訴允瓔，青嬤嬤來了，必有原因。

「他們沒在前面嗎？」允瓔奇怪地問。烏承橋和唐瑭幾人分明就在前面的。

「他們都在，只是，青嬤嬤不是一個人來的，柯公子暗地裡讓我來和小娘子說這事。」

允瓔收起和唐果一起畫的圖紙，便要起身出去。

「邵姊姊，等等我。」唐果立即跟上。「說了我要當妳的貼身護衛的。」

允瓔失笑，什麼也沒說，便帶著唐果往外走。

還沒到偏門，就聽到青嬤嬤誇張的笑。「都說烏公子長得像大公子，今天一見，這哪是像啊，分明就是大公子嘛，仙芙兒，妳說是不是？」

「青嬤嬤。」允瓔心裡一凜，笑著接話。「沒想到青嬤嬤居然也是大公子的仰慕者呀，見了誰都能看成大公子。」

「喲，小娘子出來了。聽說妳有喜了，今兒不正好過來提貨嘛，就和仙芙兒一起來看看妳，正巧就遇上大公子了，我說到底是誰能有這麼大的本事，把這果酒生意做得這樣風生水起，原來是大公子，這就不奇怪、不奇怪了。」

青嬤嬤一口一個大公子，似乎很篤定烏承橋的身分似的，而那邊，仙芙兒一雙眼睛幾乎膠著在烏承橋的臉上，旁人已被她全部無視。

看到這一幕，允瓔心頭騰地升起一股不舒服。

不過，烏承橋倒是神情淡淡，對仙芙兒的目光視而不見，看到允瓔出來，他起身走過來，柔聲說道：「瓔兒，怎麼不歇著？」

「聽說青嬤嬤來了，我來打個招呼。」允瓔甜甜一笑，無視了仙芙兒。「青嬤嬤，妳說的大公子是哪一位？要知道，我們這兒坐的三位，可都是家中老大呢。」

「這還用說，必定是柯大公子。」唐果笑嘻嘻地打岔。「唐大公子和烏大公子都不是泗縣人，自然不會是青嬤嬤的舊識，也就是柯大公子有這本事，能讓青嬤嬤和這位仙芙兒姑娘惦記，這才回來，就讓人眼巴巴地過來打招呼了，哈。」

「果果，妳不要冤枉我，我跟她們一點兒也不熟。」柯至雲卻繃著臉。他可沒忘記青嬤嬤坑他的事呢。

「我說的是大公子。」青嬤嬤看著烏承橋笑道：「大公子，咱明人也不說暗話，當初確實是我青嬤嬤對不住你，可那時我也是不得已呀，喬家可不是我一個小人物得罪得起的，我要是……」

「青嬤嬤。」允瓔聽到這兒，笑盈盈地打斷青嬤嬤的話。「所以，妳是決定把坑了我們的兩批酒錢還給我們了嗎？」

「呃……」青嬤嬤頓時尷尬。

「青嬤嬤，那件事都過去了，我們合作也有這麼多回，妳怎麼還提呢？既然是過去的事，就不要不好意思了。」允瓔笑道。「我家相公也不是小肚雞腸的人，豈會在意那麼一點點酒錢？而且，喬公子如今也算是我們貨行的一分子，他怎麼可能因為妳青嬤嬤買了我們貨行的酒就怪妳們呢？」

允瓔這番張冠李戴，把青嬤嬤說得一愣一愣的，一時還轉不過來。

「哼，邵姊姊，也就是妳心善，要是我呀，那麼多果酒，怎麼可能一揭而過？那件事分明就是柳柔兒闖的禍，憑什麼讓我們貨行給她擺平？要也是喬家的事不是？」唐果在一邊冷嘲熱諷。「對了，青嬤嬤，妳設計柳柔兒的時候怎麼就沒想到怕喬府呢？要知道，柳柔兒可是喬承軒喬二公子的小姨子喔，這筆帳無論如何應該由喬二公子負責才對，怎麼會跑這兒來尋柯大公子呢？」

唐果言裡言外把青嬤嬤的話岔開，給安上柯大公子的名頭。

青嬤嬤被兩個人說得接不上話，她心裡也是沒有底氣，不敢徹底得罪允瓔，所以才畏首畏尾，抱著試探的心思拿話試著烏承橋，沒想到居然遇到允瓔和這麼一個伶牙俐齒的丫頭。

「承塢，你這是在怪我嗎？」就在這時，仙芙兒開口了，話剛出口，卻已經一副泫然欲泣的模樣，猶如梨花帶雨，嬌豔卻又流露著淡淡的哀傷，讓人看了便心生憐惜。只是可惜，在座幾人都是深知其中緣故的，怎麼可能被仙芙兒的表相所惑，見狀反而一臉興味地坐著旁觀起來。

仙芙兒哀怨地看著烏承橋，一步兩步，走得搖曳生姿，那張絕美的臉上也緩緩滴落兩滴淚，來到他面前，朱唇微啟。「承塢，你真的誤會我了，我不是……」

「妳不是什麼？」允瓔好奇地問。

「我真的不是故意的，那時，只是為了迷惑他們好給你製造藏身的機會，沒想到……」

仙芙兒無視允瓔，看著烏承橋說道。

「我真的看不下去了。」唐果忍無可忍，直接一個挺身站出來，雙手一推，推在仙芙兒雙肩上，把人推得一個踉蹌，連連後退幾步跌坐在地。「妳有完沒完？什麼大公子小公子，妳要是缺男人，大可以大白天開了妳家的門做生意，跑這兒來對我師公發的什麼瘋？」

「咳咳，果果，注意措詞。」唐瑭聽到後面那句，尷尬地清咳一聲，對著還沒反應過來的青嬤嬤說道：「青嬤嬤，對不住了，小妹一向快人快語，藏不住話，得罪了。」

青嬤嬤這才反應過來，忙跑過去扶仙芙兒。

可仙芙兒卻跌坐在那兒，仰著玉脂般的小臉，癡癡地看著烏承橋，眼中流露自責、柔弱……

烏承橋淡淡地站在那兒，不為所動。

「相公，你什麼時候惹來的桃花？」允瓔涼涼地問。

「我都不認識她，怎麼可能惹她？瓔兒，妳莫要胡猜。」烏承橋無奈地一嘆。就算知道允瓔這會兒是作戲給人看，但他也不敢大意，他的瓔兒，可是個小醋罈子啊。

「這位姑娘可聽到了？我家相公並不認識妳。」允瓔冷了臉，正要上前兩步，胳膊肘便被烏承橋拉住，她回頭瞪了他一眼，轉頭對青嬤嬤和仙芙兒說道：「兩位若是來買酒，我歡迎，若是來這兒潑我相公髒水，就別怕我下逐客令了。」

「妳這個無鹽女，有什麼資格站在他身邊？」可誰知，一向無視允瓔的仙芙兒突然惡狠狠地看過來，語氣中滿是鄙夷。

烏承橋眉頭一皺，正要說話，允瓔已比他快一步。

「無鹽女？」允瓔輕笑，掙開烏承橋的手，上前兩步，居高臨下地看著仙芙兒。「我是無鹽女又如何？無鹽女一樣能一生一世一雙人，倒是妳，清渠樓的頭牌是吧？長得倒是傾城傾國，請問妳千帆過盡，可能留下一船？」

「邵姊姊，怎麼可能一船呢？像她這樣，能留下個又破又舊的半船都已經很不錯了。」唐果不屑地接話。

一旁的柯至雲和唐瑭兩人不苟同地看了看唐果，卻沒有開口。

「青嬤嬤，多謝妳今天來看我，不過像這樣的……妳下次還是先給她吃過藥再帶出來吧，省得毀了妳們清渠樓的名聲。」允瓔轉向青嬤嬤。

「要我說，像這樣的生意，不做也罷。」唐果冷哼著。「瞧瞧，又是眼淚又是鼻涕的，真噁心。陳叔，一會兒記得讓人把這塊地好好洗洗，莫髒了其他客人的腳。」

青嬤嬤聽著這話，臉色頓時一陣青一陣白，有些掛不住面子，扶起仙芙兒後，她轉身看著唐果說道：「唐姑娘，既然妳嫌我們髒，之前為何要賴在我們清渠樓不走？」

「哎喲，青嬤嬤，我可不是說妳。」唐果咧咧嘴，意有所指。「妳好好說話，又沒說得眼淚鼻涕一把抓，我是說某些人，出門忘記喝藥了吧？嘖嘖，這臆病可不是鬧著玩的，青嬤嬤也得小心，今天呢，她是把我家師公臆想成了什麼大公子了，要是哪天她突然覺得妳青嬤嬤殺了她全家，拿著刀來向妳報仇怎麼辦？嘶——想想都覺得……太恐怖了。」

青嬤嬤側頭看了看失魂落魄的仙芙兒，嘆了一口氣。「仙芙兒今天也是聽人說大公子回來了，才會這樣，她對大公子一片真心，一時錯認，還請幾位見諒。」

青嬤嬤總算服了個軟，承認自己看錯人。

「青嬤嬤，我家相公確實和大公子長得相像，但也只是像，這真的假不了，假的真不了，難道以妳的眼力還瞧不出來嗎？」允瓔不滿地問。「若兩位真的不信，不妨請了喬二公子過來，問問他便是了，他是大公子的弟弟，他總該知道真假吧？」

「這……」青嬤嬤一愣，目光向烏承橋瞟過來。

「青嬤嬤，既然這樣不信任我們，那我們之前的合作也沒有繼續的必要了。」烏承橋淡淡開口，轉向戚叔和陳掌櫃。「戚叔，清渠樓的合作到此為止，多出來的酒，全部供給仙芙樓。」

烏承橋一句話，直接劃清了與清渠樓的界線。唐果是無所謂，柯至雲更是求之不得，只有青嬤嬤，悔之已晚，她張張嘴，看著允瓔一行人的神情，也知道此時再糾結無用，只好按捺下來，拉著仙芙兒離開。

仙芙兒的目光依然膠著在烏承橋臉上。

「這個女人，一定不會善罷甘休。」唐果道。

第一百三十三章

仙芙兒的到來，多少還是影響了允瓔的心情。

夜裡，烏承橋還在堂屋和唐瑭、柯至雲說著明日喬家設宴可能的目的，允瓔獨自坐在屋裡，也拿了紙筆寫寫畫畫。

「妳呀，如今最該做的就是好好養身體，懷孕對做母親的才是最傷身的，妳這樣多思，當心孩兒不高興，踢妳。」烏承橋回到屋裡，一湊過來就看到她還沒休息，便收起她的紙筆放好，伸手攬了她的腰，起身往榻邊走去，一邊柔聲問道：「要不要泡泡腳？」

「不要了，都洗過了。」允瓔搖頭，抬手撫了撫還沒顯懷的小腹，白了他一眼。「都未成形呢，怎麼踢？」

「那也得歇著。」烏承橋咧嘴笑著，一邊索利地拉過被褥鋪好。

「明天，也不知道他們有什麼目的……」允瓔一邊寬衣往榻裡邊挪，一邊擔心地嘀咕。

「管他們什麼目的，見招拆招就是。」烏承橋無奈地笑，拉高被子將她蓋了進去。「趕緊歇了，就算是宴無好宴，也得養足精神才好和他們鬥不是？」

酒無好酒，宴無好宴，按著允瓔的意思，是真的不想參加這次喬家的邀請，但，一大早起來，喬承軒就笑盈盈地在前面貨行裡等著了。

也不知是出於什麼緣故，除了之前說的只有允瓔和烏承橋之外，同行的還多了唐瑭和柯至雲，他們都去了，唐果自然也在其中，不甘落下。

「家母吩咐，這次的事多虧了你們貨行，大家都有著這麼一層合作的緣分在，不可厚此薄彼，之前是我考慮不周，疏忽了幾位，還請大人不計小人過，見諒見諒。」喬承軒對唐瑭和柯至雲連連致歉，臉上的笑顯得真誠溫和。「為此，拙荊還特意請了泗縣最近有些名頭的梨慶班子，大家難得一聚，都熱鬧熱鬧。小麒那邊已經派人去請了，他一向是個愛熱鬧的，估計我們一到，他就已經在了。」

既然如此，也沒什麼可說的，允瓔收起臨時反悔的話，跟著上了喬承軒帶來的轎子中。唐果也分到了一頂轎子，而烏承橋幾人則都騎馬。

這一行人招搖過市，自然是眾人矚目的焦點。

允瓔在轎子裡也聽到外面不小的驚呼，大多是對烏承橋的指指點點。「咦？那是大公子嗎？」

大公子……允瓔倏然一驚，偷偷撩起窗簾，看向前面的馬。

只見烏承橋坐得很隨意，一隻手控著韁繩，另一隻手隨意地擱在大腿上，雖然看不到他的表情，但她能看得出來，他此刻是放鬆的，並沒有被兩邊時不時的驚呼聲和一路的指指點點所影響。

碼頭離喬府不遠，走過幾條街，很快就來到喬家大門前，此時，喬家大門大敞著，關麒果然已經等在大門口，只是，與他一起的還有之前在邵家見過的家寧、家源。

看到烏承橋，家寧和家源明顯激動，不過，被關麒瞟了一眼，兩人倒是按捺下來，跟在關麒後面，沒有冒然衝出來。

「表姑、表姑父。」關麒看到允瓔和烏承橋，笑嘻嘻地打招呼。

「表妹，表妹……夫。」家寧和家源兩人卻顯得尷尬許多，喊得有些忸怩。

喬承軒的目光轉了過來，笑道：「我倒是忘記了，家寧、家源和邵姑娘的關係，還想著給你們牽個線介紹一下呢，這倒是給我省事了。」

「她是我們的表妹。」家寧這會兒倒是鎮定下來，興趣盎然地說道：「表妹之前帶的酒可好喝了，可惜你們後來就出船去了，今天再見到表妹，不知能不能向表妹討個人情，給我們安排一下，我想買些回去宴客。」

「好。」允瓔淺笑著點頭。

「都先進去說吧，請——」喬承軒拱手，快走一步引路，邊笑道：「家寧，瞧你說得這麼可憐，那酒又不是只有你表妹那兒有，我這兒也有，今兒難得大家聚到一處，大家盡可放開了暢飲，不醉不歸。」

「好啊好啊，那酒可好喝了。」家源看了看烏承橋，反應有些過，不過倒是附和他的話。「難得喬二哥請客，我們不喝才叫傻了。」

「你本來就傻。」關麒不客氣地賞了家源一個爆栗子。「給你們介紹一下，這位是雲哥，這位是唐兄弟，這位是唐姑娘，還不見禮？聽到酒字跟聞了味道似的，就不分東南西北了是吧？」

喬家的前院裡，臨時改做了戲臺，戲子們裝扮精緻，正咿咿呀呀地賣力表演著。

大廳裡，喬二夫人頗有興致地和允瓔說著戲，柳媚兒陪坐一旁，和唐果說著話，只不過，一雙妙目時不時瞟向和喬承軒相鄰而坐的烏承橋。

今天的宴席，除了他們貨行的這幾人，倒也就多了家寧和家源兩人，這兩人，論起輩分還高關麒一輩，可打鬧起來卻似輩分比關麒還要小，時常能見到他敲打兩人。

「英娘覺得這齣三娘教子如何？」允瓔正瞧著熱鬧，便聽喬二夫人笑問道。

「不瞞夫人，他們這咿咿呀呀的唱什麼，我是半句也沒聽懂，不過我倒是知道這故事，確實是極好的。」允瓔笑了笑，直言道。

「是呀，那三娘一心一意為夫家，含辛茹苦，卻反遭稚子無狀，確實是個可憐人。」喬二夫人感嘆道。

「自古以來，後母難為，那王氏能這樣無私地留在薛家照顧稚兒，確實可敬。」允瓔頗認真地看著還在繼續唱著的戲子們。

「說得沒錯，要是那倚哥落在現在那些有錢有勢的人家，依我看，這王氏非捧殺了他不可，哪還會這樣費心費力去教導呀，說不定她巴不得一個意外讓倚哥從此消失，自個兒獨霸了家產，那多好。」唐果在一邊笑嘻嘻地接話。「喬伯母、柳姊姊，還是你們家好，乾乾淨淨的，那些亂七八糟的人一個都沒有。」

喬二夫人有些尷尬地看了看唐果，笑道：「說得是，如今那等沒心肝的繼母也確實多，連累得我們這些什麼也沒做的，也白擔了那等壞名聲。」

「夫人說笑了，戲只是戲，怎麼能和夫人扯上關係？」允瓔假裝沒聽懂。

「妳們是不知道哇，自大公子無故出了事，我婆婆這心裡別提多難過了，偏偏那些人，各種猜忌都有。」柳媚兒看了喬二夫人一眼，附和道：「可他們誰又知道，我婆婆這段日子有多擔心大公子，她天天吃齋唸佛，只盼著大公子能平安歸來，唉，人言可畏。」

「或許大公子吉人天相，夫人還是不必在意那些人的說法，夫人心誠，菩薩若有靈性，必會保佑大公子平安歸來，到時候夫人便能安心了。」允瓔順著柳媚兒的話淡淡說道。

「妳們說的大公子是指喬大公子嗎？」唐果卻吃驚地看著喬二夫人和柳媚兒。「我們這次去潼關回來的路上，還遇到了你們的大商船呢，聽人說，那就是大公子帶的船隊，那個不會就是大公子吧？」

「當真?!」喬二夫人和柳媚兒都驚詫地看著唐果，齊聲問道。這聲音不小，惹得另一桌的烏承橋幾人也紛紛看過來。

「當然是真的，邵姊姊有了身孕，一直都在船艙中休息，才沒看到，那船可大了，我們站在漕船上，得抬著頭看，可神氣了，要是哪天我們貨行也有這樣的船就好了。」唐果羨慕地眨著大眼睛，手裡還捏著一塊栗子糕，慢條斯理地咬著。

「總有一天，我們會有的。」允瓔不由輕笑。這個唐果呀，果然是個玲瓏人兒，他們也沒商量怎麼應對今天的事，她居然這樣不著痕跡散布大公子的消息給喬家。

「唐姑娘，妳在哪兒看到的船隊？」喬二夫人趕緊問道。

「在……那個叫什麼碼頭來著？」唐果側頭去看允瓔，想了想又轉向柯至雲那邊，提聲問道：「雲哥，上次我們在那個碼頭看到的大船，叫什麼碼頭來著？就人家說大公子帶的大船隊，你當時還說大公子是你敗家的手下敗將來著。」

「哦，那個啊，淩容縣過去的無風埠，怎麼了？」柯至雲隨意回了一句。

「無風埠？」喬承軒聞言立即問道：「你們看到的船是什麼樣子？真的是我大哥嗎？」

「我們沒看到大公子，只是聽說的。」柯至雲聞言立即來了興致。他們本來就商量著要轉移喬家的目光，沒想到唐果卻在他們之前挑起了話題。「我們是在回程的路上遇到的，十來艘大船吧，就你家的那種差不多，據說是裝了淩容縣淩家的貨，不過，我們中也沒有人能認識船上的人，也不知道真假。」

「他們往哪兒去了？」喬承軒急急問道。

「應該是沿著大運河朝北去了吧。」柯至雲說得含含糊糊。「對了，我們還聽說了一件事情，跟大公子有關的。」

「雲哥快說，什麼事？」喬承軒連連催促。「我大哥出事也大半年了，我遍尋無果，要是此番尋回大哥，定當厚禮相謝。」

「謝就不用了，我們也算是朋友了不是？」柯至雲不在意地搖搖頭，清咳一聲湊過去，低聲說了幾句。

喬承軒聽完後，神情又是震驚又是尷尬，他抬頭看了看烏承橋，又打量眾人一眼，也清咳了幾聲，低聲說了兩句話。

家寧和家源兩人卻是驚訝地看著烏承橋。「你真不是我們大哥？」

「兩位表哥為何一直喚我大哥？說真的，去邵家之前，我還真想不起在哪裡見過你們。」烏承橋輕笑，從善如流地跟著允瓔喊兩人為表哥。

「柯公子剛剛在說什麼？」柳媚兒和喬二夫人聽不到後面的話，有些著急，尤其是喬二夫人，唇色都發白了。

「估計說的是淩家的事。」唐果居然什麼都知道，隨意提了一句。

「淩家？哪個淩家？」喬二夫人勉強維持著長輩的儀態，溫聲問道。

「淩容縣的淩家。」允瓔接上話，這事唐果便沒有她清楚了。「聽說，淩家小姐看中了喬家大公子，有意招為夫婿。」

「邵姊姊說得太客氣了，他們分明就說喬家大公子弄大了淩家小姐的肚……」唐果說到這兒，被允瓔瞪了一眼，忙及時打住話，撇撇嘴，不滿地嘀咕。「他們做得，我們還說不得啊？」

「妳呀，好歹是個未出閣的姑娘家，怎麼什麼話都胡亂說的？」允瓔佯裝不悅地橫了唐果一眼，朝喬二夫人和柳媚兒笑道：「道聽塗說的，作不得準，說不定是市井流言，以訛傳訛的。」

「這麼說，他真的活……」喬二夫人卻是臉色一變，脫口說道：「他真的有可能在淩容縣？」

「這個就不清楚了。」允瓔搖搖頭，一臉事不關己的樣子。

可恰恰也就因為她這份事不關己，讓喬二夫人相信了她們的話。

「軒兒，立即派人去淩容縣接回你大哥，無論如何，他也是你哥哥，不能再讓他在外面受苦了。」喬二夫人朝喬承軒交代了一句。

喬承軒應下，倒是沒有立即去辦，而是和烏承橋幾人提起另一件事。「承哥、雲哥、唐兄弟，今天正好大家都聚齊了，有件事我便直說了，我有意把生意遷往京都，手上正缺銀子，所以我想先把餘下的船塢轉給貨行，待日後我在京都穩定下來後，再以雙倍的價把船塢買回來，不知幾位意下如何？」

「你這樣，豈不是要虧大了？」烏承橋驚訝地問。

「沒辦法，船塢是先父一手創辦的，若不是無計可施，我還真捨不得轉手。」喬承軒苦笑。「不瞞幾位，喬家名下的船塢已有三家落入他人之手，十座已去其三，餘下的我若不想辦法，必定會被牽扯進去更多，而別人，我也不相信，如今也就是五湖四海貨行能解我的圍，所以才……」

「一時我們也拿不出這麼多銀子呀。」唐瑭犯難了，喬承軒開價可不低呀。

烏承橋卻是一臉認真地考慮這件事，沒有開口。

而柯至雲卻是一臉無所謂，任君裁決。

「哥，二公子也不是外人，我們能幫一把就幫一把唄。只是二公子，你也別開太高價了，要不然，你到時候收回可得虧不少銀子喔。」反倒是唐果笑盈盈地開腔。「今兒賣得一兩銀子，改日只消二兩便行了，今日一百兩，那以後可就得二百兩呢，二公子這樣精明的人，一定比我懂得多，你說這帳是不是這樣算的？」

也不知是那天酒宴上的話起了作用，還是大公子的訊息被印證了，沒幾天，喬承軒就主動上門，和烏承橋、唐瑭、柯至雲簽下了轉讓船塢的契約，當然，關麒作為貨行的另一分子，也不可能缺席。

至於銀子，喬承軒倒是沒有急著要，給了他們半個月的期限，容他們慢慢籌。

當夜，烏承橋拿著契約坐在桌前，對著喬大夫人的牌位默然不語。

允瓔見狀，只讓韻兒去準備了供品，點了香燭，靜靜地陪在一邊。

「先去歇息吧。」烏承橋心情不好，但不表示他就無視了允瓔，轉頭看了看她，想安撫她先去休息。

「我沒事。」允瓔搖搖頭，伸手搭在他肩上，看著喬大夫人的牌位，輕聲勸道：「放心吧，半個月足夠我們籌措銀子，他已經沒有反悔的機會。」

「我知道。」烏承橋合上契約，突然之間，他心頭對喬二夫人和喬承軒的怨竟散了許多，甚至還有些感激，要不是那一齣，他又怎麼會遇上允瓔？

允瓔沈默。他這一刻需要的只是陪伴，而不是安慰。

烏承橋倒是沒熬太久，他身邊還有允瓔，很快就收拾了心情，陪著允瓔歇下。

第二天一早，烏承橋早早就出去了。

允瓔也沒多窩在床，儘管他動作放得極輕，她還是醒了，立即起身，穿戴洗漱，想著得好好琢磨怎麼賺錢。

當然，琢磨之餘還得先把小院給修整出來。

小院在允瓔和唐果的合力下，很快就開始修整。允瓔和烏承橋的房間搬到樓上陳四夫妻原來那一間，樓下全騰了出來；阿明隨船出了門，允瓔便去請洪師傅等人回來，以貨行和小院之間的側門為界，重新壘了牆，通道改到後面，繞廚房而入，前面的院子除了桂花樹和井臺那一塊，其他全部劃進去，只待前面蓋上屋頂就能開門營業。

允瓔回到屋裡，趁著沒人，她閃身進了空間，又把裡面的東西全部清點一遍。

除了契約，也只有一半空間的糧食和酒，可這些，現在賣出去也是杯水車薪。

允瓔站在酒罈子前面，手撫著下巴沈吟著。

現在來錢快的，也就只有這些，其他根本都是小意思，只是她現在的情況，幹活都被烏承橋給限制了，更別提一個人出去，獨自行動是不可能的。

第一百三十四章

「小姐？」外面傳來韻兒的聲音。

允瓔忙仔細聽了聽，感覺韻兒出去後，才閃身出了空間往門外走去，站在走廊上看著樓梯口的韻兒。「韻兒。」

「小姐在屋裡呀。」韻兒剛剛也沒進來——允瓔和烏承橋的屋子，沒有允許，她從不進來，這也是這段時日跟著允瓔養成了習慣——她快步回到允瓔面前，遞上一個雕花盒子。

「這是老夫人讓人送過來的，說是小姐會用得上。」

「這是什麼？」允瓔驚訝地接過，回到屋裡打開一看，裡面居然是各種各樣的首飾。

「送東西的人呢？」

「給了東西就回去了。」韻兒回答。

「妳先去忙吧。」允瓔點點頭，細細打量著盒子裡的首飾，這些應該都是關老夫人的，伸手撥了撥，發現下面壓著的紙，忙抽了出來。

紙上寫著娟麗的幾行小楷，是關老夫人的落款。

看完信，允瓔立即明白關老夫人的意思。

關老夫人從關麒那兒知道了允瓔的情況，只因關大人是個七品官，官俸不多，所以她也只能盡這麼點心意，給允瓔應應急。

允瓔收起信，心裡著實感動。

這個姑姑，比邵家所有人都要貼心，說起來，她們還沒怎麼親近過，可關老夫人對她的關照卻一點也不少。

改日，一定要好好謝謝她。

允瓔收起了信，尋了紙筆出來，把這些首飾一一記錄下來。

顯然，她和烏承橋的處境，關老夫人已經很瞭然，只是，不知道這些能抵多少？等以後她有了錢，一定要把這些全部買回來還給關老夫人。

「瓔兒。」正整理著，烏承橋走進來，遞過一疊銀票。

「這是？」允瓔吃驚地看著他。

「這些都是瑭瑭和雲哥、小麒給我的。」烏承橋的語氣有些起伏。「妳記錄一下，他日……滴水之恩，定當湧泉相報。」

「好。」允瓔一聽就明白了，這些，都是和關老夫人相同的心意。

「關麒，三百兩；唐瑭，一千兩；唐果，五百兩；柯至雲，五百兩。」烏承橋儘量保持平靜，可到底還是洩了情緒。「這些都是他們的私房錢，言明只是借給我們個人，與貨行無關……」

說是借，其實更是顧全烏承橋的面子。

允瓔無言地點頭，在紙上一筆一劃的寫下清單，同時，每人寫了一張借條，和烏承橋兩人很認真地簽下自己的名字，按上手印。

連關老夫人那張也不曾落下，一起讓烏承橋拿去給了關麒，讓關麒帶回。

幾人湊了兩千三百兩銀子，和喬承軒商議的三千六百兩還差了一千三百兩，允瓔把自己餘下的銀子都拿出來。蕭棣之前留下的銀票已經被烏承橋幾人拿去盤下船塢，如今都在整頓時期，也沒有什麼進項，一時指望不上，她手上全湊一起，也不過是兩百多兩的散碎銀子，離目標足足差了一千一百兩。

還是先收起來，還有半個月，真想不到辦法再說……允瓔嘆了口氣，把首飾小心翼翼地放進空間。

這時唐果跳著上樓，敲了敲允瓔的門，笑嘻嘻地說道：「邵姊姊，開飯了。」

「來了。」允瓔收起桌上的紙筆，站了起來。

「還差多少呢？」唐果晃著身子竄進來，貼在允瓔身邊低聲問道。

「沒差多少。」他們已經出了這麼多銀子，允瓔哪好意思再告訴她，只是笑了笑，準備敷衍過去。

唐果卻是有備而來，挽著允瓔的胳膊笑道：「不說我也知道，我哥他們都算好了，剛剛還在清點貨行的帳，現在帳上能動用的有七百兩，雲哥還說了，這兩天就去收帳，應該能湊齊的，妳就把心放肚子裡吧。」

「果果。」允瓔不知道該怎麼說才好，只是輕握著她的手，好一會兒才蹦出一句話。

「謝謝。」

「哎呀，妳好歹也是我師傅，難得我能幫上妳一次忙，就是我這次出來，也沒帶多少銀子，路上還花了不少。」唐果卻大大一笑，揮揮手。「我最看不慣那些繼室呀、如夫人上位作威作福了，逮著機會就該多踩幾腳。」

「踩……妳當踩什麼呢？」允瓔不由失笑，點了點唐果的額，反手拉著她下樓。

「把她們當蟲子踩了唄。」唐果俏皮地吐吐舌，下樓時小心地扶了一把。

「哪裡有蟲子？」正巧柯至雲站在樓梯口，聞聲問了一句，頓時惹得唐果和允瓔兩人一陣發笑。

船塢的事情算是有了著落，烏承橋雖然面上不顯，但對唐瑭、柯至雲和關麒幾人的態度卻是越發親近，尤其是關麒，這幾天更是笑得合不攏嘴，他最擔心的就是烏承橋不理他，現在這心事也算是落了地。

有了幾人的相助，允瓔和烏承橋決定先把關老夫人的首飾存起來，等到過段時日再備一份厚禮一起送回去；至於喬承軒那裡，他們卻沒想這麼快地湊上去，畢竟，送銀子太急，有時候也未必是件好事。

五天後，小院徹底地換了樣，院子前面變得和貨行齊平，關麒送來關大人親筆題字的匾額，屋子裡的佈置也在允瓔的監督下有條不紊地開始。

「瑭瑭。」這一日，允瓔剛剛下樓，就聽到堂屋裡傳來柯至雲的說話聲。「我什麼時候去你家比較好啊？」

「這得問你呀。」唐瑭現在頗有大舅子的派頭，懶懶地應了一句。

柯至雲跟在後面討好道：「你陪我一起去唄。」

「我走不開，你也看到了，過些天船塢接下來，承哥必定更忙了，烏嫂子現在也不方便，這貨行裡不能離人，你想去，只管一個人去就是了。」唐瑭邊說邊走出堂屋，說得全是道理。

一想到一向疼著的妹妹從此被自己的好友給搶了，他就一陣酸酸的，哼，不搗亂都算很好了。

柯至雲跟在後面。「我們是好朋友、好兄弟對不對？以後你就是我大舅子，你不幫我？」

「我不攔你就是幫你了，至於家裡別的人，我愛莫能助，你呀，好自為之，好好保重。」唐瑭拍了拍柯至雲的肩，笑得高深莫測。

「你別笑得……我看著嚇人。」柯至雲想了想，說道：「那我等烏兄弟忙完再去好了，到時候看你還有什麼理由不陪我。」

「行——不過別怪我沒提醒你。」唐瑭嘿嘿一笑，橫了他一眼，明顯話中有話。

「提醒我啥？你快說呀，我得仔細什麼？」柯至雲一聽，立即挽了唐瑭的肩追問起來。

「提醒你，晚去不如早去。」唐瑭拐了柯至雲一肘子，大笑著往貨行走去。

這時，大門口進來一個人，手中還提著幾個紙包，邊走邊好奇地打量著鋪子。

「這位姑娘，我們麵館還沒開張呢。」柯至雲見狀，和唐瑭兩個立即恢復了正經，上前招呼。

「雲哥哥，你不認識我了？」來的姑娘雖然有些豐腴，但長得也頗為漂亮，尤其是那雙眼睛看著柯至雲時，眼波流轉，深情款款。

「妳誰呀？」柯至雲打量著來人，一臉納悶。

「妳是……柳姑娘？」反倒是唐瑭認出了來人，吃驚地問。

「唐公子。」姑娘朝唐瑭規規矩矩地行禮，溫婉一笑。

「咦，你認識她？哪家的柳姑娘？」柯至雲卻朝唐瑭悄聲問了一句。

「雲哥哥，你果然不認識我了。」那姑娘泫然欲泣，似乎柯至雲沒認出她是多麼傷心的事情。

「這是柳姑娘呀。」唐瑭無奈地白了柯至雲一眼，朝那姑娘安撫道：「柳姑娘，數月不見，跟換了個人似的，也難怪雲哥一時沒認出來，便是我也險些不敢招呼了。只是，不知道柳姑娘遇到了什麼難事，竟瘦成這樣？」

這一句，總算提醒了柯至雲，只見他圍著面前的姑娘好幾圈，打量又打量之後，一臉震驚地喊道：「妳、妳、妳是柳柔兒?!怎麼可能！」

這一喊，頓時讓屋裡的允瓔也大吃一驚。她還在猜這姑娘是誰呢，只是看著眼熟，卻沒和柳柔兒聯想到一起。

「柳柔兒？在哪兒呢？」唐果對「情敵」的名字一向敏感，一聽到這名字，蹬蹬蹬地從樓上跑下來，湊到允瓔身邊急急問道。

「外面。」允瓔走出去，還沒等她走到柳柔兒面前，唐果已經衝過去，和柯至雲一樣圍著柳柔兒轉了好幾圈，吃驚地指著人問：「真的是妳？妳怎麼變成這樣了？」

這也是允瓔想問的。柳柔兒之前的體形可足有現在的一個半這麼多，現在雖然還是有些豐滿，但瞧著也算稱得上美人兒一個。

「我為什麼不能變成這樣？」柳柔兒看到唐果，刺了一句，轉向允瓔柔柔一笑。「邵姊姊，聽說妳有喜了，我做了幾樣點心，給妳嚐嚐，恭喜。」

「慢著。」允瓔還來不及道謝，唐果卻伸手擋下來，審視地看著柳柔兒。「妳的點心，我們敢給邵姊姊吃嗎？誰知道這裡面會不會多一些不該多出來的東西？」

「妳別以己之心度他人之腹。」柳柔兒對上唐果，絲毫不顯弱勢，她淡淡看了看唐果，逕自對允瓔說道：「邵姊姊，我有話跟妳說，可以嗎？」

「果果，來者是客。」允瓔打量柳柔兒一眼，心裡也驚訝柳柔兒的轉變。如今的柳柔兒，不僅是外表改變，就是言談間也有了變化，比起以前的直白，如今倒學會了拐彎抹角地譏諷唐果了。她當下把不服氣的唐果拉到一邊，笑著點頭。「女大十八變，可柔兒妳才幾個月，這變化讓我都不敢認了，快進來坐吧。」

「人麼，總會變的。」柳柔兒微微一笑，經過柯至雲身邊時，頗有深意地看了一眼，便到了允瓔面前，遞上手中的點心包。「這些都是我親手做的，邵姊姊儘管放心。」

「謝謝。」允瓔接過，把柳柔兒讓到堂屋裡。

唐果在後面急得朝允瓔擠眉弄眼，可又沒辦法，只好拿柯至雲撒氣。

「那個，瑭瑭，你不是說還有事跟我商量嗎？我們先走吧。」柯至雲摸摸鼻子，拉著唐瑭當擋箭牌，朝柳柔兒揮揮手。「柔兒妳隨意，我們先失陪了。」

「喂！」唐果頓時瞪圓了眼，卻只能眼睜睜地看著柯至雲逃竄，她有心追上去找他算帳，可回頭看看笑盈盈的柳柔兒和落單的允瓔，才按捺住脾氣，轉了回來，一臉敵意地坐在柳柔兒對面。

「果果，柔兒是客人，去幫她倒杯茶。」允瓔看著好笑，輕聲勸道。

「為……好吧。」唐果本想反駁，可一看到安安靜靜坐著的柳柔兒，她立即意識到允瓔的話中有話，及時打住，笑著起身。「行。」

「柔兒最近可好？」允瓔笑問道，不提一間麵館的事。

「還行吧，就是現在鋪子多了，有些忙不過來。」柳柔兒倒是不忌諱。「邵姊姊，對不起，我不是故意的，只是我爹……我只有這樣做，他才不再管我的婚事，不會再逼我嫁人……」說到這兒，柳柔兒眼底一片黯然。

「沒事，生意各做各的，律法也沒規定說哪家先賣了麵條，別家都不能賣了是吧。」允瓔淡淡一笑。

「只是……」柳柔兒欲言又止，又適巧看到唐果端了茶回來，便轉了話題。「邵姊姊，我前兩天剛到泗縣，以後就住在泗縣的鋪子裡，邵姊姊要是有什麼需要我幫忙的，只管派人去尋我。」

「客人，喝茶。」唐果把茶杯重重地擱在柳柔兒面前，給了允瓔一杯紅棗茶，自己也捧了一杯坐下。「謝謝客人這樣關心邵姊姊，不過，我們貨行這麼多人，有什麼事，我們人手足夠了，哪用求到妳呀？再說，邵姊姊要是辦不成的事，還有關大人和邵會長呢，再不濟，還有妳那位堂姊夫也不會袖手旁觀，所以妳還是老實些，管好自己碗裡的，別人家的鍋還是莫要惦念了。」

唐果含沙射影，頓時讓柳柔兒變了臉色，眼淚汪汪起來。「唐姑娘，我喜歡雲哥哥，有錯嗎？」

「哼，妳沒錯。」唐果冷哼。最看不慣這樣的柳柔兒，以前她是顧忌柳柔兒的死纏爛打，可今天看到變漂亮的她，心裡的危機感頓起。

「我知道我配不上雲哥哥，可是為了他，我可以改。我努力做事，終於換得我爹鬆口同意不再插手我的婚事。」柳柔兒卻較上真，看著唐果認真說道：「我今天來，除了找邵姊姊，也是找妳，我不會放棄雲哥哥的。」

柳柔兒這突如其來的宣戰，讓唐果措手不及，她愣了一下才反應過來，傲然地抬了下巴。「有些事，不是妳不放棄就能成的。」

「邵姊姊，我改天再來看妳，要是妳喜歡吃哪種點心，只管來尋我。」柳柔兒站起來，朝允瓔福了福，款款離開。

「她什麼意思？向我們兩個同時宣戰？」唐果跳了起來，很不服氣地指著門口。「搶了一間麵館，還想來搶我的雲哥？」

柳柔兒的意外到來，讓唐果想帶柯至雲回家的計劃變了三變。

「我不能現在回去，要不然她還以為我怕了她呢。」唐果糾著眉頭，和允瓔說了幾句，跳著出門找柯至雲去了。

允瓔不由失笑，收回目光，她慢慢地拆著點心包，品嚐了起來。

唐果和柯至雲很快就達成共識，等事情穩定之後，再去洛城，不過柯至雲也不可能一直待在貨行裡，第二天，他就主動請命，帶著船隊出門了。

唐瑭便陪烏承橋帶著銀票去了喬家，在喬承軒的陪伴下，前往各家船塢處理接手的事。

允瓔因為身體的原因，被烏承橋勸留下來，於是，唐果留下幫著她處理麵館的事情。為了打敗柳柔兒，她早早去了書信，讓家裡人送兩名擅長麵點的大師傅過來。

第一百三十五章

「邵姊姊，這是什麼飯？」這天，唐果跟著允瓔忙進忙出，連韻兒也都下場動手幫忙，這會兒看到允瓔教的蓋飯，忍不住發問。「這飯，做成這樣有人吃嗎？」

「妳嚐嚐。」允瓔笑而不答。

「好吃。」唐果嚐了幾口，舀飯的速度明顯加快。

「好吃就多吃點，吃完了幫著畫畫。」允瓔笑笑，繼續下一個樣式。

「不吃了，胖了怎麼辦？」唐果卻遺憾地搖搖頭，她想起了柳柔兒，生生克制住自己的饞嘴。

「妳平時也沒少吃，也沒見妳胖多少，而且，雲哥喜歡的是妳的真性情，跟胖瘦有什麼關係？」允瓔不由無奈，這丫頭果然被柳柔兒刺激得不輕。

「真的？」唐果兩眼發亮。

「當然真的。」

「那也不能多吃，頂多……每樣嚐一、兩口算了。」唐果為難地作出選擇，惹得眾人哄笑不已。

花了幾天的工夫，允瓔把自己會的蓋飯、麵類、點心類都做了一遍，並每樣選了兩個人負責，讓她們熟悉起來。

招牌菜最終敲定兩樣——魚餅絲麵、炸醬麵。

做魚餅絲的過程，允瓔並沒有隱瞞，店裡四位做麵條的婦人都參與進來，當然，有了柳柔兒的前車之鑑，在人員挑選上，就謹慎了許多。

而炸醬，卻是允瓔親自炸的、唐果幫的忙，裡面還加上貨行裡蒸的酒。

同時，允瓔讓陳管事出面，花些錢讓人編成歌謠，找了泗縣裡的小孩子們四下散布一間麵館開業的消息。

麵館的桌椅全部按允瓔的意思到位，菜譜也由唐果全部畫下來送去裝裱完畢，滿滿的掛了櫃檯後一面牆，這樣就算遇到不識字的客人，指著畫就能知道價了。

一晃半個月，唐果讓家裡派來的兩名糕點大師傅終於按時抵達。

允瓔便尋了戚叔，一起翻了個黃道吉日，選在泗縣每月一次的大集這天開業。

這一次，她並沒有請關大人和邵會長他們來捧場。

噼哩啪啦的鞭炮聲熱鬧過後，麵館便湧進一大批客人，其中，不乏以前的老顧客，見到熟悉的幾個婦人，紛紛問她們的麵攤車怎麼不出攤了，城裡的那間麵館是不是同一家？

婦人們氣憤柳柔兒的行為，當然不可能承認是同一家，如此這般一說，客人頓時瞭然。

對這樣的結果，允瓔耳聞，卻不去管。她們說的是事實，她沒必要出頭去給柳柔兒辯解。

麵館重新開業頭一天，生意雖稱不上極好，但老主顧上門，卻也給允瓔和唐果添了不少信心。

「邵姊姊，我爹找您，說有急事。」黃昏，允瓔正在清點麵館一天的盈利，陳錦羅跑進來，認真地說道。

允瓔雖然驚訝，但還是收了東西跟過去。

「戚叔，怎麼了？」到的時候，陳管事正在招呼另一位客人，陳錦羅直接拉著允瓔到了後面的倉庫，戚叔正守在一間庫房門口，深皺著眉，令允瓔不由驚訝。

「錦羅，在這兒守著，別讓人進來。」戚叔也顧不得別的，吩咐道。

允瓔一愣，這是出了什麼事？

「小娘子，妳看。」戚叔帶著允瓔進去，來到一個袋子前，袋口被打開了，露出裡面的糧食，但，金黃色的穀粒下，卻露出讓人驚心的砂石。

「哪來的？」允瓔頓時一凜，心頭升騰起危機感。這東西，曾經在柯家的賑災糧裡看過，此時卻出現在他們的貨行倉庫裡。

「這批貨是昨天一位老爺子寄存在這兒的，說是過幾天聯繫好商家，就請我們貨行的船一併出貨，剛剛我和陳管事商議著排船的行程，就想來再確定一下數量，沒想到不小心弄翻一袋，鬆了袋口，這裡面……」戚叔愁眉不展。

「這兒有多少袋？」允瓔一聽就明白了。「知道他叫什麼嗎？」

「他說他姓喬，大概七十歲左右，一說話就咳，跟我說是染了風寒，聯繫好的商家又因故沒接上頭，就把貨先存在我們這兒，數量是三百六十袋。」戚叔說到這兒，一臉自責。

「都是我太大意了，沒打開檢查……」

「戚叔，這不怪你。」允瓔搖頭。「我們貨行的規矩，一向都是尊重客人，不過這次倒是提醒我們，我們貨行的行事還存在著漏洞，而且不是所有客人都願意把自己的貨打開給我們檢查的，不檢查，這樣的事必會再次發生，我們得想個辦法把這些漏洞堵了才行。」

「小娘子說得是，可是這些怎麼辦？萬一那客人……」戚叔還是擔心。

「查查這樣的情況有多少，不要聲張。」允瓔盯著面前疊得如山般的袋子，心裡有了主意。

當務之急，就是調查。

允瓔讓戚叔私下清點這些貨物，自己回到前面，找了邵陸、邵柒去查那個老頭子的底細。

邵陸、邵柒奉命離開後，允瓔才回到庫房，陳管事也在幫著一袋一袋地檢查，看到允瓔也是一臉的自責。

「以後我們收進的貨，還得弄個封條，當著客人的面封好，要不然這種事杜絕不了。」允瓔站在一邊看，一邊想著辦法。

允瓔突然想起自己空間裡那批積壓出不了手的糧食，頓時靈光一閃。

換……換？

「一共兩百一十二包，都是上面一半糧食，下面一半砂石。」戚叔和陳管事兩人累得滿頭的汗，總算有了結果。

「這麼多……」允瓔皺眉，她空間裡好像還差幾袋呀。

「小娘子，現在怎麼辦？」戚叔忍不住撓頭。他就是知道這事情的嚴重性，才會這樣緊張，這會兒他悔得腸子都青了。

「先原封不動地放著，不要聲張。」允瓔搖搖頭。「我再想想辦法。」

「這樣好嗎？」戚叔猶豫著。「要不，把烏小兄弟和唐公子都喊回來？」

「我已經派人去查了。」允瓔搖頭。「現在還不知道那是什麼人？是不是有意而為？我們只能靜觀其變，要不然萬一是喬家……我們派人去找他們，反而打草驚蛇。」

「也只能這樣了。」戚叔和陳管事互相看了一眼，嘆了口氣。

「先去忙吧。」允瓔若有所思。

幾人退了出去，允瓔看著戚叔把門鎖好，伸手要了鑰匙，先回小院去了。

這一夜，允瓔輾轉反側，到後半夜，她乾脆起來，悄然來到庫房。

這麼多有問題的貨突然存到他們貨行，那些人必有所圖，可這會兒烏承橋、唐瑭、柯至雲甚至關麒都不在泗縣，她想商量的人也沒有，唯一能做的，只有先把這不定時炸彈給拆了，再見機行事。

想到這兒，允瓔咬咬牙，開始動手。所幸，她握住袋子，心念一轉，就把貨移進空間，只不過這樣進去的東西，只能雜亂堆著，想要整齊卻是沒辦法做到。

現在，也只能將就了。

不過，怕別人聽到動靜過來，她只能一排一排的移進去，又把裡面的一袋袋疊出來，不到半個小時，她便有些吃不消，只好坐著休息。

所幸，自從這貨行開始正常運行，每次打烊後，都是經戚叔和陳管事雙重檢查完才走，夜裡也沒出過事，這守夜的事也沒刻意安排，反正，大家都住邊上，有什麼動靜，很快就能聽到。

也正是這樣，正好方便了允瓔此時的行動。

陸陸續續的，總算把空間裡的都換了出來，差的那幾袋，無奈之下，她只能進了空間，拆了幾袋，把裡面的砂石倒出來，幾袋湊成一袋，重新封好弄出來。

「寶寶，真給媽媽爭氣。」允瓔累癱在空間的糧袋上，扶著肚子調息。四個多月的身孕，小腹已經明顯凸出一塊，還好她的身體還算不錯，剛剛做做停停的，除了累些，倒也沒什麼不妥。

辦完了事情，允瓔才放心地鎖了門，回到房間，心安下來，一躺下便沈沈睡去。

第二天，允瓔直睡到日上三竿才起，一開門，就看到著急的韻兒，不由一愣。「韻兒，出什麼事了？」

「小姐，您是不是哪裡不舒服？」原來，韻兒只是見她起得比平時晚太多，以為她不舒服才這樣著急。

「我沒事，只是有些累。」允瓔笑著搖頭，等著韻兒打了水回來，一邊洗漱一邊問：「邵陸、邵柒回來了沒？」

「還不曾。」韻兒搖頭，動手收拾屋子。

「前面貨行裡可有什麼動靜？」允瓔又問道。

「小姐指的是什麼動靜？」韻兒驚訝，轉到允瓔身邊認真地問。「我上午都在麵館幫忙呢，小姐，需要我去問問嗎？」

「問問吧。」允瓔想了想，點頭。

韻兒放下手裡的活兒，快步出去，沒一會兒就回來了。「小姐，戚叔說，沒有什麼事情。」

顯然，戚叔知道她讓韻兒問的意思是什麼。允瓔算是暫時放下心來，現在，她也只希望邵陸和邵柒早些帶回消息，好分析那些人的意圖。

吃過東西，允瓔也沒出去，留在屋裡休息，只吩咐韻兒去外面盯著，有什麼風吹草動馬上來回她。

韻兒雖然疑惑，卻也沒有二話，乖乖出去了。

允瓔這才坐下，繼續算昨天沒算完的帳本。昨天一天，雖然來的不乏之前的熟客，但一天下來，生意也不過是以前的一半。

允瓔倒是不氣餒，重開業第一天而已。

等到天黑時，邵陸和邵柒才紛紛回來，向允瓔彙報調查的結果。

那個存貨的老頭子叫喬立石，和喬承軒也算是一家人，是旁支的叔公，那批貨是他們剛從王莊運過來的，準備送往威城，據說，可能是送到軍營中的糧。

這個結果，頓時讓允瓔的毛孔一下子炸開，喬家人、王莊、送往威城的軍糧……

這事有貓膩！

「你們找個可靠的人去盯著這個老頭子，看他平時都在做什麼、見什麼人，事無鉅細，都記下來。」允瓔心裡警鈴聲大作，她把這件事和烏承橋所說的那些聯想了起來。

邵陸和邵柒兩人效率極快，只一天就打聽到喬家交軍糧的時限和路線。

這些事，原本都是喬老爺在負責的，後來喬家拿下送皇糧的任務，喬老爺又對這些本家帶著提攜的心思，所以，這附近的一些小生意，便慢慢分給了他們，但貨運卻還是喬家統一負責。

如今喬老爺過世，喬家由喬承軒當家，船隊和船塢出現這樣大的變動，喬承軒對這些生意幾乎已經無暇顧及。

「戚叔，最近還在泗縣的船還有多少？」允瓔收到邵陸、邵柒每天送來的資訊，各種剖析之後，決定先防備起來。他們送貨的期限就在這兩天，不管有沒有動靜，先防著總是沒錯，到時候無事最好，有事也不會慌。

「還有十幾條船在，有七條下午就會出船，不過黃昏的時候，大概附近幾個鎮的船都要回來了，全加一起，差不多三十多條吧。」戚叔翻了翻本子，報出結果。「要用船？」

「不用船，這幾天儘量不要讓一條船留在這邊，回來的船也都安排出去，總之，不能給那個老頭子留任何的機會。」允瓔吩咐道。

「說得是……我馬上安排。」戚叔點頭。

「那老頭子再來，派人通知我。」允瓔想看看那老頭子長什麼樣，因為這些人很可能就是當初給烏承橋下套的人。

戚叔和陳管事自去安排。

回到房中的允瓔越想越覺得，這件事應該和烏承橋好好商量一下，至少也不能讓他全無知曉，於是立即著手寫了一封信，等到邵陸來回報告今天的消息時，讓他安排送了出去。

然而要面對的問題，遲早還是要面對的。

在允瓔提心弔膽了一天之後，一大早，韻兒就接到戚叔的話，那個老頭子來了。

允瓔立即收拾好自己，去了前廳，總算見到了這個「罪魁禍首」的真面目。

喬立石，七十一歲，長得乾瘦，花白的髮鬚，留著稀疏的及胸山羊鬍子，一副笑容可掬的和善模樣，看到允瓔，也沒有長者的架子，起身朝她拱手。

這樣的人，確實很難對他起戒心，可惜，允瓔心裡有烏承橋遇難的前車之鑑，再加上凡是涉及烏承橋的事情，就像觸到她的刺般，會不由自主地警戒。

「老人家是來取貨的？」允瓔含笑問道。

「不是不是，我是想來問問，貴行的船這兩天能否安排得出來？既然貨存在你們這兒，這出運的事，自然也是一事不勞二主了。」喬立石笑咪咪地問。

「要運往哪裡？」允瓔笑得更客氣，果然，要開始了。

「威城城外的兵營。」喬立石直言。

「這是軍糧？」允瓔裝作驚訝地問道。

「是，我們有幸領了這差事。」喬立石捋著山羊鬍，顯得頗為自豪。

「老人家，我心裡有個疑惑，不知當不當問？」允瓔點點頭，很謙遜地說道。

「小娘子只管直言。」

「老人家姓喬，不知道和我們所知的喬二公子有什麼關係？」雖然手裡早有資料，但允瓔還是裝模作樣地問一通，為自己後面的建議作鋪墊。

「論輩分，他應該稱我一聲叔公。」喬立石笑道。「小娘子是不是奇怪我為何不去找他的船隊，反而來了你們這兒？」

「正是，相比之下，我們貨行可是一點優勢也沒有，而且喬二公子又剛剛回來，想必勻出一條船也不難，他家的船，一條應能比過我們好幾條呢。」允瓔見被他看透，便順著他的話說下去。

「小娘子說得有理。」喬立石微微一笑，卻沒顯出半點尷尬，解釋道：「承軒榮任家主未滿一年，卻遇到諸多麻煩，身為長輩，沒能為他分憂也是慚愧，怎能因為這些小事再去煩他呢？而且據我所知，你們貨行與他也算是很不錯的交情，之前那皮草商的貨不就是你們援手的嗎？他既信你們，我又為何不能信你們？」

「多謝老人家信任。」允瓔聽到這兒，也知道再說無益，便笑道：「只是不知道我們這兒還有沒有多餘的船，老人家莫要心急，我讓他們這就查查。」

第一百三十六章

「不用查了，妳能替承軒解決皮草商的事，也必能為我解決小小的幾條船不是？我要的也不多，不過是把那三百多包糧食運到威城便好，這個是交貨的權杖。」喬立石此時不知為何，卻突然不再問他們貨行能不能排出船來，逕自從懷裡取出一塊銅製權杖，放到允瓔面前，還從懷裡掏出三張百兩面額銀票。「這是此行的報酬。」

「老人家，我們這兒一時半會兒可能排不下這行程啊，您的貨何時啟程？」允瓔有些意外，連忙問道：「若是急了，還請老人家另外想辦法，我怕耽誤您的正事，擔不起這責呀。」

「半月內送到即可。」喬立石卻站起來，笑著擺手。「我相信貴行的能力，必定能替我安排好一切，這銀子也付清了，我也就不派人跟著了，等你們歸來，把這權杖送到承軒手上，也是一樣的。」

「可是……」允瓔錯愕地看著他。

「就這樣說定了，承軒相信的人，我也信，辛苦了。」說罷，喬立石單手負在背後，另一隻手捋著鬍鬚，踱著方步，逕自哼著曲兒走了。

允瓔一愣一愣地看著離開的背影，只覺滿頭黑線，這都什麼情況？

「小娘子，現在怎麼辦？」戚叔和陳管事見喬立石離開，忙從各自的位置走出來，圍到允瓔身邊問道。

「他這是有備而來啊，權杖和銀子都準備好了，還連個隨從也不安排，這路上必有所圖，我們不能去。」陳管事急急說道。「這可是軍糧，半分疏忽不得，可那些糧，差不多七成……只怕我們的人，有去無回啊。」

「說不定，整個貨行都麻煩了。」戚叔也急得滿頭的汗。「唉，偏偏這個時候，他們三個一個都不在家，這可怎麼辦？」

「小娘子，不如去和關大人說明內情，這批貨，我們絕不能出。」陳管事目光堅決，苦口婆心地勸道。「他是有預謀的，我們寧可不賺這三百兩銀子，也好過落人圈套。」

「稍安勿躁。」允瓔被陳管事這句話提醒到。她怎麼忘記了，烏承橋他們都不在，關麒也不在，可是還有關麒他爹呀，不，這件事還是找邵會長比較好，以他老辣的目光，必定有應對的辦法，要是有他的配合，再加上自己去柳媚兒那兒借些船隻人手什麼的，應該能把貨行的損失降到最低。

想到這兒，允瓔目光灼灼地說道：「我這就去找我大伯和表哥，既然他們敢給我們挖坑，我們不如將計就計，把他們自己埋進去。」

她相信，關大人或許不會插手，但邵會長必定不會袖手旁觀。

叮囑了戚叔和陳管事照常做事，允瓔喊了韻兒，一起去了邵府。

看大門的下人當然不可能不認得她，允瓔先去向邵太夫人請安，陪著說了一會兒話，得知邵會長今兒正好在家，便向邵太夫人提出去向邵會長請安，順便求邵會長辦件事。

邵太夫人看著也有些乏，千叮萬囑讓允瓔多去看她，便放了人。得到邵會長的同意，允瓔進了他的書房，足足談了半個時辰才出來，逕自去了喬府。

「英娘，我正無趣呢，就聽到妳來了，今兒這是吹的什麼風，居然把妳吹來了。」柳媚兒似乎挺高興，親自迎到二門外。

「我呀，無事不登三寶殿，這不，遇到難事，來求妳了。」允瓔很直接地說著自己的來意，一點婉轉的意思都沒有。「妳幫不幫我？」

偏偏，柳媚兒就是吃她這一套，笑著挽住允瓔的手臂，緩步往內院走，邊嬌笑道：「幫，肯定幫。妳說吧，讓我做什麼？」

「我接了一筆單子，可這些天，貨行裡的船都安排出去了，可人家那是要緊的事，必須在半月之內送到威城，不然可麻煩呢。」允瓔一臉愁容，裝矯情？她也會。「我想來想去，也只有你們能幫我，現在二公子不在，我只能找妳了。」

「威城？」柳媚兒有些驚訝地問。「到底是什麼麻煩的事，竟讓我們英娘也這樣犯愁？」

「今兒來了一位老人家，據他說，他還是二公子的叔公呢。」允瓔邊走邊說。「他的那批糧食是要送到威城城外的兵營，是軍糧，耽誤不得，我還曾問他，為何不找二公子的船直接去，他卻答得含糊，媚兒，難道二公子與他不合？」

允瓔把喬立石說的話給刪刪減減，就變成了這樣，他們既有聯手坑人的嫌疑，那麼也就別怪她離間一下嘍。

「哪位叔公？他有沒有提名字？」柳媚兒眉頭一皺，問道。

「好像叫……喬立石，對，就叫喬立石，長得乾瘦，鬍子這麼長，看著六、七十歲吧，說話倒是挺和善。」允瓔比劃著。「媚兒，妳快說說，能不能幫我呀？妳要不幫我，我可真麻煩了。」

「我又沒說不幫妳，只是問清楚嘛。」柳媚兒忙安撫道，此時她們已經回到她的院子，拉著允瓔進屋坐下，讓丫鬟門撤去屋裡的檀香，打開門窗，才轉頭繼續說道：「那確實是族裡的叔公，旁支的，唉，他當然答不出妳的問話啦，自從家裡出了這些事，這些旁支的叔公們都不太安分了。那威城的軍糧，原本是我公公在世時體恤他們，讓他們幫著收糧，從中也賺些銀兩補貼家用，這送貨的事，一直都是我們船隊安排的，可最近，他們已經不理會這個了，都在各自行事。」

「啊？」允瓔狀似吃驚。「不好意思，我不知道……」

「不關妳的事，道什麼歉呢。」柳媚兒嬌嗔著搖頭。「他能找著你們，也算是他識相，這一趟，說起來又是妳在幫我們呢，要不然軍糧不能及時運到，這怪罪下來，還是得我家相公擔著，所以妳要我做什麼，妳只管說。」

「船和人。」允瓔心下好笑，忙說道：「我們貨行的人手都派出去了，一時半會兒的，也調不回來，那人留下了權杖和三百兩銀子，這趟妳派人去送，這銀子我分文不收，全歸妳了。」

這燙手山芋能扔出去，讓她倒貼銀子都可以，更別說那三百兩了。

借船和人手這樣的事，柳媚兒到底作不了主，於是，便帶著允瓔去見了喬二夫人。

允瓔把和柳媚兒所說的向喬二夫人複述了一遍，卻不料，喬二夫人的反應竟比柳媚兒強烈許多。

「他們真是越來越過分了！以為這樣，就能把我們家的家業瓜分了嗎？」喬二夫人也不管允瓔是不是外人，一巴掌拍在桌子上，怒罵道：「他們不仁，休怪我不義！」

「婆婆。」柳媚兒看了看允瓔，在一邊輕聲提醒著。

喬二夫人這才平靜了些，收斂怒氣坐了回去，看著允瓔說道：「英娘有心了，媚兒，這事交給妳去辦，讓老喬頭準備船和人手，記得，不要讓那些老傢伙們看出什麼。」

「是，婆婆。」柳媚兒點頭。

「多謝二夫人，那，英娘先告辭了。」允瓔目的達成，也不多留，她相信，喬二夫人還需要時間去消化一下未發洩完的怒火。

喬家的船來得比允瓔想像快，黃昏時分，老喬頭就帶著五條漕船來到貨行，看到允瓔，他神情淡然，沒有半點驚訝，似乎對允瓔這個人完全沒有印象般。

問清了明日辰時啟程，老喬頭便留下船，帶著人先回去了。

「那些人是？」戚叔吃驚。他們久在水上走的，哪裡會不認識老喬頭，當初他們可是看到老喬頭就繞道走的，便是膽大如陳四，也不願與老喬頭多沾邊。

「老喬頭，喬家派來的，不過這事不能讓喬立石知道，他明天過來問起，就說是從別處調了幾條船。」允瓔吩咐道。

「這讓喬二公子的人去會不會……」戚叔猶豫著。

「戚叔，這事您別管了，他們有心對我們下手，我們現在所做，不過是將計就計，要是一切順利，也就罷了，要是真出什麼事了，我們貨行也能把損失降到最低，況且……」允瓔安撫道，稍稍透了些底。「況且，這些軍糧的任務本來就是喬家的，他們自己人內鬨，總不能只讓我們無辜受累吧。」

戚叔恍然，不再說什麼，只和陳管事商量著如何補貨行眼下的漏洞。

允瓔自去休息，今晚她還得搬動一次，得好好養足精神。

忙碌了這許多天，也擔心了這麼多天，終於在辰時，把這不定時的炸彈給送出去。允瓔把糧食交給了喬裝後的老喬頭，貨行的人卻一個也沒上船。

老喬頭那邊也不知道得了喬二夫人什麼話，什麼也沒問，直接接了貨，帶著船隊離開。

看著遠去的船，允瓔提得高高的心終於落回原處，便是跟著出來看情況的戚叔也不由自主地長長呼了一口氣。

但，船出去了，事情就真的了結了嗎？

允瓔並不這樣想。這一路上，只要老喬頭沒發現糧食的秘密，那麼到達威城之後，邵會長安排的人就會開始行動，到時候喬家就麻煩了，至於他們那些人會不會互相咬出來，那都是後續消息了。

打探消息的事，又添到了邵陸、邵柒身上，至於他們的消息來源是哪裡，允瓔從未過問。

又過了一天，烏承橋等人終於回來了。

一回來，烏承橋沒有逗留，就直接回到房裡。「瓔兒。」

「相公！」允瓔驚喜地抬頭，立即起身迎出來。

烏承橋快走幾步，搶先扶住允瓔，目光搜尋一遍，最後落在她臉上，手也順勢攬上她的腰腹，柔聲說道：「我回來了，讓妳擔心了。」

「累了吧？快歇歇。」允瓔搖搖頭，眼中滿滿的喜悅，拉著他在桌邊坐下，伸手倒了一杯熱茶遞給他。「怎地晚了這許多天？事情還順利嗎？」

「事情倒是順利，只是盤帳費了些工夫。」烏承橋喝了一大口，伸手摟她上膝，撫著她微顯的小腹，輕聲問道：「孩兒可乖？」

「挺好呢。」搬了兩次那麼重的糧袋都好好的，當然好了。允瓔柔柔地笑，坦然接受他的關心，一邊有些責怪地打量他。「看你，又瘦了吧？」

「男人瘦一些怕什麼。」烏承橋淺笑。「之前妳讓人送來的信上說，喬立石存了有問題的糧，現在在哪兒？」

「我給發出去了。」允瓔眨眨眼，湊到他耳邊嘀咕了一番。

「真的？」烏承橋聽罷，驚訝地看著允瓔。

「當然。」允瓔點頭。

「我的好瓔兒，越發厲害了。」烏承橋聽罷，讚賞地說了一句，直接就著她的唇「啾」了一口。

兩人膩歪一陣，才又繼續說起正事，有他在，允瓔自然而然地犯懶。

「好，餘下的事交給我。」烏承橋的眼中閃過一絲厲色。「那些老狐狸，露出尾巴倒好，怕的就是他們不動手。」

「相公，什麼情況下，他們的糧庫裡出現一批這樣有問題的糧，對他們來說是大打擊？」允瓔心裡靈光一閃，問道。

「與官府沾邊的糧，一旦出事，就是滅頂之災，之前他們便是以這樣的罪名……」烏承橋嘆了口氣。

「那，要是我們找到他們以次充好的證據，能拿下他們嗎？」

「妳的意思是？」烏承橋目光一凝。

「他們可以栽贓你，我們一樣也可以。」允瓔摟著他的脖子，有了主意。

「可以是可以，但……」烏承橋卻嘆了口氣。「一旦與官府沾上關係，喬家怕是有滅門之禍，這……」

允瓔一聽便知道了。他終究還是心軟，做不出趕盡殺絕的事，不過細想，滅門未免太慘，喬家裡必定還有善良無辜的子弟，做錯的，不可能是全部喬家人。

「相公，你鑽牛角尖了，這能動手腳的，又不是那些善良的人，我們想討回公道，也不是只有靠官府滅了喬家這條路。」允瓔嘆氣勸道。「商場如戰場，如今，優勢在我們這邊，我們為何不利用一番，趁著喬承軒立足不穩、喬家人心浮動之際，在生意場上拿下他們。至於滅門……你把我想得太狠了。」

說到最後，已經有了些許哀怨。

「當然不是，我知道妳的意思，妳也是為了我。」烏承橋忙安撫。

「你想想，現在的時機，對我們而言是最有利的。」允瓔搖搖頭，繼續說道：「這些道理，我相信你們分析得一定比我透徹，關鍵是，你的心還在猶豫，你覺得這樣做，會連累喬家那些無辜的人，我也不否認這一點。但是相公，你想過沒有，喬家為什麼會變成現在這樣？你為什麼會變成現在這樣？你的大堂哥又為什麼會變成這樣？」

烏承橋沈默，手下意識地撫著允瓔的腰，聽得認真。

「因為喬家存在著大毒瘤，毒瘤不除，還會出現更多的喬承塢，更多無辜的大堂嫂。」允瓔乾脆把話捅到底。「而現在，不就是最好的證明嗎？那些人已經在對喬承軒下手了，他們內鬨，卻偏偏選擇了我們貨行，原因是什麼？除了因為我們和喬承軒走得近之外，只怕還是因為你長得像大公子吧，他們便寧殺錯不錯過，拋去你的身分不說，我們貨行不無辜嗎？」

「瓔兒，我懂妳的意思，放心，我不會心軟，我會為我、岳父、岳母、為妳，還有我們的孩子討還一個公道。」烏承橋聽到這兒，雙手圈緊，鄭重地說道：「我會在生意場上，光明正大地打垮他們。」

說到底，他還是不屑於那些卑劣手段。

允瓔卻笑了，她知道，必要的時候，他肯定也不會是個君子。

「你吃過了沒？看我糊塗的，只顧和你說話。」她這時才想起忘記問，忙從他膝上跳下來。

「吃過了。」烏承橋輕笑，順勢起身摟緊了她。「好想妳，先抱會兒。」

「我也想你。」允瓔很自然地反抱，放鬆地倚在他懷裡，熟悉的氣息包裹，心頓時踏實。

或許，這就是所謂的安全感吧，在他身邊，她就安心。

「咳咳——」這時，門口響起一聲清咳。

兩人這才鬆開手，回頭看了看。

剛剛進來的時候也沒把門鎖上，只是虛掩，此時，唐果正笑盈盈地站在門口擠眉弄眼。

「承哥、邵姊姊，開飯了喔，還是下去吃飽再……嘿嘿——」

唐果笑得曖昧，說完，揮揮手先下樓去了。

「先吃飯，哎呀，忘記打水。」允瓔這才想起自己的失誤，當下立即喊道：「韻兒，去打些熱水上來。」

韻兒的房間就安排在隔壁，聞聲立即應了一句。

「沒事，慢慢來。」烏承橋只是溫柔地看著她笑。

第一百三十七章

烏承橋等人的歸來，讓允瓔立刻輕鬆了不少，至少，貨行的這些帳，不用她天天費心和陳管事去對，幾天的提心弔膽之後，她總算睡了一場好覺。

第二天，幾個人聚在一起，就貨行的現狀開了會，準備抓漏。

原先對客人寄存這件事，確實存在很大的問題，這次也算是詳細地剖析一番。

最終各述己見，達成共識。對於寄存的貨物，要當著客戶的面清點封印，這樣不論貨裡面是什麼，只要封印不解，到時候數量正確，客人也怨不到他們頭上。

再者就是收貨、出貨的手續，客人存了貨，清點後，填報單子，封印歸入庫房，上鎖，雙方簽字蓋章，到時候取貨，也憑票憑章過來核對。

手續雖然繁瑣了些，但是，這也是對客戶負責。

這些，當然是出自允瓔之口，她自己沒學過這些，但前世的家人大多是生意人呀，什麼叫耳濡目染，這就是。

戚叔和陳管事領了差事，就先回了貨行前廳，餘下幾人開始說喬家的事。

大公子活躍大運河的消息已經悄然散布開來，針對喬家各種訊息的搜集也不曾停止過，現在，他們要做的就是反擊。

「這件事我自己去安排，你們幾個還是不要牽扯進來了。」烏承橋不想連累唐瑭和關麒。

「大哥，你說的什麼話？當初我們可是拜過把子、盟過誓的，你的事難道不是我的事嗎？」闞麒頭一個反對。

「承哥，現在可不是你的事了，他們要對付的是我們貨行。」唐瑭也笑著說道。

「表姑，現在是什麼狀況？」闞麒心急，直接轉向允瓔問道，生怕烏承橋再說不要他管的話。

「喬立石，喬家旁支，喬承軒的叔公，估計他也只是個聽命行事的。」允瓔微微一笑，看了烏承橋一眼。「他存的三百六十袋糧食中，有兩百多袋是摻了砂石的，現在我已經借了喬家的船運往威城兵營，他的目的，現在還不清楚。」

「敢對軍糧下手，其心可誅！」闞麒到底是衙內，對這些事還是知道一些的，當下驚叫道：「妳沒報官？」

「沒有。」允瓔搖搖頭。「客人存的東西，原本我們是不能打開的，戚叔為了安排船隻，才去核實，無意中發現的。要是報官，他完全可以反過來說我們貨行私下動了手腳，說不定我們還得賠他的貨，我們手上又沒有證據證明他存的不是糧食。」

「烏嫂子的顧慮是對的，對付這樣的陰損招數，唯一能用的就是以損制損，報官並不能解決這些。」唐瑭贊同允瓔的想法，笑道：「小麒是衙內，想著報官倒也沒錯，但是，你忘記最重要的一條，報官斷案，是要證據的。」

「我請教了我大伯，他也是這個意思，將計就計，引蛇出洞，他們既然出了這一招，後面必有後招。」允瓔點頭，繼續說道。「就是不知道，喬承軒在這裡面扮演的又是什麼角色？他有沒有和那些人聯手設這個局，現在也不清楚。」

「管他什麼角色，動了我們貨行，他也有份，不過這趟送糧過去要是有事，他也夠嗆了，大嫂，妳真夠賊的。」關麒看著允瓔笑得莫名。

「等等等等——」這時，唐果伸手打斷了幾人的談話，指著關麒問道：「你怎麼一會兒表姑，一會兒大嫂的？」

「她是我奶奶四義弟的女兒，論輩分，我當然該叫她表姑了。可是，大哥是我拜過把子的大哥，從這兒論，喊她大嫂也沒錯呀。」關麒苦笑。

「拜託你選個稱呼好不好？這樣一會兒表姑，一會兒大嫂的，聽得我糊塗呀。」唐果抗議道。

「好，那就大嫂吧，外人面前喊表姑。」關麒也是一臉無可奈何。

「你剛剛說，我爹是你奶奶的義弟？這是怎麼回事？」允瓔疑惑的問。

「妳不知道？」關麒反倒驚訝了。「我奶奶原是太奶奶好友的女兒，家中遭了災，一家就剩我奶奶一個，太奶奶就把她收在膝下當女兒一樣養大，我還以為妳知道呢。」

「又沒人與我提，我從哪兒知道。」允瓔笑了笑，不以為然，原來關老夫人並不是邵家人呀。

「我奶奶說，她小時候和四舅爺最要好，沒想到妳和她一樣，居然也……」關麒說到這兒，停下來，笑著說起別的。「她好幾次都跟我爹說，要收妳當義女呢，說是看到妳，就想到了她年輕的時候。」

頓時，關老夫人對她的好也有了答案，怪不得對她百般照顧。

「所以妳要是有空，多陪陪她。」關麒順勢提出關老夫人的心願。

「好。」允瓔點頭，打住了話題。

「大哥，他們都動手了，我們也不用跟他們客氣。」關麒回到烏承橋身邊，急急說道。「船塢已經全在你手裡了，你還有什麼好怕他們的？是時候和他們光明正大地拚一拚了。」

「光明正大地拚，倒為時尚早，船塢剛剛到手，還得花心思整頓，一旦與他們對上，麻煩必不少。」唐瑭搖搖頭，有著不同的見解。

關麒從小在泗縣順風順水地長大，哪受過這樣的氣？但，他又不想違背烏承橋的意思，只好看著烏承橋嘀咕道：「可是就這樣任由他們？」

「莫慌，飯總得一口一口的吃。」烏承橋這時才笑著開口，安撫了關麒一番，說起自己的主意。「小麒，你先別管喬立石如何，先盯好威城，有什麼風吹草動，都不要放過，泗縣這邊，有邵陸幾人足矣。」

「喔。」關麒興趣缺缺。整天只能打聽消息，都看不到精采的，無趣啊。

「我們一會兒去拜訪一下邵會長，看看他怎麼說。」烏承橋轉向唐瑭。

「好。」唐瑭點頭。

各自行動很快就有了結果——

威城傳來了消息，喬家那些人剛把貨送到兵營，一名送貨的夥計不小心翻了一個袋子，當場露出裡面的砂石，現在那些人已經全部被扣在兵營裡了。

再一個消息，就是喬陌他們已經到了潼關，和蕭棣接上了頭，接下來，他們會大張旗鼓地開始打響大公子的名頭，搶喬家各種生意，相信不出兩個月，就能拿下那邊所有河道。

一切皆在掌握之中。

聽到這兒，眾人都鬆了一口氣。

「接下去，讓人散布消息，把大公子在那邊的所作所為，好好宣傳宣傳。」烏承橋對關麒說道。

「大哥，家寧、家源不止一次問到你了，而且，他們看我一天到晚往貨行跑，也想跟著，估計心裡還是有疑慮。」關麒說起自己的擔心。

「他們想來，就來吧，怎麼說他們也是瓔兒的兩位表哥。」烏承橋淡淡一笑。「我這個做表妹夫的也理當招待他們，至於你，身為貨行的一分子，來貨行做事出點力不是理所應當的嗎？」

關麒頓時恍然，笑道：「沒錯，遮遮掩掩的反而讓他們懷疑。」

「你去忙吧，我和瓔兒去一趟喬府，出了這麼大的事，想必喬承軒的心情一定不太好，身為合夥人，我們也應該表達一下心意不是？」烏承橋顯然心情極好，看著允瓔開起了玩笑。

「好，這事是我找柳媚兒的，這會兒理當去安撫安撫，省得她覺得是我在搗鬼。」允瓔配合地應道。

於是，夫妻兩人出了門，直接來到喬家門外，問了門房，才知道一大早喬承軒一家子就出了門。

「他們去哪兒了？何時回來？」烏承橋問。

那門房的目光在烏承橋身上直打轉，目光中充滿驚疑，一時也沒察覺一個來訪的客人這樣問有什麼不妥，下意識回道：「好像去了老宅，什麼時候回來就不知道了。」

「嗯。」烏承橋點頭，扶著允瓔離開。

「他們不在，我們要回去嗎？」允瓔打量著喬家的大門。

「我們也去喬家老宅。」烏承橋的笑意卻未及眼底。

允瓔奇怪地看他一眼，沒有反對。她知道，他是想起了被驅逐出族的事，而喬家老宅，必是那些老傢伙們住的地方。

喬家老宅位於泗縣城西，在泗縣，喬家也算是有些年頭了，幾乎占了城西三成的地界，後來，隨著喬老爺的生意做大，喬家各房之間的民居也全被納進來，如今更是連成了一片。只是，喬老爺走了，這些人沒了共同依賴的對象，又漸漸各自為政起來。

這些，除了烏承橋的介紹之外，也有一部分出自邵陸、邵柒打探的消息，加上關麒那兒的情報，喬家的幾個關鍵人物，已經被他們圈了出來。

「那個是老族長的院子，老族長今年也八十有三了，卸任族長之位已有二十年，但族中無論大小事，最後拍板的還是他。」

烏承橋帶著允瓔來到喬家老宅對街一家酒樓的四樓，站在窗邊指著正對面的一間院子。

「現任的族長是他兒子，如今也六十有餘了，想來換族長就在近兩年，據說，這次換的族長並不在他家，所以，他們倆很可能是急了，加上我的誤打誤撞，擋了他們的財路，就變成了現在這樣。」

「真可惡。」允瓔皺眉，憤憤地說道。「這樣的人，何德何能當什麼族長？」

「他們也有他們的手段。」烏承橋苦笑。「若不是我撞上這樣的事，便是我，也覺得他們是德高望重的長輩，可誰知，一切只是表相。」

「你之前撞上存糧的地方在哪兒？」允瓔問道。

「那邊。」烏承橋指著左前方一排小院。「那一排都是，有公家的，也有他們各自的庫房，所以這次喬立石把糧存到我們貨行，本身就是個破綻。且不說這排庫房能裝多少，便是喬家各地的糧鋪也都有庫房，他何須出那麼多錢去寄存？」

「本身就是個陰謀。」允瓔嘆氣。「這些老頭子，都七老八十了，還折騰什麼呢？」

「權、錢。」烏承橋長長一嘆。「嘗到了錢的甜頭，看到權的好處，讓他們就此歸於平淡，如何甘心？只怕，喬承軒也是給他們當了一回槍，而現在，已變成他們的槍靶子了。」

「我那天去喬家，二夫人聽說這件事，很生氣，當場拍了桌子，現在他們的人又全被扣下，這樣看來，在這次的事情裡，喬承軒應該是不知情的。」允瓔看著喬家老宅說道。「我之前還懷疑他們調虎離山，聯手設的局。」

「他……」烏承橋說到這兒，又是長長的一聲嘆息。「說是一家兄弟，可我最近才發現，我和他這些年的相處，全加起來也不如這幾天的多，或許他不像我們想像的那樣壞。」

「他做了什麼讓你這樣感慨？」允瓔驚訝地看著他。

「比起經商，他更希望自己能去考舉人、開書院。」烏承橋看著允瓔。「妳信嗎？」

「不會吧，他想當教書先生？」允瓔可稱得上震驚了，沒想到一直可能是謀害烏承橋的同謀喬承軒，竟然有這樣的志向。

「他從小上進，確實有幾分才華。」烏承橋笑了笑。「這一次，給我的感覺更明顯，他很有才華，也很有抱負，只可惜，被套在喬家家主的位置上；他還透露，對喬家現狀如何力不從心，如何無奈。」

「相公，你不會是相信他了吧？」允瓔看著他認真地問。

「他們出來了。」烏承橋沒有回答，看著窗外的眼突然眯起來。

允瓔循聲看去，果然，老族長家的宅院門口，出來一行人，正是喬承軒一家子。

喬二夫人很激動地指著那大門，喬承軒和柳媚兒一左一右扶著她勸著，而那大門口，赫然站著喬立石和另外兩位老者，淡然地看著喬二夫人。

「內鬨……」允瓔撇嘴，轉頭看向烏承橋。「相公，你不能輕信了喬承軒，就算他沒有奪家主的意思，可現在他就是喬家家主，而且他有那樣一個娘，你不能不小心。」

「放心，我沒那麼傻，吃一塹長一智。」烏承軒輕笑，伸手撫了撫允瓔的頰。「我們回去吧，貨是託在我們貨行的，算起來，柳媚兒是在幫我們的忙，現在出了事，我們也得表個態。」

「好。」允瓔順從地應著，回頭深深地打量喬家那排庫房一眼，心裡有了決定。她得讓邵陸、邵柒查查那些都是誰家的才是，還有和喬立石在一起的幾個老頭子，只是可惜，隔得太遠，也瞧不清那幾個人的相貌，查起來難度不小。

「相公，喬家都有些什麼產業？說來聽聽唄。」回去的路上，允瓔問道。

「泗縣裡，帶著喬記兩字的差不多都是喬家的，就算不是喬府的也都是喬家本家的，除此，還有大運河沿岸大些的縣城，都有設下喬記倉，做得也算是不錯，那些人沒有立即對喬承軒動手，只怕也是想把這些貨行先瓜分了。」烏承橋已然今非昔比，在這麼多人的助力下，他已成為一個能獨當一面的商人。

這一點，允瓔自愧弗如。

「喬伯他們接下來要做的，就是收復這些貨行，喬大公子未死，不少貨行的老人還是會認這位少東家的。」烏承橋說到這兒，長長一嘆。

「看你，今天老嘆氣。」允瓔不滿意地看向他，手按在他眉間。「名聲如此不好的大公子，還能得到這麼多老人的認同，你該高興才對。」

「是啊，在收買人心這方面，老頭子確實有一手。」烏承橋按住允瓔的手，真心嘆服，此時此刻，心裡湧上一絲絲悔意。他口中的老頭子，他一直在意針對的老頭子，其實一直偏愛的都是他。

第一百三十八章

允瓔和烏承橋兩人去找喬承軒，喬承軒和柳媚兒卻已直接來到了貨行。得到消息，兩人直接回程。

在麵館的一間雅間裡，唐瑭正陪著喬承軒夫妻喝茶閒話。

「我和瓔兒去你家拜訪，你倒是跑這兒來了。」烏承橋進門前已經收起所有只在允瓔面前流露的情緒，朗笑著走進去。

「英娘。」柳媚兒有些怯怯地看了看喬承軒，起身迎向允瓔，神情間盡是委屈。

「媚兒怎麼了？誰欺負妳了？」允瓔驚訝。

「那批貨出事了……」柳媚兒低聲說道，暗地裡往喬承軒瞟了一眼，一臉小媳婦模樣。

「我們已經聽說了，只是……」允瓔沒有否認他們得到消息的事。「那糧食有什麼問題嗎？」

「那裡面不是糧食，是砂石。」喬承軒放下茶杯，苦笑著朝烏承橋拱手。「只怕他們的目標是我，因為我最近和貨行走得太近，他們想剪去我的助力，就把矛頭對向了你們。這批是軍糧，只有讓你們在威城兵營被逮住，那樣才能讓邵會長和關大人都無力插手你們的事。」

允瓔頓時沈默。她以為喬承軒是來興師問罪的呢，沒想到他卻是來自我檢討的，這一來，他們原本想要作戲安撫一番也變成了真的安撫，她說不出話，不由看了看烏承橋。

「相公，都是我不好，是我大意了。」柳媚兒低頭飲泣。

「跟妳沒關係。」喬承軒有些不耐煩，可能是礙於允瓔等人在場，他又補了一句。「如果妳沒那麼做，如今有麻煩的是貨行，那樣，我更於心難安。」

「那批貨的事，我們也聽說了，去你家就是想細問根源。」烏承橋坐下，看著喬承軒問道：「有什麼需要我做的嗎？」

「這件事我會處理。」喬承軒搖頭。「我今天來就是想和你們通個氣，那些人既然動了手，不達目的必不會甘休，你們當心些。」

「不至於吧，我們規規矩矩做事，他們能做什麼？」允瓔試探道。「倒是你們，這件事會有什麼影響？」

「雖然比較麻煩，但他們一時也奈何不了我們。」喬承軒看了柳媚兒一眼。「媚兒已修了書信，派人送往京城，相信我那位大舅哥不會袖手旁觀的。實在不行，大不了就是花大價錢擺平了，那些當兵的，最愁的就是糧草，而且這種事也不是頭一……也不常見，他們得了便宜，應該不會追究。」

「只怕他們得了便宜，更會得寸進尺。」烏承橋淡淡說道。

「聽你的意思，那些人不是第一次做這樣的事？」一直旁聽的唐瑭開口問道。

「我也不知道……」喬承軒沒有掩飾自己的情緒，茫然地搖頭。「去年宗祠突然召集全族男丁，宣告說，我大哥私下以次充好，在糧食中動手腳，破壞了喬家的聲譽……將他驅逐出喬家，那時我還以為是真的，可現在看來，未必了……」

喬承軒這番話極是突然，允瓔幾人聽罷，不由自主地沈默。

「你可有證據證明是他們栽贓？」反倒是烏承橋，平靜地看著喬承軒，沒有一絲異色，反而像是個朋友般，出言安慰喬承軒。「或是你有證據，卻有難處不好出面，我們可以幫忙。」

「謝謝承哥。」喬承軒抬頭，看著烏承橋的眸中帶著些亮光。「我只是不甘心喬家這些家業落在那群人手裡，原本我是想把重心移到京都，我娘……現在看來，只怕有些難度了。我繼任家主以來，就算是戰戰兢兢、拚盡全力，但還是做得焦頭爛額，時常力不從心，我去了京都之後，這邊的事更是鞭長莫及。」

「你不會又想把這邊的家業都盤出去吧？」唐瑭開玩笑似的說道。

「盤了，也好過落入他們之手。」喬承軒苦笑。「家母的意思就是如此，但我總覺得……這樣做太對不起我爹，這些都是他老人家和大娘的心血，辛苦創下，便是被人稱作敗家的大哥也不曾敗過一間，如今反倒讓我敗盡，我……這也是我把船塢交到你們手裡，又定下雙倍贖回的原因，我不想當這個敗家子。」

允瓔聽到這兒，心裡湧上怪異。這個喬承軒說得跟真的一樣，難道真的那麼無辜？

「呵呵，說了這麼多，讓大家看笑話了。」喬承軒抬頭，看著烏承橋，收斂了愁緒，笑道：「之前聽說你們在潼關那邊曾聽過我大哥的消息，不知最近可有什麼風聞？」

「我們倒是聽說了一些大公子的事，只是，並沒有親見。」唐瑭接話。

「我如今被瑣事困住，一時也沒法出去找尋大哥，你們能不能幫我個忙，替我捎封信？」喬承軒忙說道，面帶急色。

「可是，我們未必會遇到他們的船隊呀。」唐瑭不著痕跡地看了看烏承橋，遲疑地問。

「沒關係，無論什麼時候，都可以。」喬承軒急道。「明天一早我就把信送過來。」

「好。」烏承橋此時才開口，淡淡地提醒。「記得多寫幾封，到時候可以分作幾路寄出去。」

「行。」喬承軒欣喜，立即起身。「我這就去準備，你們也當心些。」

「英娘，我改天再來找妳。」一直沒怎麼說話的柳媚兒此時輕聲說了一句，低頭跟在喬承軒身後，那模樣，倒是十足十的溫婉又賢慧的小媳婦。

允瓔點頭，送了幾步。

「你說，他什麼意思？」幾人再回到那雅間，唐瑭就疑惑地托著下巴問道。「他不是還在懷疑你吧？所以話裡話外的撇清自己。」

「不管他是什麼意思，信到了之後，就幫他發出去，至於能不能找到，就不是我們能控制的了。」烏承橋的心情受到了喬承軒的影響。

喬承軒的速度極快，似乎是真的著急尋回大哥主持家業一般，說好第二天一早的信，在貨行打烊之前就到了烏承橋的手上。

一模一樣的信封、一模一樣的蠟封、一模一樣的稱呼……喬承軒倒是有心，竟寫出十數封信。

烏承橋拿著信回到房裡，坐在桌邊一封一封的打量。

「他都說了什麼？」允瓔端了一杯熱茶放到烏承橋身邊，好奇地問。

「還不曾看。」烏承橋搖搖頭，抽出其中一封把玩著。

「信是給你的，你還怕看？」允瓔把桌上餘下的都整理好放到一邊，也不打擾他，自己先去收拾床鋪。

這一晚，烏承橋直坐到深夜才歇下。

次日一早，他便把信全部交給唐瑭，讓唐瑭全權負責，至於裡面說了什麼，允瓔並沒有看，不過，烏承橋一向不瞞她什麼事，她沒看，一樣知道內容。

信中，喬承軒一開頭就表示了各種深深的自責，檢討自己不該不相信大哥的為人，偏聽偏信，導致失去了尋找大哥的最佳時機，乃至於後來，四下尋找都沒有結果，大半的自責、歉意和擔憂，聽得允瓔都覺得，喬承軒真的很無辜。

而後，喬承軒坦言了喬家目前的情況以及他的為難，同時還把喬家幾個老傢伙全給點了出來。

當然，喬承軒所說只是猜測，並沒有實質的證據。

但他所說的幾個人名，還是給烏承橋帶來了線索。他原本就在懷疑幾個，而喬承軒所說的名字裡面，有兩個隱得極深的人，是他怎麼也不會懷疑到的。

這才是烏承橋半夜獨坐的真正原因。

「他知道的，也未必就是真的，你別受他影響。」允瓔見烏承橋幾天都是極晚才睡，忍不住勸道。「真相未明之前，他說得再真也不能輕信，就當是個線索，先盯著。你可不能聽他幾句煽情的話，就動搖了心思，萬一是個局，豈不是讓他們看出端倪嗎？」

「嗯。」烏承橋拉高被子，伸手擁住她，卻又想到她懷著身子，又放輕了些。

「這裡啦。」允瓔伸手點住他的眉心，有些嗔怪地側頭瞅著他。「不要總皺著，你之前也說了，喬家與你再無關係，你已經保下了公公、婆婆一力創下的船塢，也找到了喬伯他們，以後我們好好待他們、好好經營，什麼喬記倉、什麼鋪子會沒有？喬家那麼深的水，由著他們自己去攪就行了，沒必要再摻和進去。」

「好。」烏承橋點頭，目光鎖在她臉上。

「嘴上說好，心裡呢？」允瓔佯裝抱怨道。

「都好。」烏承橋唇角上揚，撫著她的背，低聲哄道：「睡吧。」

允瓔依進他懷裡，閉上了眼睛。

然而，一下子接手這麼多船塢，並不只是跟著喬承軒去接收下就能萬事妥當，烏承橋只回來幾天，便必須出門繼續整頓船塢的後續事宜。

「瑭瑭，幫我照顧好她。」烏承橋不放心允瓔，臨行前拜託唐瑭照顧允瓔。

唐果和關麒一大早便不見人影，來送行的只有唐瑭和允瓔。

「一定。」唐瑭點頭，看著烏承橋的目光無比認真。

「拜託了。」烏承橋望著他，感激地拍拍唐瑭的肩，才轉向一邊已經顯懷的允瓔面前，目光中滿是歉意。

「我真不會胡來的，不用擔心我。」允瓔一看他這樣子就知道了，壓下心裡的不捨，笑盈盈地說道：「倒是你，一個人在外，記得好好吃飯、好好休息，不許給我瘦回來，知道不？」

「瓔兒……」烏承橋嘆息，伸手擁住她。「我不會去遠的，就附近幾個大船塢，等安頓好之後，立即回來。」

「好。」允瓔反圈著他的腰，微笑著抬頭。「記住，不許瘦了。」

「嗯。」烏承橋老實地點頭，看著她的嬌顏，叮囑道：「乖乖的，好好養身體。」

允瓔聽到他這句不知嘮叨了幾遍的話，不由失笑，連連點頭表示同意。

依依不捨中，再一次分離，直到看不到船影，允瓔才無奈地嘆了口氣。

「烏嫂子在擔心承哥？」唐瑭在一邊留意，笑著寬慰道：「放心，承哥做事極周全，而且他身邊還有邵玖和邵拾伍，相信很快就能回來。」

「我倒是不擔心他。」允瓔搖搖頭，緩步往回走。「走吧，回去啦。」

「當心。」就在這時，唐瑭突然上前一步，伸手護著允瓔的肩往邊上帶去，堪堪避過一個挑著行李的路人。

那路人的挑擔一個旋轉，踉蹌了一下才站穩，帶著驚慌向兩人連連躬身道歉。「對不住，我不是故意的，剛剛光顧著趕船，沒瞧見，對不住！」

「沒事吧？」唐瑭側頭打量允瓔問道。

「沒事。」允瓔搖頭。

「下次當心些，衝撞了人可不是鬧著玩的。」唐瑭警告道。

「是是是，我再不會了！」路人連連點頭，甚是驚惶。「我是趕船才……驚著了小娘子，實在對不住！」

允瓔順著路人指的方向看了看，果然，那邊停著一條擺渡的船，已經坐了不少人。

「你走吧。」唐瑭揮手，放走了路人。

「謝謝公子、謝謝小娘子！」路人見狀，躬了躬身，飛快地跑向渡頭，匆匆上了船。

允瓔看向那邊，突然，她發現船中央坐著的兩個俊俏公子，竟有些眼熟，卻又想不起在哪兒見過，不由皺了皺眉。

「怎麼了？可是哪裡不舒服？」唐瑭見她顰眉，不由吃驚，忙追問道。

「你瞧那船上的兩個人，我怎麼覺得有些眼熟呢？」允瓔沒有隱瞞。

「哪兒？」唐瑭順著她說的看去，卻有些茫然。

「中間坐的那兩個後生。」允瓔提醒道。這時，她發現剛剛挑擔的路人已經到了那兩位公子面前坐下，正說著什麼，那兩位公子往她這邊看了一下，又飛快轉開了頭。

「妳認識？」唐瑭問道。

「有些眼熟，不過想不起來。」允瓔搖頭。此時船已經離岸，她也不可能過去問人家說有沒有見過她，便收回目光。「興許是我看岔了，我們回去吧。」

「好。」唐瑭點頭，打量允瓔，確認道：「真的沒事？要不，還是找位大夫把一下脈吧。」

「不用，我好著呢。」允瓔笑著搖頭，走在前面。「謝謝，要不是你，估計我就真的有事了。」

「妳如今可不同往日，以後出門千萬小心，不對，在家也是，最好身邊不要離人。」唐瑭緩步跟著，想得周全。「妳如今身邊只有韻兒，怕是使喚不過來，還是再添兩個吧，讓韻兒在妳身邊照應，其他的事就交給別的丫頭去辦；還有麵館，也不用事事自己動手，指點一下，讓她們動手便是。」

「千萬別，我都習慣自己照顧自己了，你這樣安排，我肯定彆扭死，一個韻兒，我還是好不容易才適應下來的。」允瓔連忙搖頭拒絕。「我現在這樣才叫自在，要是身邊真被圍上幾個人，我怕是連睡覺都不踏實了。」

「說句真心話，妳得適應了。」唐瑭卻認真地看著她搖頭。「我說了，妳如今可不像以前，如今船塢全部收回，船隊也正在慢慢重組之中，相信以承哥的能力，不出一年，必定能達成所願，到時候那麼大的家業，必不可能只有一、兩個丫鬟，妳若不現在適應，怕是曾更累。」

「呼……難道到那時候，就一定要買很多小廝丫鬟嗎？」允瓔顯然有些不情願。

「許多事都是無可避免的。烏嫂子妳想像一下，等你們的家業豐厚了，為了應酬也好，為了自己過得舒坦也好，宅院必不可缺，家大了，人手肯定也要跟著添置，人一多，妳身為女主人，不得管？」唐瑭語重心長。他對允瓔極是信服，但經過這段時日的相處，他也知道允瓔其實是個很隨遇而安的人，所以他才會提點她，而不想她到時候太過辛苦。

「妳何不趁著現在養幾個貼心的丫鬟呢？到時候有她們分擔，妳才能過自己想要的舒心日子。」

第一百三十九章

唐瑭這番話說得合情合理，日後家業大了、應酬多了，客人往來必不可少，一個體面的家，除了男主人的面子之外，也是女主人能力的展現。

允瓔想到這兒，笑著點頭，接受唐瑭的意見。「你說得沒錯，可是這丫鬟怎麼雇，我也不懂呀。」

「烏嫂子，妳能管好作坊、麵館，區區幾個丫鬟，還怕了不成？」唐瑭頓時大笑。「再說了，丫鬟不是雇的，是買的，這兩日我幫妳找人物色幾個小丫頭吧。」

「好，那就麻煩你嘍。」允瓔點頭，也不客氣。

「妳就只管瞧好了吧。」唐瑭含笑攬下這件事。

而允瓔自己，說過之後便把這件事拋到腦後，並沒有放在心上，直到第二天，唐瑭帶著十個小女孩和十個小男孩出現在她面前，她才想起這件事。

「這麼快？」允瓔訝異唐瑭的辦事效率，不過，她更驚訝他幹麼帶這麼多人回來？「怎麼那麼多？」

「妳先挑，看中幾個就是幾個。」唐瑭笑了笑。「其餘的便放在貨行和麵館裡。」

允瓔想了想，便也不再客氣，挑了三個丫頭一個小廝，其餘的全交給唐瑭。

唐瑭的效率極高，很快就辦好了這件事。

其餘九個小廝，五個被留在麵館負責做小夥計，四個最機靈的派到貨行前面，剩下的七個丫頭，被唐果要了兩個，餘下都派到了廚房。

允瓔沒有異議，讓邵陸從麵館的小廝裡面抽了幾人，派到喬家老宅附近，又另外派了兩人去盯著清渠樓。

她本意是想防著青嬤嬤和仙芙兒給烏承橋添亂，卻不承想，才兩日她便收到了不少消息——

威城的事，已經陷入膠著，喬承軒已經去了威城交涉。

再就是仙芙兒，居然帶著她的貼身丫鬟女扮男裝尋大公子去了。

允瓔心裡突然閃過那天看到兩個俊俏公子的一幕。

難道，她們是跟著烏承橋去的？

允瓔想了想，立即尋了邵陸、邵柒，讓他們一邊派人去核實清渠樓的消息。

很快的，清渠樓這邊就有了消息。據說在烏承橋等人離開前一天，仙芙兒也不見了。

允瓔的心頓時提了起來，一邊派人送信給烏承橋告知仙芙兒的事。

這一晚，睡得輾轉反側，次日一早，允瓔乾脆早早地起來。剛到貨行，戚叔便笑呵呵地招手，從櫃檯裡拿出一封信晃了晃。「小娘子，妳的信，烏小兄弟派人一早送來的。」

「謝謝戚叔。」一聽到是烏承橋的信，允瓔頓時眼睛一亮，心情也飛揚了起來。快步上前接了信，便要撕開封口，但馬上又停下來，朝戚叔和陳管事問道：「今天有什麼要緊的事嗎？」

「沒有，一切安好。」戚叔和陳管事兩人笑著搖頭。

「那我休息去了，有事儘管讓韻兒來喊我。」允瓔把信捂在懷裡，笑著交代一句，快步回到房間。

韻兒見她這高興模樣，給她送上一壺紅棗茶也退了出去。

屋裡開著窗，陽光明媚，照得滿屋子透亮，允瓔此時的心情就像這一屋子的陽光，掩飾不住的歡悅。

這還是烏承橋寫給她的第一封信，明知只是報平安的家信，她竟還是隱隱有點緊張。

移了把椅子坐到窗邊，小心翼翼地拆開封口，允瓔取出裡面的信，第一眼，笑意便忍不住爬上臉頰。

信裡，滿滿都是牽掛和思念，洋洋灑灑占了三、四頁，後面才是他的近況，以及船塢的各種瑣事。

船塢一切順利，如今老焦幾人也都回來接手，裡面的人也清理了一遍，若是不出意外，他很快就能把一切安排妥當回泗縣了。

他馬上就要回來了……允瓔看得歡喜，捧著信一遍一遍地看。

「邵姊姊，吃飯啦，光抱著承哥的信就能飽了？」唐果敲了敲門，探進腦袋，笑嘻嘻地問道。

允瓔抬頭，便見到唐果蹦跳著到了她面前，一伸手就把她手裡的信給抽走，旋轉著坐到桌邊，拖著聲音讀起來。「愛妻，見字如晤……真沒想到承哥居然這樣會哄人，瞧他平時那樣子，嘖嘖，真看不出來喔。」

允瓔不由無奈，卻又不好從唐果手裡把信搶回來，只好坐在原處嗔怪地看著她。「他再會哄人，怕也比不上你們家雲哥吧？」

「快別提他了，出去這麼久，連個消息都沒有，更別提什麼信了。」唐果倒還算知禮，匆匆地翻了翻，起身拖了那把椅子過來，放在允瓔身邊，隨意地坐下，把信紙還給她。

「興許是忙吧。」允瓔收起信，安撫地說道。

「誰知道。」唐果趴在椅背上，伸手摸向窗外灑進來的陽光，語氣有些幽怨。許久後，她又緩緩收回手，枕著椅背，看向允瓔問道：「邵姊姊，妳之前去過柯家莊，可知道他以前的事？」

「妳聽說了什麼？」允瓔驚訝地問。

「柳柔兒說，他曾經愛的一個女人，如今在泗縣不遠的庵堂裡……」唐果果然是聽說了什麼，才變得這樣憂鬱。「她還說，妳也見過。」

允瓔沈默。之前柯家莊的事處理完之後，她帶著文姨娘來到泗縣，而文姨娘如今的落腳點，她自然也是知道的，那會兒柳柔兒就在貨行裡，對這些事估計也比較關注。

「邵姊姊，她說的都是真的嗎？」唐果一看到允瓔的表情就知道，柳柔兒說的不是空穴來風。

「她的話妳也信？」允瓔想了想，安撫道：「她那樣說，無非就是想打擊妳，讓妳心慌意亂罷了。雲哥有時候雖然看起來會……吊兒郎當，可是他的心其實比誰都細、都穩，他深知自己該做什麼、不該做什麼，如今他的選擇的是妳，妳應該相信他才對，別被人輕易地牽著鼻子走。」

「我知道，可我一想到，柳柔兒知道的，我卻不知道，心裡就不舒服，他從來都沒告訴我。」唐果嘟著嘴，有些無精打采。

「柳柔兒所知的也不多，而且都是旁聽的，雲哥更不可能跟她說什麼。」允瓔伸手拍了拍唐果的肩。「雲哥不與妳說，也未必是不想讓妳知道呀，或許是他也覺得，那件事已經過去，並沒有再提起的必要呢？又或者，他完全把那些事給忘記了呢？畢竟那段過往，對他來說不是什麼開心的回憶。」

「所以我才煩呀，柳柔兒就是吃準了我不會去問雲哥，才會說那些。」唐果無奈地拍著自己的額頭，極是苦惱。

也不知道怎麼回事，柳柔兒竟成了她心頭一根刺，隨意地刺一下，大剌剌的唐果也變得這樣多愁善感。

「出家修行的只是柯老爺的文姨娘，別的，妳沒必要放在心上，免得上了柳柔兒的當。」允瓔想了想，提醒道。

「柯老爺的姨娘？那不是……」唐果吃驚地轉正身體看著允瓔。

「沒錯。」允瓔眨眼朝她點點頭。

「我明白了。」唐果眼睛一亮，跳了起來，領悟過來的她，瞬間恢復了平日的活潑。

「柯老爺的姨娘，怎麼說也是我和雲哥的長輩，那個柳柔兒，虧她還是柳家人，白長了一副柳家的心眼。」

接下來的日子，唐果一心要鬥敗柳柔兒，成天不見人影，而貨行和麵館裡，也因允瓔日漸沈重的身子，她便將所有的事情都攬了過去。

一時之間，允瓔竟難得清閒下來，在家無聊，便想著上街逛逛，順便也聽聽清渠樓、喬家的消息。

於是，她帶著韻兒和一個小廝出了門。

誰知剛到街上，她不經意地偶一抬頭，看到一處攤子前站著幾個戴斗笠的人，其中一個人的身形像極了烏承橋，她不由驚訝地停住目光。

「小姐？」韻兒留意到她的視線，抬頭四下張望了一下，疑惑地喊了一聲。

此時那幾個人已經離開，允瓔忙快走幾步，但，街上人來人往，那幾個人已經看不到蹤影，她瞇了瞇眼，轉頭看向一邊的小廝。「剛剛那幾個戴斗笠的客人往哪邊走了，你可看到？」

「好像是左邊。」小廝想了想，回答道。

「小姐，妳看到誰了？」韻兒疑惑地問。

「不知道，看著眼熟。」允瓔應道。她越想越覺得那人像烏承橋，心裡好奇心大起，抬腿就往前走。

「小姐。」韻兒不由大急，可眼見允瓔已經走出幾步，忙帶著小廝追上去。

允瓔倒是沒走太快，她緩步在人群裡尋尋覓覓，遇到不少在麵館見過的人，想了想，隨意攔下其中一個。「可見到幾個戴斗笠的人經過？」

「回烏家娘子，確實有幾個往那邊去了。」這人也認識允瓔，客氣地回道。

「多謝。」允瓔點頭。

「小姐，慢著些。」韻兒總算帶著小廝從後面擠上來。

「這不是在等你們嗎？」允瓔失笑，朝那人點點頭，繼續往前走。

「小姐，妳到底要去哪兒呀？」韻兒擔心地看著允瓔的肚子。

「韻兒，妳若累了，只管回去休息。」允瓔無奈地回頭看了韻兒一眼。她不喜歡身邊太多丫鬟的原因之一就是這個，有時候做事，這些丫鬟比老媽子還要囉嗦，耽誤事情。

「小姐，奴婢不是這個意思。」韻兒嚇了一跳，連連擺手。她還是頭一次聽到允瓔用這樣的語氣對她說話。

「嗯，既然不累，那就安靜地跟著。」允瓔淡淡地說了一句，快步往前。

韻兒雖然有些委屈，卻也不敢再說什麼，只帶著小廝安靜地護在允瓔身邊。

然而，無論大街小巷，卻再也沒有那幾個人的影子，允瓔莫名有些煩躁，停在街頭四下觀望。

「小姐，當心身子。」韻兒這會兒才又開口提醒允瓔。

「呼……走吧。」走了一路，允瓔確實也有些累了，抬手扶了扶腰，她無奈地轉身，帶著他們回轉。

她沒注意的是，他們離開後不一會兒，她駐足的民居突然開了門，從裡面閃出幾個戴斗笠的身形。

「她好像認出你了。」允瓔若在這兒，必然會聽出這個聲音是單子霈。「你為何不直接告訴她？省得她這般費力。」

中間那個被允瓔鎖定的人，看著她離開的方向，唇邊浮現一抹溫柔的笑。「告訴她，她只會更費神，左右不過兩、三天的事，到時候再解釋吧。」

他正是悄悄潛回泗縣的烏承橋。

「你家這位娘子，不簡單。」蕭棣的聲音透露著濃濃的興趣。

「走吧。」烏承橋收回目光，壓了壓斗笠，率先出了門，往反方向走去。

一連兩天，那幾個人的身影時不時地晃過允瓔的心頭，但，她帶著人去街上轉悠，卻一無所獲，無奈之下，只好將這件事拋到一邊。

這日，允瓔回到貨行，前腳剛邁進去，邵陸後腳便匆匆回來了。「小姐。」

「有消息？」允瓔抬頭看了一眼。

「是。」邵陸點頭，卻沒有說是什麼事。

允瓔點點頭，便直接回到樓上房間，韻兒守在門外，邵陸這才上前一步，輕聲而快速地回報。「小姐，我們發現喬家老宅附近還有幾個暗哨，看起來並不屬同一派。」

「還有幾個暗哨？」允瓔驚訝，一邊伸手倒水，一邊分析道：「小麒派了人出去的，他算一個，縣太爺和邵會長那邊，可能也會關注，除了他們，還有誰？」

「妳說的這些人，我倒是能看出來，可除了他們，另有三個，今天我和阿柒跟了一路，跟到一家宅子那兒便不見了，而其他兩人……」邵陸說到這兒，有些猶豫。

「其他兩個怎麼樣了？」允瓔奇怪地問。

「有一人，看著像那位單爺。」邵陸回道。

「單子霈？」允瓔問，心裡卻突然想起了那個酷似烏承橋的身影，難道真是他們暗中回來了？

「是，就是那位和姑爺一起的單爺。」邵陸低聲說道。「他在喬家庫房附近已經轉悠了許久，就在方才，我還看到他潛了進去，阿柒怕我們冒然行動會妨礙姑爺的計劃，才特意讓我趕回來報信，聽聽小姐的意思。」

「如果真是單公子，你們見機行事，助他一把。」允瓔倒沒什麼猶豫。單子霈偷偷回來，不論烏承橋有沒有回來，只怕他們都是衝著喬家去的。

「另外，喬家的人在搬糧。」邵陸說起另一個消息。

「搬糧？」允瓔微一沈吟，說道：「既然有人盯著，你們也仔細些，留意消息及時告訴我就行。」

邵陸得了她的話，這才離開。

韻兒提了熱水進來，看著允瓔的倦態，忍不住又開口勸道：「小姐，您如今可是雙身子呢，這樣勞累，姑爺回來，奴婢如何交代呀？」

「放心，這孩子乖著呢。」允瓔撫了撫肚子，微微一笑。

「這個時候，可大意不得。」韻兒嘆氣。自知勸不動允瓔，便不再說什麼，兌了水給她洗漱，自己去鋪被子，裝了暖爐去暖被窩。

夜，漸漸深沈，允瓔躺在被窩裡，全身放鬆之下，才感覺到累，但腦子裡卻有許多想法在打轉。

時而想到單子霈為什麼會在泗縣？時而想到那個跟丟了的身影會不會真的是烏承橋？時而又轉到了喬家那些事上……

各種思緒紛亂，纏得如同一團亂麻。

「算了，現在想什麼都是有心無力，不如走一步算一步吧……」允瓔在黑暗中瞪著眼睛看著帳頂，長嘆一聲道：「寶寶，還好你聽話，要不然為娘真心吃不消了。」

艱難地翻了個身，繼續撫著肚子嘀咕道：「唉，以前的時候，總說……要是我有了寶寶，寶寶他爹要是不陪著我，我一定饒不了他，結果現在……唉，我都快成女漢子了……」

黑暗中，屋頂似乎傳來一個輕微的動靜。

「誰?!」允瓔頓時一驚，撐著床站起來，移到床邊撩開幔帳，小心翼翼地探出頭去瞧了一眼，一邊隨時準備著尖叫。

可是屋裡安安靜靜的，哪裡有什麼人。

「聽錯了嗎？」允瓔雙手拉著幔帳，只露出臉在外面，靜心聽了聽動靜，她不由疑惑，等了一會兒，放棄地縮了回來，掩好幔帳，縮回被窩裡。「天天看他們勾心鬥角，都快看成神經病了……」

允瓔不知道的是，此時此刻的屋頂之上，正坐著一個人，一身玄衣，頭戴斗笠，將她的話盡收耳中。

第一百四十章

「見過烏家娘子。」

這日一早，允瓔正在麵館裡例行檢查，便聽到邊上響起一人客氣的招呼，她只以為是來光顧的客人，含笑轉過身，卻見是喬立石，當下不由一愣。

喬立石看到她一臉驚訝，微笑著說道：「我們族長請小娘子飲茶。」

「你們族長？」允瓔錯愕地看著喬立石，第一個念頭就是——邵陸他們洩了行蹤？

「老朽喬立石，我們族長有事相請。」喬立石自報家門。

「喬家族長客氣了，只是我如今不合適喝茶，有何可效勞之處，派人吩咐一聲即可。」允瓔謹慎地說道。

「烏家娘子，我們族長早料到妳會這樣說，所以特地讓老朽轉告妳，他那兒有烏公子的消息。」喬立石聞言，意味深長地打量她的肚子一眼。「而且，我們族長說了，備的是紅棗茶，烏家娘子只管放心喝便是。」

準備得這樣細心，看來她是非去不可了。允瓔眸光一轉，點點頭。「既如此，那便叨擾喬家族長了。」

只是這會兒邵陸、邵柒都不在身邊，只帶韻兒又不太安全……允瓔看了喬立石一眼，又想到，喬家準備得這樣細緻，她把所有丫鬟小廝都帶過去，估計也起不了作用，而且，縱然有什麼事，她一個人還可以直接往空間裡躲，帶著別人反倒不方便。

想到這兒，允瓔直接朝唐果說了一句，只帶了韻兒跟著喬立石出去。貨行外，喬立石還準備了轎子，令允瓔心裡更是一緊。

他們到的地方是個沒有掛上門匾的小院，離喬家老宅的大門很近很近。

正廳裡，一位白鬚白髮的清瘦老人拄著枴杖一動不動地站在堂屋前，背影佝僂。

「邵娘子，請。」喬立石朝允瓔拱手，親自領進正廳，才朝那老人回了一聲。「叔，烏家娘子來了。」

「見過喬老，不知喬老尋我，可是有事？」允瓔垂眸斂目，微福了福，語氣平靜。

「坐。」喬老族長聞聲，緩緩轉了過來，混濁的目光在她身上轉了轉，溫溫一笑，抬了抬手。

「這位姑娘，請。」喬立石朝韻兒做了請的手勢。

韻兒有些猶豫地看著允瓔。

「去吧。」允瓔淡淡對韻兒說道。喬立石這樣光明正大地請她過來，她反而安然了，再者，這院子裡似乎除了喬老族長便只有喬立石，所以她暫時是安全的，而且，韻兒在這兒也是無濟於事，不如先聽聽他的意思。

韻兒見狀，只好跟著喬立石退出去。

「喬老有話不妨直言。」允瓔笑盈盈地看著喬老族長，直接開口說道。

「烏公子，就是承塢，對嗎？」喬老族長居然半點掩飾也沒有，直直看著她問道。

「喬老，您為何會這樣想？」允瓔失笑，心裡卻驟然警惕起來，他們都知道了什麼？

「若是我的消息無誤，此時此刻，他便在泗縣。」喬老族長的手指叩了叩桌面，很肯定地說道。

「在泗縣？這怎麼可能？喬老您是拿我開玩笑呢，我家相公若是回了泗縣，他怎麼可能不回家？」允瓔輕笑著連連擺手，可心裡卻在嘀咕，這老頭子都知道了什麼？說得這樣肯定。

「原來烏家娘子還真不知道。」喬老族長呵呵笑著，抬手拿起茶壺，斟了一杯，顫巍巍地起身送到允瓔手邊的几上，又慢吞吞地回去。

允瓔瞧了一眼，果然如喬立石所說，是紅棗茶，但她並沒有喝的意思，抬眸看向喬老族長，笑道：「有勞喬老親手斟茶，英娘惶恐。」

「不過一杯茶，沒什麼。」喬老族長坐了回去，也給自己倒了一杯，端著喝了一大口，才看向允瓔的肚子，淡淡地開口。「這院子在我名下，妳且安心在這兒養胎。」

「喬老，您這話什麼意思？」允瓔心裡一凜，這個喬老族長還真的想做些什麼？

「婦道人家，又懷著孩子，就該安心養胎。」喬老族長依然是那淡淡的語氣。「妳安全無虞，男人在外面做事才能免後顧之憂，可懂？」

「我不明白，喬老您為何……」允瓔緊皺起眉，心裡疑惑叢生。

「多事之秋，有些人，坐不住了。」喬老族長說到這兒，站了起來。「妳安心在這兒，一應吃穿用度，我會命人安排。」

說罷，緩步走了出去。

「喬老，您這是要軟禁我？」允瓔皺起了眉，急急起身追了幾步。

喬老族長停步側身，忽地，目光凌厲地掃向她，淡淡說道：「我以為妳是個好的，卻不承想也是個拎不清的。」

「什麼意思？」允瓔心裡的疑惑越來越大，她總覺得，這個老頭不像是要害她，可是她又想到喬承軒給出來的那張名單，這心裡的戒備便無法消去，更何況外面還有一個曾經想陷害貨行的喬立石。

喬老族長盯了她一眼，逕自離去。

「喂！」允瓔跟出正廳，卻發現喬立石不知道從哪裡調來的四個粗壯婆子守住了門，她忙停下腳步。

她現在這情況，硬闖是不可能的，還是先穩住再說。

「喬老盛情，英娘只好叨擾了，只不知我能否給家裡捎個信？以免他們擔心。」

「放心，我會安排好一切的。」喬立石立在門邊，朝允瓔微一頷首，帶上門出去了。

「邵娘子只管安心在這兒住下。」其中一個婆子把允瓔送到後院，院子收拾得乾乾淨淨，除了幾間屋子，還有個小廚房。「有何需要，儘管告訴我們。」

「好。」允瓔點頭。她不擔心這喬老族長會對她怎麼樣，她只是擔心烏承橋，他真的在泗縣嗎？不過細一想，她想出去，有空間在，倒也不是不可能的。

想到這兒，便安心下來。

允瓔看到後院的門也被關上，才無奈地嘆著氣，進了最中間的屋子，屋子裡倒是應有盡有，佈置得也極雅致。

「小姐，這……」韻兒此時的臉上已顯露驚懼。這好端端的，怎麼就被人給關起來了？

「別怕，他不會把我們怎麼樣的。」允瓔安撫地笑了笑，抬頭看向喬家倉庫的方向。「去檢查一下這屋裡的門窗和佈置，看看都有什麼，缺的，不用跟他客氣。」

韻兒見狀，只好順著她的話去做，不一會兒，她便回來了，帶著幾分不高興地回道：「小姐，窗戶全部被封死了，東西倒是不缺，被褥都是新洗換過的，還有曬過的氣味，現在我們要怎麼做？」

「什麼也不用做，安心住著吧。」允瓔緩步進屋，邊打量邊往榻邊走去，懶懶地坐下去，正好，可以讓她好好歇幾天了。

到了中午時，喬老族長果然派了喬立石送來不少食材，他倒是以禮相待，吃的、喝的半點也不薄待她，甚至還讓人送了養胎的滋補品。

比起不安的韻兒，允瓔倒是挺自在。睡醒了吃，吃了在院子裡散步消食，走累了又去歇著，反正屋子裡還有不少書可看，她是絲毫沒覺得自己是被禁足，反倒像是度假般愜意。

她的淡定，倒是漸漸感染了韻兒，令她開始適應下來，只不過韻兒並不知道允瓔白天這樣的休息，是為了晚上出門保持體力做準備……

半夜，允瓔起身了，韻兒睡在隔壁，她也不去驚動，給自己的被子做了個假象，便輕手輕腳地開門出去。

方才進來時，她已經留意了一路的路線，這會兒依仗著空間，膽氣也是極大。

到了院門邊，允瓔也沒急著走，扒著那門，她細細地聽了一會兒。外面的門邊傳來兩道綿長的氣息，等了一會兒，才悄悄抽開門閂，小心翼翼地開了一條縫，只見外面坐著的兩個婆子都各自倚著一邊牆垂著頭，顯然是睡著了。

允瓔很是小心的開了一扇門，沒辦法，她現在行動不便，門縫開太小根本過不去。所幸，那兩人睡得夠死，她的動作又輕，倒是很順利地邁出去，又小心翼翼地提防著兩人，一邊把門給重新關起來。

允瓔只覺得一顆心都提到了嗓子眼，提著裙子抱著肚子，一步一步地緩緩邁出去，幾步路硬是花了好大的勁才走完，額上的汗都細細地沁了出來。

不過，小心總算沒出差錯，離開那院門口之後，允瓔倒是挺順利地走了一路，也沒再遇到什麼人。也不知道那喬老族長是真的相信她，還是壓根兒沒想到她膽子這麼大，總之，她的空間一直沒用上，便順利來到了大門口。

允瓔並沒有從大門口出去，而是轉身去尋偏門。從大門口出去，她還得再進來，這段時間萬一被人發現門閂沒閂上，會很麻煩。

小院的偏門果然很偏，她順著牆尋了好久才尋到。

直到從偏門順利地出來，允瓔才深深地鬆了口氣。轉頭看了看小院的牆，轉了個方向，朝喬家老宅的宗祠而去，她記得那兒是沒有門的。

一路躲躲閃閃，允瓔順著牆根靠近喬家老宅的宗祠。

此時已是深夜，允瓔一靠近，整個人便不由自主地豎起汗毛，她有些膽怯地看著宗祠大堂裡那密密麻麻擺放的牌位。

黑暗中，那些牌位前只點著一燈長明燈，忽明忽暗的，顯得異樣的詭異。

「各位先輩們，我今天這樣做也是事出無奈，一切都只為了揪出欲毒害喬家嫡子的毒手，還望先輩們大人大量，千萬莫怪。」鼓起勇氣，允瓔來到那些牌位前，老老實實給那些牌位跪下磕頭，才起身靠近。

那些擺放牌位的長桌下全是空的，只不過是鋪了棕黃色錦布，擋去了前面罷了。

允瓔撩起那布幔，鑽了起去。

在這樣的地方，她也不敢多待，進去後，便沒頭沒腦地把空間裡那些糧袋全部移出來，把下面塞得滿滿的，才退了出來。

只這一番動作，她便平白的冒了一身汗。

「各位喬家的先輩們，冒犯了。」允瓔不忘再次拜了拜，才站起身，一轉身便看到牆上掛的煉獄圖，心頭頓時大跳，驚出一身冷汗。

慌忙收回目光，打量了那恢復原狀的布幔，她飛快地出了宗祠。

興許是剛剛太過驚懼，出來之後吹著風，允瓔不由自主地打了個冷顫，左右瞧了瞧，她慌忙往小院方向走去。

就在她拐入小巷時，邊上突然冒出一個人，伸手捂住允瓔的嘴，挽住她的腰往邊上拉去。
這突如其來的襲擊，讓允瓔頓時嚇得魂飛天外。
現在要怎麼辦？
直接進空間？
這人捂著她的嘴，還拉著她呢，她這會兒進去，豈不是連這人也帶進去了？
要不，把人弄進空間困住？
允瓔的心裡騰地浮現這個荒謬的想法。
可是人命關天，若是她真這麼做了，這輩子還能安心嗎？
就在她糾結之時，耳邊傳來熟悉的低語。「瓔兒莫怕，是我。」
竟是烏承橋！
認出他的瞬間，允瓔的一顆心如同坐雲霄飛車般，直直落了下來，然而隨著鬆懈的同時，手腳也倏然失了力氣。
烏承橋察覺到她的異樣，忙鬆開捣著她嘴巴的手，及時抱住她下滑的身子，語氣也緊張了起來。「瓔兒！」
一晚上的緊張與驚魂，在乍然聽到烏承橋的聲音時，全盤崩潰，允瓔站穩了身子，眼眶卻不由自主地泛紅，委屈從心底翻了上來，她想也不想，轉身就抬手捶了過去。「你回來不見我便罷，幹麼還嚇我！」
說罷，眼淚不受控制地噴湧而出。

她不想哭，可就是控制不住。想想自己懷孕五個多月，他在身邊陪伴的日子還不足半數，人家懷孕是十月女王，而她呢？獨自留守不算，還要費心費力地操心生意，還被他喬家人軟禁，現在呢？居然還是被他嚇得……

越想越是委屈，淚如雨般滑落，她卻緊咬著唇硬是不出聲，揮著拳頭也沒頭沒腦地落在烏承橋身上。

烏承橋何曾見過這樣的允瓔？手忙腳亂地握住她的雙手，低頭間，赫然發現她滿面淚痕，不由慌了。「瓔兒，對不起，我並非有意，只是……」

他沒能說得下去，看著眼前的允瓔，只能心疼地擁她入懷，自責不已。便是她爹娘遺骸尋回入土之時，她也不曾這樣失態過，今日卻被他嚇成這樣。

「對不起，我只是看妳往那邊走，怕妳落入他們手裡，才會拉妳進來。」烏承橋緊箍著允瓔的身子，急急解釋道。「是我不對，別哭了好不好？」

允瓔掙扎著，無奈她的力氣根本抵不過他，幾次都沒能成功推開，不由氣惱地連名帶姓喊道：「烏承橋，你剛剛嚇我，現在又想悶死我是吧？」

烏承橋一聽，慌忙鬆了手，低頭打量她。

允瓔得了自由，一手按著狂跳的心，一手狠狠地抹了一把眼淚，瞪著他不說話。

「別哭，是我錯了，下次再不會這樣。」烏承橋看著她這模樣，心房似被重擊了般，抬手細細地幫她拭著淚水，一邊嘆著氣道歉，他真的沒想到她會嚇成這樣。

「你還想有下次？」允瓔聞言頓時瞪大眼，語氣中不乏威脅之意。

「絕沒有下次。」烏承橋忙改口，柔聲說道：「別哭了，當心身子。」

「誰哭了……」允瓔拍開他的手，臉上一燙，這會兒緩過勁，她自己也覺得難為情，好好的居然哭成這樣。

「大哥，你說得真不對，大嫂怎麼會哭呢？就是進門的時候不小心，被灰塵迷了眼睛。」這時，邊上響起關麒笑嘻嘻的聲音。

允瓔猛地回頭，卻只見唐瑭、關麒、柯至雲、單子霈、蕭棣均是一臉笑意地站在一邊。他們什麼時候來的？

允瓔頓時窘迫至極，打量四周一眼，才發現自己被烏承橋拉進了一個小院子裡。

「你們幾個，居然聯合來騙我！」片刻的窘態之後，允瓔立即回過神來，瞪著唐瑭和關麒。其他人也就算了，一直都是在外面辦事，可這兩個呢？天天見面的呀，居然也瞞著她！

「瓔兒。」烏承橋伸手攬住允瓔的腰，目光在她的肚上轉了轉，柔聲說道：「是我的主意，莫怪瑭瑭和小麒。」

「哼，你的帳，回頭自然要好好算算。」允瓔冷哼，白了他一眼，明顯地氣未消，不過當著這麼多人的面，她也不可能繼續鬧脾氣下去，更何況剛剛的一番發洩已經緩和了情緒。

「好，只要妳消氣，怎麼算我都聽妳的。」烏承橋淺笑著哄道。

第一百四十一章

在屋中坐定，允瓔並沒有多問他們的行動和接下去的計劃，她只是把知道的消息以及喬老族長的異樣說了一遍。

「他沒把妳怎麼樣吧？」烏承橋聽到喬老族長這一段，頓時緊張起來。

「他倒沒把我怎麼樣，好吃好喝地對待，除了不能出院子。」允瓔撇嘴，看著他問道：「我偷著出來的，現在也該回去了。」

「妳還要回去？」烏承橋頓時皺緊了眉。「韻兒我自會派人去接，妳先回家去。」

「我想看看他要做什麼。」允瓔不理他。「不過目前看來，他似乎並無惡意。」

「弟妹說得倒也有道理，這個喬老族長的心思深不可測，如今倒不如將計就計，且先看看他要做什麼。」蕭棣贊同地點頭，眸中透著賞識。「不過弟妹，妳如今這行動不便的……是怎麼出來的？沒人發現嗎？」

「估計他們也如你所想，覺得我一個不會功夫的小女子，又是這副模樣，所以沒怎麼防備我吧。」允瓔含糊帶過，瞄了身邊的人一眼，說道：「喬家宗祠的牌位下，有三百多包摻了泥砂的糧袋，你們可得把握時機，莫讓人轉移出去才好，我先走了。」

「妳怎麼知道那牌位下有糧袋？」關麒和柯至雲驚訝地異口同聲。

「我剛剛從那兒出來，當然是看清楚了才說的。」允瓔隨意地揮揮手。「我回去了，出來久了怕會出漏子，你們當心些。」

說罷便直接往門口走去。

「瓔兒。」烏承橋快步跟上，拉住允瓔的胳膊，擔心地看著她。

「我不會有事的。」允瓔停住，回身看著他，目光平靜。「他若想對我如何，一杯茶便能辦到了，可如今卻好吃好喝地供著我，不管他後面想做什麼，但現在一時半會兒不會對我如何，你只管安心辦好你的事再來接我。」

「我送妳。」烏承橋動了動唇。他不得不承認，她說的讓他無法辯駁，可是讓自己的女人犧牲自由給他換來這機會，他心裡實在憋屈，偏又無可奈何。

「不用了，機會瞬間即逝，喬家的事不解決，我所做的這些就完全沒了意義。」允瓔搖頭，看著他眼中滿滿的愧疚，想了想回身抱住他的腰，窩在他懷裡說道：「等處理好了這些事，你得好好地陪陪我。」

「好。」烏承橋鄭重點頭，眼眶微熱。自她有孕，便跟著他東奔西走，如今，又是一個人撐在家裡，他在外面這些日子，無時無刻不記掛她，所以才會這麼快決定對喬家動手，為的就是能早些陪著她，好好彌補她。

「我等你來接我。」允瓔抬頭朝他柔柔一笑，鬆開了手，對著後面眾人揮揮手，逕自開門出去，沒入黑暗中。

「承哥，我去送她，你放心。」允瓔出去後，唐瑭走過來，拍了拍烏承橋的肩輕聲說道。

「煩勞。」烏承橋嘆氣。他還有重要的事要做，送允瓔的事也只能讓唐瑭去了。

「知道。」唐瑭微一頷首，跟著出門。

允瓔重新隱入黑暗，順著來時的路往那小院走。

烏承橋無恙，空間裡積壓這麼久的糧袋也有了去處，此時她心裡的石頭也徹底落了地。

依然摸著那個偏門進去，躡手躡腳地回到她住的那個小院，允瓔走得小心翼翼，她沒發現，在她靠近那門時，兩顆石子悄無聲息地破空而過，打在了那兩位婆子身上，兩人順著牆軟倒下去。

允瓔走到前面，推開了門，剛要進去，她又奇怪地轉身看了看兩人。

這兩個怎麼這樣會睡？她都出去回來了，居然還睡這麼沈？

想不透便不多想，更何況她也覺得累了，便縮了回去，閂上院門，悄悄地回到屋裡。

安全歸來，她才長長地吁了口氣，脫衣鑽入被窩。一晚上的忙碌驚懼，讓她疲乏不已，一沾床便沈沈睡去。

院外，在允瓔進入房間一會兒之後，兩顆石子悄然掠向那兩個婆子。

兩人似被解穴了般，瞬間站了起來，伸手推了推院門，見沒什麼異樣，又就近巡查了一番，才返回原地繼續守門。

而不遠處的牆頭，一道人影似微風掠過，沒有留下任何痕跡。

凌晨，天際還只是浮出一絲魚肚白，泗縣半數的大街小巷還籠在黑暗中，一個腳步矯捷的黑衣人靈活地穿行，最後來到了小院，敲開了門。
「來了。」屋中，還未休息的眾人頓時精神了起來，紛紛坐直。
「我去開門。」柯至雲快步出去，打開院門。
「爺，喬老族長遞了信，想見你。」黑衣人進門，從懷裡取出一個小竹管遞給烏承橋。
烏承橋接過小竹管，放到燈火上烤了烤，化開了封蠟，輕輕一旋，便打開小竹管，從裡面取出一張小紙條，展開看了一眼，唇角便勾了起來。「這是想垂死掙扎嗎？」
「寫了什麼？」柯至雲好奇地問。
「約我去老宅敘話。」烏承橋將紙條遞過去。
「你要去嗎？」唐瑭掃了一眼，問道。「我怎麼覺得，這位喬老族長並無惡意？方才那院子裡，除了幾個婆子，並沒有別的人。」
「不管如何，總是要會一會的。」烏承橋斂眸，燈光中，神情隱晦不明，好一會兒，他抬手，用手中的小竹管輕輕挑了挑燈芯，平靜說道：「我去赴約時，你們協助大人行動。」
「好。」柯至雲等人互相看了一眼，鄭重點頭。
做好了決定，幾人也不熬著，各自回屋養精蓄銳，那報信的黑衣人也快速出門，融入黎明前的黑暗中。
烏承橋歇了一會兒，才起身洗漱吃飯，收拾了一通，獨自出門赴約。
唐瑭等人也各自散去，各自行事。

喬家老宅裡，各個院子已經都落了鎖、熄了燈，唯有喬老族長住的正院裡，還點著一盞昏黃的燈。

喬老族長安靜地坐在花廳的窗邊，手裡拿著兩顆圓核桃，緩緩地轉著，手邊的几上擺著一盤棋，旁邊還燃著一炷清香，擱著一壺香茗。

花廳的門開著，院子門卻已經關得嚴實。

喬老族長默默地看著門外黑夜，一言不發。

烏承橋輕輕巧巧地從牆頭落在院子裡，一眼便看到了屋裡的喬老族長，他正了正衣衫，摘下斗笠走進去。

「來了。」喬老族長似乎絲毫不意外他進來的方式，略抬抬手，指了指對面的空位。「來，續完這盤棋。」

語氣、神情自然得就好像烏承橋從來沒離開過喬家一樣。

烏承橋走過去，隨手將斗笠放到一邊，坐下去，也沒提別的，很自然地拿起茶壺，給彼此都倒上兩杯，才開口說道：「走的時候沒能來得及下完，沒想到，您還留著。」

面前的這盤棋，還真是那夜事發前他和喬老族長下的那一盤，只是可惜，那時候還沒走完，他就被湧進來的族人們押去了祠堂。

「人，總得有始有終。」喬老族長半句不提這些年的事，就好像，烏承橋從沒離開過喬家一般，接了他的茶，安靜地等著他下子。「我的走完了，接下去，輪到你了。」

烏承橋點點頭，捏起一枚棋子落到了一處，就好像今晚他只是來下棋，多餘的話半個字也沒提。

你來我往，花廳裡除了棋子落下的聲音，便只剩下喬老族長喝茶的聲音……

小院裡，事情安排妥了，允瓔也沒了顧忌，便安安心心地回到房間休息。

半夜裡，允瓔睡得有些不舒坦，韻兒住在隔壁，她也懶得再去折騰她們，便自己起身，連燈也不點，便摸黑往桌邊走去。

這幾天在這兒做的最多的就是在屋裡、園子裡轉悠，這會兒摸黑去倒水倒也難不倒她。

茶壺中的水是她入睡時韻兒準備的，但這會兒已經涼了，允瓔倒了半杯，只是喝了一口潤潤唇。

若不是口實在渴，她也不會喝這涼了的水。

喝過了水，允瓔返身往床邊走去，突然之間，她瞥見緊閉的房門，心頭掠過一絲怪異的感覺，她不由皺了皺眉，往門邊走去。

就在這時，門被輕輕叩響。

這個時間，居然有人敲門！

允瓔心裡一驚，警惕地退到一邊，抄起一個大花瓶，這才小心翼翼地問了一句。

「誰？」

「承軒見過嫂嫂。」外面，卻是喬承軒的聲音。

「你……找誰？」允瓔心裡大驚，迅速切入裝傻模式。

烏承橋進行到了哪一步，她完全不知道，現在喬承軒口稱嫂嫂，誰知道是不是詐她的！

「嫂嫂，大哥已經回家了，承軒特來接嫂嫂回家。」外面喬承軒的聲音也不低，溫和坦然地說道：「此地不宜久留，嫂嫂身體要緊，快隨承軒走吧。」

允瓔心裡的疑惑更深。

之前見他們時，烏承橋可沒提回家的事，所以，喬承軒的話大半是假的。

可是聽他這聲調，卻久久不見那幾個婆子出來阻止，便是隔壁的韻兒也沒有任何動靜……看來，這個院子怕是被喬承軒給控制住了。

「嫂嫂放心，承軒沒有惡意，只是如今大哥的事正值緊要關頭，嫂嫂這兒若不安穩，必定會讓大哥分心。」喬承軒耐心地繼續勸道。

允瓔聽完，心裡已然明瞭。

今天，喬承軒只怕是鐵了心要帶走她了。

與其被綁著去，還不如自己配合些，也省得孩子遭罪。

允瓔低頭撫了撫高高隆起的肚子，淡淡說道：「稍等，我換身衣服。」

「是，嫂嫂不必著急，承軒在此恭候。」喬承軒倒是淡定，淺笑著應道。

允瓔咬咬唇，轉身去換衣服。

開了門，喬承軒獨自站在門口，院子裡還停著一頂轎子，四個穿著灰衣的護衛安安靜靜地低頭等著。

「嫂嫂請。」喬承軒看到她，溫和一笑，讓到一邊請她上轎。

允瓔望了他一眼，眼角餘光掃到隔壁的房間，只見房門緊閉，裡面沒有半點動靜。

「嫂嫂的丫鬟只是睡著了，天亮後自然會沒事。」喬承軒一貫的溫文爾雅，言笑晏晏地看著她。

什麼都算好了……允瓔抿著唇，認命地上了轎。

她倒要看看，他要玩什麼把戲。

「抬穩些，莫驚了我家小姪兒。」喬承軒揮揮手，目光掃過小院子，負著手慢悠悠地跟在後面。

外面，靜得可怕。

允瓔安靜地坐著，閉著眼睛想像轎子行進的路線。

從小院出來，左拐，約略走了百餘步，又左拐，似乎過了一座橋，往前數十步，右轉……

喬家？

轎子抬進門，允瓔猛地睜開眼睛。

居然真的把她接到了喬家！

「砰——」就在這時，遠處傳來了煙花綻放的聲音。

轎子停下來，轎簾被喬承軒掀開。「嫂嫂請留心腳下。」

帶著驚疑，允瓔緩步下了轎，一抬頭，就看到喬家老宅那邊的天空上，一朵碩大的煙花正四散落下，緊接著，別處也升起了四朵同樣的煙花，整個天空也隨之亮了起來。

同一時辰，喬家老宅裡，喬老族長拄著枴杖立在廳前簷下，抬頭看著天空，長長地嘆了口氣。「你當真不打算回來了？」

「姓烏還是姓喬，不重要。」烏承橋手拿著斗笠立在院中，抬眸直視著他，微微一笑。「您早知有今日？」

「我若能早知，又怎會有今日。」喬老族長苦笑著搖搖頭，抬眸緊盯著他。「沒有半點轉圜的餘地了嗎？」

烏承橋只是平靜地看著他，沒有回答。

他知道，其實老人的心裡已經有了答案，並不需要別人多說什麼。

只不過，將喬家看作是自己責任的老人，面臨風雨飄搖之時，心裡還殘存著一絲僥倖罷了。

「罷了……」喬老族長看著他這表情，便知道了，自己心裡唯一的一線希望也破滅了，頓時，整個人都似蒼老了十幾歲，佝僂著身子朝烏承橋無力地揮揮手。「這盤棋，你贏了……你們要的東西……都在祖宗們的……下面，去拿吧。」

烏承橋站在那兒，鄭重地向他行了大禮，這才戴上斗笠，縱身翻出了高牆。

「造孽啊……」喬老族長望著他的背影，忽地老淚縱橫，不過很快就收斂了悲傷，抬手捏著衣袖印了印眼睛，望著空蕩蕩的牆頭，深深地嘆息。

第一百四十二章

這一夜，注定了讓無數人無眠。

允瓔坐在二樓的窗前，望著已經安靜下來的天空，心頭陣陣的擔憂。

她沒想到喬承軒居然將她接到之前她潛進來過的小樓，住在那間安放著喬老爺牌位的房間隔壁。

小樓裡已經被收拾過，樓下也有不少護衛看守。

「嫂嫂是否覺得很疑惑？」喬承軒還沒離開，安靜地負手站在一邊，抬頭望著天空，語氣平靜。

「二公子一口一個嫂嫂，英娘可擔當不起。」允瓔冷哼一聲，淡淡地說道：「二公子有什麼事需要我做，直接開口便是，無須這樣彎彎繞繞。」

「的確，大哥還不曾認我。」喬承軒長嘆一聲。「可我知道，他就是大哥，從那天在河上相遇，天雖然黑，但大哥就是大哥，我一眼便認出來了。」

允瓔心裡頓時咯噔了一下，腦海裡莫名浮現了那天的相遇，只不過，那天他身邊還有個喬家的親戚，當時，他可沒說……

「嫂嫂或許不相信，不過沒關係，我可以為嫂嫂講個故事。」喬承軒輕笑，半點也不惱她的冷落，逕自說道：「第一次見到大娘和大哥，我才五歲，還記得那一天，大娘就坐在窗前看著大哥背文章，就算大哥背不出文章，她都是不打、不罵，那麼溫柔……」

允瓔愣了愣，張張嘴，又閉上。她倒要聽聽喬承軒的故事，看他怎麼自圓其說。

「其實我很羨慕大哥。」喬承軒說到這兒，語氣落寞。「不像我，背不出文章，娘就會動家法，稍稍懶怠些，娘也會動家法，從小到大都是如此，容不得我有半點疏忽。我想和大哥玩，娘要打，想和大娘親近，娘也要打，從來……我都只能照著她所說的活著。」

允瓔有些意外，她聽得出來，喬承軒對喬二夫人的不滿，還有語氣中那濃濃的遺憾。

「我甚至還作過夢，夢到我是大娘的孩子，如果我是大哥，大娘是我的親娘，我是不是可以按著我的心意去活？」喬承軒的語氣漸漸變得迷惘。「我是否可以如願做一位教書育人的先生？我是否可以和我心愛的人在一起恩恩愛愛地過日子？而不是像如今這樣，做個傀儡一樣的家主，娶一個我不想娶的女人，做著他們希望我做的事……」

允瓔聽到這兒，心裡已然震驚不已。

喬承軒說的這些都是真的嗎？

他是想告訴她，如今的一切，都不是他的本意？

他是想說，他不滿親娘安排的一切，所以才幫烏承橋的嗎？

這到底是真的，還是託詞？

「大哥如今能回來，我很高興。」喬承軒說到這兒，深吸了口氣，轉頭看向允瓔，有些不好意思地笑了笑。「承軒失禮，讓嫂嫂見笑了。」

「你真的……是這麼想的？」允瓔疑惑地問。

「是。」喬承軒坦然一笑。「我知道嫂嫂不信我，不過沒關係，大哥信我便好。」

允瓔被噎了一下，正不知道怎麼接話，便見一護衛疾步而來，沒一會兒便進了樓，到了門外。「二爺，前面有官兵上門了。」

「開正門，迎。」喬承軒淡淡地應了一聲，朝允瓔拱手。「嫂嫂且安心歇著，此地清靜，不會有人過來打擾，有何需要，只管吩咐他們去辦便是。」

說罷，匆匆走了。

官兵上門。喬家前院只怕是亂了，可這兒因為太偏，還是安靜得可怕。

允瓔站在窗前，望著黑夜中快步離開的喬承軒背影，心潮起伏。

她不知道他說的有幾分真，可此時也只能安心住下，等著烏承橋的消息了。

想了想，她關上窗，扶著肚子到了門前，將門閂上，瞧了瞧屋裡，又把桌子推過去，頂住了門，又從空間裡搬出幾袋米疊在上面，這才安心地坐到床前。

床上的被褥倒是新的，鬆軟中還帶著清香，乾乾淨淨的。

這一晚的折騰，她也是真累了，一躺下，前一秒還在想前院的事，下一秒就沈沈睡了過去。

許久許久，突然間，她覺得很熱。

隱隱約約的還聽到外面一陣嘈雜。「救人！快救人！」

「哈哈哈——」隔壁，響起一陣嚇人的笑聲。「老爺，我來陪你了，哈哈哈——」

允瓔皺了皺眉，硬撐著睜開沈重的眼皮，一看，嚇了一大跳，隔壁的牆已經成了火牆，而火苗正迅速往她這邊蔓延，濃煙已然灌滿整個房間。

靠！什麼安全的地方，騙她來要燒死她啊！

允瓔低低地咒罵了一聲，迅速爬起來，也顧不得穿衣穿鞋，抱著肚子快步到了門前，把桌子和桌子上的東西全都扔進空間，打開門，卻只見隔壁的火已經蔓延到這邊。

她不知道樓下的護衛是不是還在，可這會兒已經顧不得別的，就算她躲進空間，也必須先到樓下。

萬一，她出來的時候樓全被燒沒了，那她不是要直接從二樓的高度掉下去了？這樣摔下去，她的寶寶可怎麼辦？

剛走出一步，嗆人濃煙便衝進了口鼻，燃燒的門猛地砸了下來。

那瘋狂的笑聲還在繼續。「老爺，你高興嗎？隔壁住的可是你的大兒媳婦，哈哈哈——她肚子裡可是你的孫子呢，我馬上就帶他們來見你了，你說好不好……」

喬二夫人？

允瓔微愣，看了那邊一眼，可此時她也顧不上別人，捂住口鼻，覷了個空便衝出去，跌跌撞撞的下了樓梯。

可是，樓下的門卻被鎖了，火勢比樓上還要旺。

真奇怪，怎麼這樓下比樓上還燒得旺……

「咳咳……」允瓔被嗆到，劇烈地咳了起來，連肚子都陣陣發緊。

她不敢再耽擱，找了個空曠些的地方，閃身進了空間。

空間裡，一樣的熱。

她不由忐忑，也不知在這種情況下，能不能逃過一劫，她還真沒試過，現在也只能賭一賭了。

「咳咳……」允瓔扶著牆坐下，揮揮手，咳了幾聲，好一會兒才舒服了些。

但，外面的灼熱感卻依然沒有消失。

「救人！」聲音漸漸靠近，似乎到了樓前。

「喬承軒，她要是有半分閃失，我殺了你！」烏承橋的聲音猛地響起，帶著肅殺的味道，衝擊了她的耳朵。

「相公！」允瓔驚喜地應了一聲，迅速地爬起來，才回過神想起她還在空間裡，這會兒也不能出去，只好又坐了回去。

這個時候出去會不會……

「大哥，不能進去！」關麒的聲音急急地響起來。

「大哥，火太大，不能進去了！」似乎是家寧和家源的聲音。

「滾開！」烏承橋怒吼著推開他們，想也不想便要往裡衝進去。

「大哥，你冷靜點！」關麒一把抱住烏承橋，聲音裡已經帶了哭腔。「這麼大的火，大嫂……你冷靜點！」

這邊鬧得不可開交，另一邊，喬承軒失魂落魄地跌坐在地上，直勾勾地盯著二樓房間，好一會兒，才撕心裂肺地喊出聲。「娘——」

「滾！」烏承橋奮力一推，將關麒三人推倒在地，發了瘋似的衝進樓裡。「瓔兒！」

「大哥！」關麒幾人大驚，爬起來就要跟著進去，被後面趕到的救火官兵攔下來。

可是，烏承橋已經進了樓，奮力地尋找上樓的路。

熊熊的火已經將樓梯完全吞噬，樓上的地板也開始塌陷。

「瓔兒！」烏承橋心急如焚，卻偏偏被火阻擋，上不去半步，只好在樓上安全處，抬頭朝樓上發瘋地喊。「咳咳！瓔兒，妳在哪兒！」

「相公……」允瓔萬萬沒想到，他會在大火裡不顧安危地衝進來找她，瞬間，鼻子一酸，心裡什麼想法也沒了。

一個男人，能為她做到這等地步……

她趕緊爬起來，看到角落堆放的雜物，這些都是之前出船時存的，她撲過去，翻出一床被子，直接浸到一缸水裡，完全浸濕後，披到身上，細細辨認著外面烏承橋的動靜，閃身出去。

「相公！」

「瓔兒！」烏承橋腳步一頓，直接撲過來，就在這時，上方砸下一根橫木，眼見就要砸到她頭上，他不由大駭，顧不得別的，直接一掌砸過去，擊飛了那橫木，一把抱住允瓔，急急問道：「瓔兒，有沒有傷著？」

「你的手……」允瓔卻親眼看到他的手受了傷，忙拉住他，將濕被子蓋到他身上。

「沒事、沒事！」烏承橋的語氣中帶著明顯的慌亂，也顧不得別的，一把拽住濕被子，彎腰將她抱起來，覷住空隙衝了出去。

「轟隆隆——」剛剛踏出門，身後的樓就轟然倒塌，火焰燃燒的聲音夾雜在眾人慌亂的喊聲中，格外震人心魄。

允瓔蒼白著臉，望著那熊熊的火，陣陣後怕。

「大哥！大嫂！你們沒事吧？」關麒等人湧了過來，七手八腳地揭去已經被烤乾了外層的棉被，急急地問。

烏承橋小心翼翼地放下允瓔，目光灼灼地注視著她，直到確認她無恙，才猛地將她摟進懷裡，緊緊抱住，埋首在她頸間深吸了口氣，低低說了一句。「幸好妳沒事……」

允瓔心裡軟得一塌糊塗，反手抱住他的腰，哽咽地罵了一句。「你傻啊，這麼大火你還……」

「謝天謝地，你們都沒事，可嚇死我了！」關麒等人長長地鬆了口氣，癱坐在地上，各自捏著袖子擦額抹臉。

沒一會兒，關知縣帶著人趕到，聽完回報，一陣後怕，可看到烏承橋小心翼翼護著允瓔的樣子，到了嘴邊的責罵頓時又嚥了下去，揮揮手說道：「去找大夫好好看看，這兒交給我們。」

烏承橋忙抱著允瓔回他以前住的院子，又急著讓人請大夫，一番忙亂，等到諸事安排妥當，已是中午……

允瓔坐在藤椅上，目光落在他的手上。

還好，他只是燙傷，如今也已經包紮完畢，倒是沒有大礙。

「瓔兒，來，趁熱喝了這安胎藥。」烏承橋端著藥坐到她身邊，神情間帶著隱隱的驚惶。

「我沒事，你別忙了。」

允瓔乖乖喝完，見他又要去端桌上的湯，忙拉住他，將他扯到一邊的凳子上，不高興地瞪他。

「你傻不傻，那麼大的火，你還往裡竄。」

「妳若不能出來，我亦不會獨活。」烏承橋卻垂眸看著她的手，低低地說了一句。

允瓔的心似被重重地撞了一下，責備的話全部梗在喉間，好一會兒，她緊緊抓住他的手，憋了一句。「真傻。」

「對不起。」烏承橋忽地伸手摟她入懷。

「幹麼說對不起？火又不是你放的。」允瓔深吸了口氣，感受著他的氣息，心頭的惶惶瞬間安寧下來。

「要不是我太過自信，任由妳住在那兒，又怎麼會讓妳險些……」烏承橋顫著聲，說不下去了。

得知她在樓上的那一瞬，他只知道，什麼光復家業的念頭都沒了，心頭只剩下恐慌。

她若不在了，他還要那些做什麼？

這樣的感覺，他從來沒有過，就算是他娘親過世時，他也沒有過這種幾近瘋狂的想法。

「別瞎說，我不是好好的嘛。」感覺到肩頭的濕意，允瓔愣了愣，想了想，她柔聲勸道：「我們的孩子還沒出世，我怎麼可能會讓自己出事嘛，怎麼說也得等他……」

「不許瞎說！」烏承橋聽到這兒，心頭一揪，側頭就吻住了她的唇，將她後面的話全堵了回去。

第一百四十三章

一場大火，燒盡了那棟樓，也結束了喬二夫人的一生。

至於事後，允瓔沒有過問。

想起那時聽到喬二夫人竟還想拉著她和她的孩子一起死，她就無法對喬二夫人的下場產生一絲半毫的同情。

可憐之人必有可恨之處。

只是，烏承橋似乎是被嚇著了，連續幾天都沒有出門，整天緊張兮兮地守在她身邊，餵湯盯藥，寸步不離。

這天早上，允瓔起床後，看到他又親力親為地為她倒水倒湯，不由無奈道：「相公，我真沒事，你有事就去忙吧。」

「當心。」烏承橋雙手微張，護著她坐到窗邊的榻上，才說道：「外面的事有大人和邵會長他們，接下去要怎麼做，無須我插手了。」

「案子有關大人倒是沒錯，可是喬家的事呢？」允瓔好奇地問。「那天的火實在蹊蹺，論理，喬二夫人要想自焚，這火也應該是從那個房間先點起才對，可我下樓的時候，樓下的火比樓上還猛，門還是從外面鎖住的，難道她是從樓上窗戶爬進去，先點了樓下的火，然後再回到樓上的？」

「放火的人，闕大人已經抓到。」烏承橋滯了滯，才緩緩說起事情經過。「那人是喬家旁支，論親，應該是老頭子的族姪，當初落難，老頭子救了他，將他安排在家中理一些俗物，沒想到他與喬曾氏勾結，害死我娘，也害死了老頭子，直到事發，二人起了衝突，他才縱火行凶，想要轉移官兵注意力，他才好脫身，不過已經被柳媚兒撞破，讓人抓起來了。」

「啊？這人……這麼狠？」允瓔聽到這兒，頓時瞪大眼睛。「那他在喬家這麼多年，都沒人識破……二夫人不會也是被他給滅口的吧？」

「不論是不是，喬曾氏作惡多端，就算有苦衷，如此下場也是她自尋死路，怨不得別人。」烏承橋淡淡地說完，看了她一眼，放柔了聲音。「這件事自有人處理，妳莫管了，安心養身子。」

「我好奇嘛，辛苦了許久，就為了這些，我當然要知道結果啦。」允瓔嘟嘴，白了他一眼。「你說，柳媚兒抓住那人？」

「瓔兒，我心裡只有妳。」烏承橋頓時笑了，握住她的手，蹲身在她面前，柔聲解釋道：「她做這些，不過是為了承軒。」

「那天，喬承軒接我過來，說了一堆話，也不知道真假。」允瓔忙把喬承軒的話全學了一遍給他聽。

「嗯，我會處理。」烏承橋聽完，眸光微凝，隨即便笑著說起了別的事。「那日在供桌下，除了妳說的那些糧袋，還藏著不少帳本，上面還涉及了京都不少官員的交易內幕。」

「這事跟喬老族長有關嗎？」允瓔對那老頭還存著疑惑，忙問。

「我很慶幸，他什麼都沒做，相反，這次的事，還是他暗中引導我們找到很多隱藏的證據，那帳本上記得清清楚楚，做這些事的，是現任族長，也就是他的兒子，再晚一步，他們進了京，用這些東西換了榮華富貴，我們想動他們就更難了。」

烏承橋搖搖頭，說到這些，忍不住唏噓，頓了頓繼續說道：「關大人已經秘密帶著證據進京了，棣哥和子霈帶人隨行，安全應該無虞。如今喬家涉及到那批糧食的店鋪全都退出了商會，從此永不得加入，一應涉案之人都已被押入大牢，在泗縣，事情已經過去了。」

可暗地裡，才剛剛開始。允瓔瞬間懂了他的意思。

「我的冤屈也被澄清，老族長也找我談過，擇日便可回歸喬家。」

「那你應了嗎？」允瓔心裡突然一緊。大公子的身分即將公開了嗎？那……可想而知，接下去的日子，那些鍾情大公子的人要如何評論她這個無鹽妻了。

「我拒了，我姓喬，是爹娘給的姓，與他們喬家有何關係？而且我若高興，從此以烏承橋為名，也沒什麼不可以。」烏承橋低笑。他倒是想得開，對於那樣一個喬家，回不回又有什麼關係？

允瓔又挪了挪身子，點點頭。

他姓什麼，對她來說也不重要，不論是烏承橋還是喬承塢，都改變不了他是她相公的事實。

「怎麼了？」烏承橋忙問。

「或許是有些不舒服，他踢了一下。」允瓔搖頭，摸了摸肚子。

「踢妳？」烏承橋驚奇地看著她的肚子，伸手摸了摸，當手剛剛觸到她的肚子時，他突然僵了一下，面帶驚喜。「真的。」

「噗……當我騙你呀。」允瓔不由輕笑，解釋道：「從上月起就這樣了，沒事就拳打腳踢，尤其是在夜裡，睡得正好時，偏偏一陣翻騰，白天倒是安靜得很，興許這會兒是聽到他爹的聲音了，打招呼呢。」

「一直這樣？」烏承橋哪裡懂這些，只覺驚奇異常，把耳朵貼到她肚子上，聽著動靜。說來也是奇怪，他剛貼近，那一處便被踢了兩下，這兩下，他清晰感覺到了，頓時一種複雜的情緒填滿心房。

「時常。」允瓔溫柔地笑，引著他的手去試探肚子上的動靜，倒是得了幾次回應，把烏承橋喜得眉開眼笑。

「嘶——」最後那一下，允瓔卻是倒吸了一口涼氣。

「疼嗎？」烏承橋忙停下動作，關心地問道。

「有點。」允瓔點頭。

「乖孩子，要乖乖的，不許欺負你娘喔。」烏承橋對著肚子說了一句，輕撫了幾下，起身坐在她身邊，擁住她。「瓔兒，辛苦妳了。」

久違的熟悉氣息噴在後頸，一陣酥麻的感覺遍襲全身，允瓔抬手覆上他的手，閉上眼睛，帶著暖意，回道：「這不是辛苦，是我的幸運，有你，有寶寶。」

烏承橋望著她這樣子，眸光一凝，忽地側身噙住她的唇。

思念、歉意在這一瞬都化成了無盡的纏綿，唇舌相依，輾轉吮吸，房內的氣氛瞬間變得柔情萬千。

「大公子，二公子求見。」不知過了多久，外面傳來婆子的說話聲。

烏承橋這才鬆開允瓔，在她眉間又印下一吻，低聲說道：「收拾收拾，我們一會兒就回家。」

這幾日生怕她身體有影響，他才帶著她住在喬家他以前的院子裡，現在既然無事，也該回去了。

「好。」允瓔乖巧地點頭，沒有多問。

烏承橋招呼幾個丫鬟進來照顧允瓔，自己大步出去。

允瓔其實也沒有什麼可收拾的，只將自己用過的東西略略整理了一下，便在小廳等著烏承橋回來。

等著等著，突然外面響起一陣驚呼。

她皺了皺眉，站起來。「外面怎麼回事？」

「回少夫人，大公子把二公子給打了。」守在院門口的婆子見問，忙轉身回道。

「打喬承軒？」允瓔驚愕地眨眨眼，撫著腰出門。

幾個丫鬟忙上前侍候。

剛剛拐出院門，便看到烏承橋揪著喬承軒的衣領，怒目瞪著他說道：「這是她現在沒事，否則我定將你碎屍萬段！」

說得這麼血腥……允瓔皺了皺眉。

喬承軒俊雅的臉腫了一邊，鼻子還流著血，他卻沒有反抗，頹然地瞇著眼睛，低低說道：「大哥想殺我，就殺吧，反正我是喬家的罪人。」

「大哥，我相公沒有惡意的，他接了大嫂，也只是……只是……」柳媚兒在一邊急得不得了，卻又插不上手，只好抹著眼淚急急說道：「他只是想保住婆婆的命，沒想到會出這樣的事……」

「媚兒，夠了！」喬承軒聽到這兒，慘然一笑。「母債子還，這是我們母子欠大哥的，今日我還，大哥，動手吧。」

「不行！你要還債，那我怎麼辦？我們的孩子怎麼辦？」柳媚兒哭得一場糊塗，直直地朝烏承橋跪下去。「大哥，我知道我婆婆做了很多對不起你的事，可是那些事真的和我相公沒關係，他其實早就認出你了，為了避過婆婆和那惡人的耳目，他做了很多很多，要不然他怎麼可能會把喬家的船塢，變著法兒的賣到你和大嫂手裡呢！」

「相公。」允瓔嘆了口氣，走過去。

喬承軒有沒有罪，自有證據說話，烏承橋若是動手殺人，卻是大罪，她可不想他為了這些人弄得自己也賠進去。

烏承橋聽到她的聲音，側頭望了一眼，狠狠地推開喬承軒，冷哼了一句。「別再讓我見到你。」

喬承軒重重地摔在一邊，目光流露濃濃的痛苦。

「相公。」柳媚兒驚呼一聲，顧不得爬起來，撲了過去。「有沒有傷到？」

喬承軒轉頭，看到她時，恍惚了一下，捉住她的手腕問道：「妳剛剛說……我們的孩子？」

「已經……一個多月了。」柳媚兒垂著頭，臉上飛紅。

「真的？」喬承軒不敢置信。

「我們回家。」烏承橋沒興趣聽，直接攬著允瓔離開喬家。

「嗯，回家，我想吃果果做的麵了。」允瓔唇邊綻開一絲笑意，她還真有些餓了。

「果果都準備好了，就等妳回去呢。」烏承橋輕笑。

門外，已然備下了馬車。

再回到麵館，允瓔竟有種重歸故里的感覺。

熟悉的房子，熟悉的笑臉，熟悉的熱鬧。

「邵姊姊——」允瓔一下車，唐果便飛一樣地衝上來，跑到允瓔面前又戛然而止，打量一眼才輕輕擁住她。「妳終於回來了，可擔心死我了。」

「這些日子辛苦妳啦。」允瓔反手抱了唐果一下，再看到這樣活力的唐果，真好，隨後朝麵館裡等著的幾人含笑點頭。柯至雲、關麒、戚叔、陳管事、陳錦羅、老王頭，還有麵館的小丫鬟、小廝們全都在。

便是韻兒也剛剛被接回來，看到允瓔不由自主地紅了眼眶。

「韻兒，從今兒起，妳就回關家去。」關麒朝允瓔笑了笑，轉向韻兒時，目光卻變得冷厲。

「阿湛、阿諾、阿浣、阿銀，從即日起，妳四人便跟在少夫人身邊，任何事不得擅離職守。」烏承橋接著點了之前允瓔留下的那四人，淡淡說道。

「是。」阿湛雖然面無表情，卻只看了允瓔一眼便立即應下，阿諾、阿浣、阿銀三人跟著行禮。

「這是……」允瓔微愣，正要說話，便覺得手臂被掐了一下，她側頭看了看唐果，雖然疑惑，卻還是及時閉上了嘴。

「公子……」韻兒跪在關麒面前，一臉委屈。

「丫鬟不能護主，留著何用？」關麒淡淡地掃了韻兒一眼，神情流露出絲絲威儀。

允瓔第一次見識到這樣的關麒。認識這麼久以來，頭一次看到他如此嚴厲地訓斥下人。

「公子……」韻兒頓時紅了眼眶，看向允瓔。

「瓔兒，去樓上歇著。」烏承橋似乎沒看到韻兒，逕自側頭對著允瓔柔聲說道。

允瓔打量了一眼面前的小意外，沒有異議地點頭。

「邵姊姊，妳先好好休息，麵館裡有我呢。」唐果立即鬆手，退後半步。

烏承橋伸手，扶著允瓔上樓，阿浣三人看了一眼，忙跟上。

到了樓上，阿浣三人互相看了一眼卻留在門外，允瓔被烏承橋扶著在屋中坐下，才看著他說道：「這次的事，不能怪她。」

「瓔兒。」烏承橋嘆了一口氣，俯身將手撐在她兩側，認真說道：「我知道妳不忍苛責丫鬟，可妳被喬承軒帶走，她卻高枕安眠是事實。」

「對不起，我沒想那麼多。」允瓔捕捉到他眼中流露的緊張，心下歉然，伸手攬住他的腰。

「其實韻兒勸過，是我沒聽她的。」

「妳呀，她到底是關家的丫頭，此次也確實嚇著關麒了，他罰她也是出於對妳的歉意。」烏承橋聞言，長長一嘆，伸手托起她的下巴，戲謔地說道：「不過妳也不能一直這麼心軟，等我們置了宅子，家中婢子、小廝必會增多，到時候難不成還請了他們回來享福，讓妳一人做事嗎？」

允瓔不由失笑。他說的是個理兒，只是她懶得費心，並不代表她就不會管人，時候沒到而已。

「相公。」允瓔突然想到一件事，眼珠子一轉，看著他笑盈盈地開口。

「嗯？」烏承橋正想著怎麼說服她，就聽到她這一聲，低眸等著她的後文。

「我聽說，那些大戶人家的丫鬟，不僅只是丫鬟，是不是真的？」允瓔笑盈盈地睨著他，就差沒問他以前的丫鬟是否還有別的作用。

「胡思亂想。」烏承橋聞言，頓時拉下臉，屈指在她額上一敲，斥道：「別人家如何，我不知，在我們家，卻是絕不允許。」

「我就是一時好奇，問問而已，這麼凶幹麼？」允瓔一巴掌拍開他的手，撇嘴嘀咕了一句。

「累不累？」烏承橋失笑地搖頭，彎腰撫著她的肚子。

「還好。」允瓔搖搖頭。「就是餓了。」

烏承橋忙站起來。「我這就去讓人送上來。」

「你剛剛還讓我不用事事親為呢。」允瓔逮著機會取笑道，瞥了他一眼，朝外面喊了一聲。「阿浣，去廚房看看有什麼可吃的，幫我端些來。」

「是。」外面傳來阿浣脆脆的聲音。

允瓔聽著腳步聲響起，笑著轉向烏承橋挑了挑眉。

烏承橋見她這得意的表情，會心一笑，伸手往她額上又是一敲。

「人都說，一孕傻三年，你再敲，就不止三年了。」允瓔捂著額，瞪了他一眼，嬌嗔地說道。

「傻人有傻福呀。」烏承橋配合地調侃著。

「你媳婦傻了，你高興啊？」允瓔一聽，佯怒地把手伸向他腰間軟肉。

「媳婦傻了也是我唯一的媳婦。」烏承橋由著她鬧，重新擁她入懷，聞著她身上若有似無的清香。「瓔兒，以後，再不要離開我了好嗎？」

「我什麼時候離開你……了？」允瓔翻了個白眼，倒是鬆開他的腰，順勢抱住，說到後面，她才會意過來這句話的意思。

「以後妳在哪兒，我就在哪兒。」烏承橋又輕柔地補了一句。

「嗯，你在哪兒，我就在哪兒。」允瓔心裡一甜，收斂了胡鬧，微閉著眼睛，倚在他懷裡應了一句。

妳在哪兒，我就在哪兒，哪兒就是我們的家……烏承橋的話簡簡單單，對允瓔來說，卻是最浪漫的表白，她懂。

第一百四十四章

韻兒跟著關麒回了關家，允瓔有些擔心，不知道回去之後，韻兒會不會受到責罰？不過一轉念，她又想起烏承橋的話，便息了去管這件事的心思。好在阿浣幾人機靈，之前又受韻兒指點過，如今跟在允瓔身邊，不用她吩咐什麼，倒也分工明確，做得極好。

允瓔剛回來，倒是收斂了所有心思，安安穩穩地休息了幾天，烏承橋也陪了她幾天。

「沒事，有他們呢。」這一日，烏承橋打量著她的肚子，說道：「我們出去走走吧，大夫說了，如今也有七個月，妳該多走動走動，到時候才不會太過辛苦。」

「大夫說的？你何時聽說的？」允瓔聽他說「到時候」，心裡不免緊張。這古代麼，產檢也沒有，完全都是靠把脈，結果會準確嗎？還有到時候要是生不出來，又不能剖腹產，那她……

想到這兒，允瓔無端地打了個寒顫，她還真的把這最重要的事給忘記了！

「怎麼了？」烏承橋察覺到她的異樣，原本想要解釋的話頓時打了個轉，變成疑問。

「相公，陪我去一趟醫館吧。」一直以來，她想的都是怎麼幫烏承橋成事，卻忽略了自己，再加上她幾乎沒有害喜症狀，除了起初看過幾次大夫，她還真沒好好產檢過，更沒有關心自己的身體狀況過。

「妳哪裡不舒服了？」烏承橋聞言，眸光一凝，立即站定，扶著她雙肩細細打量。

「沒不舒服啦。」允瓔忙安撫道。「聽你提到大夫，我才想起來，我有段時間沒去把脈了，也不知道寶寶好不好，以後要注意什麼，我心裡也沒底，就想去看看。」

「好，我這就讓人去尋了大夫回來。」烏承橋心裡泛起愧疚。她不記得，是因為她一直記著他的事，而他，卻一直不曾留意她的身體狀況。他病時，她日夜相守，而她有孕時，他卻完全疏忽了她。

「別，今天天氣也算不錯，我們出去走走吧，說起來，我都有大半個月沒上街了呢。」允瓔挽上他的手臂，倒是來了興致。「我們先去尋大夫，還有，你不是說過要帶我去看宅子嗎？」

「也好。」烏承橋想了想，點點頭，攬著允瓔緩步出門。

阿湛立即帶著阿浣、阿銀跟上。

烏承橋留意到阿湛幾人跟上，滿意地眯了眯眼睛。

泗縣的大夫哪個醫術高，對烏承橋來說，可是瞭若指掌，很快他就帶著允瓔到了德仁堂。

德仁堂裡的坐堂大夫有三位，醫術最高的是德仁堂老東家，烏承橋一進來，就直接掏出一物交給掌櫃的，那掌櫃的一見，訝然地抬頭看了烏承橋一眼，客氣地把幾人讓到內堂。

「掌櫃的，請問朱老爺子可有空？」烏承橋扶著允瓔坐下，客氣地朝掌櫃的拱手。

那掌櫃的看著他，一時竟沒回神，神情瞧著倒是有些愕然，好一會兒才慌張回道：「公子稍坐，我這就去請我們老東家。」

說罷朝烏承橋還了一禮，腳步匆匆地離開。

「你認識？」允瓔好奇地問。

「嗯，德仁堂的老東家，醫術了得，當年我娘生病時，都是他看的，還有老頭子……方才那粒玉釦子，也是他親手所贈。」烏承橋淺笑著。「他欠了我娘天大的人情，所以送了三粒玉釦子，這些年，我只用了一個。」

「他很厲害嗎？」允瓔聞言，好奇地問，怎麼看個診還需要玉釦子？

「朱家祖上曾出過太醫，朱老爺子深得真傳。」烏承橋點頭。

「他給婆婆看過？」允瓔卻皺了眉，疑惑隨即浮現。「還有公爹？可治好了？」

「這……」烏承橋不由一滯，還真被她給問住了。

「都沒有吧？那說明，他的醫術也未必怎樣嘛。」允瓔撇嘴。

「也不能這樣說，若不是朱老爺子，我娘也熬不了那麼久。」烏承橋輕嘆，搖搖頭。

「好吧。」允瓔見烏承橋替那朱老大夫說話，也不與他爭辯，轉而問道：「之前你怎麼都不提這事？有這玉釦子在，你的傷早該好了，還拖那麼久，這會兒只是把個脈，便平白用去一粒，多可惜呀。」

「之前是之前，眼下卻已不同，我也是時候重回泗縣了。」烏承橋握著允瓔的手，溫柔地笑。「而且妳的身體才是最要緊的，何來可惜之說？」

「那也沒必要用這個呀，堂上有大夫，把個脈而已。」允瓔還是覺得不值，而且她對那個朱老爺子的醫術不怎麼相信。

「大公子。」此時門被推開，進來一個白髮蒼蒼的老頭子，看到烏承橋，竟隱隱有些激動。

「朱老爺子。」烏承橋立即站起來，上前扶住他。「許久不見，您老可還好？」

允瓔有些驚訝。烏承橋這樣敬重，看來他們的交情不淺呀，既然是烏承橋敬重的人，就算醫術再欠佳，她也得給個面子，不能失禮。

想到這兒，她也站起來。

「好，好，好。」朱老爺子連連說了三個好字，細細打量烏承橋一番，老眼竟蒙了一層薄薄的霧氣，拍拍他的肩，長嘆道：「活著就好，平安就好。」

「讓您擔心了。」烏承橋扶著朱老爺子在上首落坐，一邊笑道：「老爺子，今兒來求您件事。」

「你都把玉釦子拿出來了，還說什麼求，說說，誰病了？」朱老爺子擺擺手，這會兒倒是平靜下來。

「瓔兒，快來見過朱老爺子。」烏承橋含笑轉頭，朝允瓔示意。

好吧……這還沒看過病，哪知他醫術深淺呢？允瓔當下拋開那些胡思亂想，起身朝朱老爺子盈盈一拜。「見過朱老爺子。」

朱老爺子看向允瓔的目光帶著一絲了悟，卻還是慎重問道：「這是？」

「拙荊邵英娘。」烏承橋在一邊介紹。「老爺子，麻煩您給她把把脈，想必您也知曉我的處境，身邊也沒個老人提點，對這些事一無所知。瓔兒自有孕以來，陪著我東奔西跑，也沒有好好休養，如今眼見七個月了，也不知……」

「哦？」朱老爺子聞言，立即站起來，坐到允瓔身邊的椅子上，示意她伸出手，把起了脈。

「妳的體質偏寒，昔日是否受過寒氣？」朱老爺子細細地診了脈象，抬頭看著允瓔溫和地問道。

「有。」允瓔想了想，點頭。邵英娘是船家女，長年居於船上，受寒很正常。

「好在不是很嚴重，我開幾帖藥膳方子，妳回去後好好調理，每日適當走動走動，莫多食滋補之物，到足月時，應該不會有大問題。」朱老爺子細細交代。

烏承橋在邊上聽得仔細，時不時地還插上幾句疑問。

看他這樣上心，允瓔的心如同泡在蜜湯裡，又甜又踏實。

看完診，朱老爺子硬是拉著烏承橋二人留飯，烏承橋推卻不了，只好帶著允瓔留下，吃飯敘舊，又惹得朱老爺子好一番長吁短嘆之後，兩人才告辭出來。

「累嗎？」烏承橋側頭看著她，攬住腰柔聲問道：「要不，改日再去看宅子？」

「不累，就是有些睏，走走便好了。」允瓔搖搖頭。她現在迫不及待想看看他們的家，哪裡肯現在就回去。

「那，我讓人去尋輛馬車。」烏承橋停留在允瓔身上的目光帶著寵溺，說罷，他打了個手勢，後面跟著的阿湛立即去尋馬車。

「大哥、大嫂。」迎面，有馬車停下來，布簾揭起，喬承軒探身出來，臉上的傷已然看不出痕跡。

允瓔一驚，抬頭看向喬承軒，又看了烏承橋一眼，浮起一抹笑意，向喬承軒點頭，算是還禮。

「大哥、大嫂。」柳媚兒也跟著喬承軒下了馬車，向烏承橋和允瓔福了福，笑得嫣然。

「大哥，你真的不準備回家嗎？」喬承軒從允瓔身上收回目光，轉到烏承橋身上，有些小心翼翼道：「喬家的事還沒結束，我這個家主……一直做得不稱職，如今你平安歸來，喬家家主自然還是你的……」

「不必了。」烏承橋卻淡淡地拒絕。「你若不願當便扔了，喬家自有人搶著當。」

「可是……」喬承軒目光微閃。

「後日若有空，便來吧，至於我們，想守護的如今也算是守住了，其餘一切，與我再無關係。」烏承橋攬著允瓔越過喬承軒的馬車，前面，阿湛已經雇了一輛馬車。「當心些。」

馬車裡備了靠墊和薄毯，烏承橋在允瓔身邊落坐，便伸手攬了她過來，讓她倚著他，隨手拿過靠枕枕到她腰後。

「先歇會兒，一會兒到了我喊妳。」烏承橋輕拍著允瓔的背，一手撫著她的肚子，心裡不無感慨。

去年的這個時候，他哪裡想過什麼成家立業，但如今，他有了允瓔，再過兩個多月，他更即將成為父親，不僅如此，他還憑著自己的能力和兄弟們的幫助，成功收回了船隊和船塢。

光。

「嗯。」允瓔伸了伸腿，找了個舒服的位置靠在他懷裡，閉上眼睛。

她不再說話，他也不去打擾她，兩人相依著坐在馬車裡，靜靜享受著這一刻兩人的時光。

不知過了多久，馬車才停下來，烏承橋側頭瞧了瞧外面，輕輕拍著允瓔的肩，低聲喚道：「瓔兒，我們到家了。」

「嗯？」允瓔迷迷糊糊地睜開眼睛，看著敞開的窗外，卻沒有熟悉的景色，不由納悶。「到了？」

「來。」烏承橋微微一笑，待她坐好，先下了馬車，站在車邊上朝允瓔伸出手。「慢些。」

允瓔有些吃力地鑽出車廂，扶著他的手小心地下了馬車，一抬頭，便看到「烏府」兩個大字。

面前的宅院，朱漆大門、琉璃彩瓦、石獅子……氣勢雄偉。

「我們的家。」烏承橋微笑著，伸手護著她往前走去。「三進三出的院子，後面有個極大的園子，原先的主人是個儒生，院子是他兒子孝敬他建的，建起來不過數年，只是那位老儒生獨自住著這麼大的院子，難免冷清。前些日子他那兒子告老還鄉，在故鄉修了祖宅，便接了老儒生回鄉，我便買下了這兒。」

「這宅子豈不是很貴？現在船塢剛開始，船隊也是，到處需要用銀子的時候，還有瑭瑭和雲哥他們的銀子都沒還上呢。」允瓔咋舌。

「那些慢慢來，總會有的，可宅子也不能不買。」烏承橋笑道。「以後這兒就是我們的家，妳這月分日漸大了，我希望我們的第一個孩子能在妳我的家中誕生。而且我請教了戚叔他們，都說等妳分娩後，有段日子不能搬遷，倒不如現在搬過來，院子大，無論是妳平日散步還是安頓照顧妳的人，都方便。」

他倒是想得挺周全……允瓔抬頭看著還顯得新的宅子，心裡一甜，不過，她還是嗔怪了一句。「之前也沒見你透露半句，我便是不喜歡也沒法子了。」

「妳身子重，這些小事怎能再讓妳勞神。」烏承橋一邊伸手推開大門，笑道：「妳會喜歡的，便是不喜歡，那就修到妳喜歡為止。」

大門緩緩打開，只見院子裡站滿了人。

允瓔看著滿院子熟識的人，頓時瞪大眼睛。「好哇，你們又合夥起來瞞我。」

「今天是黃道吉日，而且烏小兄弟也想給妳個驚喜呢。」戚叔笑道。「東西都搬過來了，只有你們原來的床，此時動不得。」

「恭喜邵姊姊。」唐果朝允瓔扮了個鬼臉，拍著手笑盈盈地道喜。

「連你倆也瞞我。」允瓔指著唐果，佯嗔地瞪了她一眼。

「邵姊姊，這可不能怪我，是我哥還有雲哥逼我的，說是要給妳個驚喜……嘿嘿，而且妳也沒問我嘛，妳要問了，我們肯定說。」唐果咧嘴笑道。

「瓔兒，我帶妳去看看我們的院子。」烏承橋扶著允瓔進門，一邊老實交代別的事。「我準備後日宴請賓客，一會兒我把賓客名單給妳看看，瞧瞧妳可還有需要請的客人。」

「喔。」允瓔點頭，朝眾人笑了笑，跟著他往裡走。穿過前院的大廳，直接往裡拐，兩邊的遊廊回轉，穿過幾道門，才到了主院。

允瓔看著院中繁花似錦、亭臺樓閣盡顯精緻，滿滿的感動中又有些不以為然。她喜歡的是簡單溫馨的家，房子可以不大，裝潢也可以不用這樣華麗，只要他們能互相扶持著走過每一天，看清晨的日出，看黃昏的晚霞，她便足矣。

「這屋裡原來的東西全部換過了，說起來也是我疏忽，到如今竟還不知道妳的喜好，便讓人暫時佈置成這樣，等妳出了月子，再好好收拾收拾。」烏承橋推開主屋的門，攬著她往內屋走，卻不見允瓔說話，疑惑地轉頭打量著她的神情。「怎麼了？累了？」

內屋的正中間擺著一張大大的千工拔步床，精緻的雕花花鳥，掛著淺粉色的紗幔。左邊還隔了個小間，想來是洗漱的地方。

「這麼大……」允瓔望著屋裡的擺設，癟癟嘴，微顰著眉看向他。「相公，我還是喜歡苕溪灣。」

第一百四十五章

入住新家的第一晚，允瓔睡得有些不踏實，翻來覆去大半夜，才在烏承橋的安撫下迷迷糊糊地休息了兩個時辰。

第二日起來，精神難免萎靡不振。烏承橋看在眼裡，轉頭便去請教了朱老爺子，給她開了藥膳方子，一日三餐親自盯著她吃下。

好在，有烏承橋陪在身邊，允瓔很快就適應下來，歇了一日，身體便大有好轉。

第三日，是烏承橋準備宴請賓客的日子，允瓔雖身為女主人，但酒席之事有唐果等人操持，半點也不用多操心。

一大早，唐果早早地來幫忙招呼，她剛到，關、邵兩家便到了。喬承軒也帶著柳媚兒緊隨其後，他倒是心寬，幾日過去便似乎忘記了烏承橋打他的事，坦然地進了門。

到了中午，烏承橋派人告訴她，陶伯一家來了。

來到客院，陶伯一家人正由柯至雲陪著說話。

「陶伯。」再見到陶伯，允瓔高興不已。說起來，陶伯也是他們的貴人，在那段艱難的日子裡，給了他們幫助，願意與他們合作。

「恭喜小娘子。」陶伯還是老樣子，雖然現在果酒生意大好，可他們還是那身布衣，只不過整個人顯得更加精神了，一見到允瓔，他便掃了她的肚子一眼，笑呵呵地說道：「看來，小娘子最近好事不斷啊。」

「謝謝陶伯。」允瓔道了謝，跟著入座，互敘近況。

陶伯一家倒是沒有什麼變化，只是最近貨行裡果酒銷量大增，他們準備擴大釀酒作坊。

「陶伯好酒量，一會兒可得一醉方休喔。」柯至雲在邊上邀請道。

「這是肯定的，來了你們這兒，我還跟你們客氣？」陶伯哈哈大笑。

「要是你們也能搬到泗縣來住就好了，我們也能天天一起喝酒，不像現在，烏兄弟有嬌妻要陪，瑭瑭要顧著生意，也不肯天天與我暢飲，唉。」柯至雲裝模作樣地訴苦，目的卻在於把陶伯一家人給糊弄到泗縣來。

「雲兄弟，若是往日，我倒是可以陪你一醉方休，可現在這一小瓶酒下肚，便是幾十兩銀子啊。」陶家大哥打趣道。「不過這酒經小娘子之手後，確實更加香醇，如今，來家中吃飯的人越發的多，我家娘子都快忙不過來了。」

他說的，自然是陶家經營的飯館生意，最初，他們也只是因為品酒的客人太多，才會做些下酒菜招待客人，可現在卻是成了氣候，加上貨行反提供給他們果酒，生意更是好，說他這媳婦忙不過來，倒也是實話。

「陶伯，等明兒有空，幫忙品一品酒，也瞧瞧我們的酒可有哪兒不足？」允瓔笑著邀請。

「好。」陶伯點頭應下，看得出來，他很高興。

這一次的宴席，可以說是故人雲集，不僅是陶伯一家，便是老莫等人也都在席，顯然，烏承橋對今天這件事的安排早就開始。
賓主盡歡，到了黃昏，酒宴散場，允瓔不用操心別的客人，可關老夫人這兒，她卻不能不親自相送。
「英娘。」走到院門口，關老夫人等人便停下來。「妳別送了，這會兒天熱了，有些寒食的東西千萬要忌口，妳現在可是兩個人呢，千萬要照顧好自己。」
「是，我會注意的。」允瓔乖乖地點頭。
「有什麼事，只管使人告訴我們。」關老夫人滿意地點頭，千叮萬囑了一番才上了他們各自的馬車。
「英娘。」
允瓔正要回院子，轉身便看到柳媚兒在丫鬟的陪同下走過來。
「不多坐會兒？」允瓔看看周圍，瞧見喬承軒醉得不輕，正被烏承橋和柯至雲兩個扶上馬車，她才收回目光，靜靜地看著柳媚兒。
腦海裡，不由自主地浮現那一天，柳媚兒出嫁時的情景。
可那時她哪裡能想得到，她們居然是妯娌。
「不了，我家相公喝了不少，得回去了。」柳媚兒似乎很平靜，望著允瓔柔柔說道：「我妹妹前些日子回了家，今日不能來，託我向妳致歉。」
「沒什麼的。」允瓔微微搖頭。
柳柔兒不打招呼就自立門戶的那一天起，便和她沒了瓜葛，如今不來也好，以後橋歸橋路歸路。

「過些天，我和相公就要進京了，我爹給相公在京城書院謀了一份差事，今日便當是辭行，他日你們若有機會進京，記得來看看我們。」柳媚兒繼續說道，目光轉向馬車那邊。

此時，喬承軒正扒著車廂門，搖頭晃腦地對烏承橋說著什麼。

柳媚兒看了一會兒，才又轉回來，看著允瓔說道：「英娘，如今，我不羨慕妳了。」

允瓔愣了愣，一時有些不解其意。

「我也有自己的家了。」柳媚兒微微一笑，手撫上自己的小腹。「他說，他會好好待我和孩子，所以，我不羨慕妳了。」

「恭喜。」允瓔恍然，笑道：「孩子出生後，記得來信告知。」

「一定會的。」柳媚兒會心一笑，轉身向馬車走去。

烏承橋退到一邊，看到了這邊的允瓔，快步走過來，很自然地攬住她。「怎麼出來了？」

「相公，有人說，她現在不羨慕我了。」允瓔眨眨眼，調侃道：「你又少了一個仰慕者，遺憾不？」

「我有妳，足矣。」烏承橋忍俊不禁，抬手輕叩了一下她的腦門，柔聲說道：「回去吧。」

接下去的日子，允瓔徹底閒了下來，她開始為分娩做準備。

烏承橋也忙，但不論多忙，一日三餐他都會準時回來，而晚上再晚也不會超過酉時。

半個月後，喬家的事終於塵埃落定。

喬家被停了皇商之職，接著又相繼爆出其糧食以次充好，甚至低價壟斷新糧、高價拋售陳糧，以其盈利賄賂朝中大臣，為此事，朝中數位官員被貶，喬家現任族長一脈數十人牽連。

喬承軒帶著柳媚兒去了京都，喬家原本的宅子、田地一應允了國庫，徹底敗落。

最讓允瓔震驚的是，那個放火被抓住的凶手竟然還是他們的老熟人——老喬頭！

這麼一個不起眼的老頭，居然是喬家案的關鍵人物。

原來他早已勾結現任喬家族長，又挑唆喬二夫人，暗中害死了喬家主母和喬老爺在先，現在又有放火滅口的罪行，死百次都足夠了，被判了斬立決，公告一出來就被砍了頭。

這些事，如同一粒石子投入平靜的湖面，激起了重重漣漪，整個泗縣都在觀望，大公子會不會重返喬家收拾爛攤子。

但，外面眾說紛紜，烏承橋卻依然我行我素。

這一日，喬老族長帶著僅存的家人準備回喬家祖居，烏承橋一早便帶著禮物去送行。

允瓔閒著無事，便翻起了黃曆，想著給孩子取個好名字。

唐果翩然而至。「邵姊姊，過幾日便是中秋，妳準備怎麼過？」

「沒想過，原本只是想著做些好吃的，和大家一起樂一樂。」允瓔微微一笑，看了她一眼。

「太好了，我也是這麼想的呢。昨天聽戚叔說，他們要回苕溪灣過中秋，我也想去，可是我哥說，邵姊姊現在身子不便。」唐果愁眉苦臉地看著允瓔。「邵姊姊，妳現在還能坐船嗎？」

「回苕溪灣啊……」允瓔頓時心動了起來，掐著手指頭算起了預產期。

再過七、八天，寶寶便足九月了，離預產期倒還有些日子，要不，從船塢選艘最穩妥的船，回苕溪灣住幾天？

自從浮宅重建後，她都還沒回去過呢。

這心思，直到烏承橋晚上回來，她都沒有散去。

「相公，船塢裡，有沒有行船既穩又快的船？」允瓔實在拒絕不了這個誘惑，臨睡前終於忍不住開口。

「嗯？妳想做什麼？」烏承橋驚訝地看著她。

「我想回苕溪灣過中秋。」允瓔側躺，拉住他的衣襟，可憐兮兮地說道：「我好久沒回去了。」

「妳現在身子不便，等過些日子吧。」烏承橋若有所思地看著她，卻還是搖頭。

「可是……」允瓔皺眉，有些失望。

「乖，別鬧。」烏承橋微撐起身，在她唇上親親一啄，寵溺地哄道：「等妳方便了，我們再去。」

「可我現在就想去。」允瓔癟嘴，一臉哀怨。

「乖，睡吧。」烏承橋卻不鬆口，摟著她輕哄，說了一通好話，許了不少承諾，這才哄睡了允瓔，看著她的睡顏，他勾了勾唇，心裡卻盤算起來。

去不成苕溪灣，允瓔很遺憾，但她很快就把這事拋到腦後，如往常一樣，散步、休息、翻黃曆，一邊還想著怎麼和他過個安安穩穩的中秋。

可誰知，第三日一早，她卻發現幾個丫鬟在收拾東西。

「這是做什麼？」允瓔驚愕地看向烏承橋。「你又要出遠門？」

「不是我，是我們。」烏承橋微微一笑，糾正道。

「去哪兒？」允瓔心裡猜到了一個答案，可是，她卻不敢肯定。

「回家。」烏承橋端著藥膳過來，放到她面前。「但，妳得先吃東西。」

「回家？」允瓔瞬間明白，打心眼裡地高興，立即捧著這平時已吃膩的藥膳吃起來。

到了碼頭，允瓔才發現，烏承橋不僅調來大船，還請了兩個穩婆、一位大夫隨行。

如今有了大船，那些漕船都可以掛於兩側或是拖上甲板，眾人便全部上船，帶上年貨，高高興興地回家去。對他們而言，苕溪灣就是他們共同的家。

路上，允瓔看著兩岸熟悉的風景，側頭看向烏承橋，問出橫在心裡很久很久的疑惑。

「你……為什麼會娶我？」

烏承橋看著她，認真想了好久才無奈地開口。「我也說不清楚，那時心如死灰，不知何去何從，直到妳站在我面前……我第一次遇到姑娘那麼直接地說：『我喜歡你，做我男人好不好』……」

允瓔頓時無語，嘴角微抽。原主真的夠直接的，要換成她，就未必做得出來。

「那一刻，妳的眼神那麼亮、那麼清澈，讓我覺得，我在這世間並不是一無所有，至少，還有一個人如此看重我。」烏承橋眸中柔情似水，抬手輕摩著她的唇角，任心底的柔軟將他淹沒。

說這麼久都沒她什麼事呀，她又沒說過這樣的話，允瓔眨眨眼睛，卻沒辦法問。怪力亂神的話不可說，在他眼裡，那就是她說的話，想了想，她開口問：「人人都說大公子無美不歡，卻娶了一個無鹽女，你會不會覺得冤？」

「無美不歡，只因心中無人。」烏承橋聞言，抬手往她頭上敲了一下。「況且，妳並非無鹽，在我心裡只有妳一人，天下人再美又與我何干？」

「我喜歡你。」允瓔心頭暖暖，此時此刻，再無必要去糾結她是邵英娘還是允瓔，在這個時空裡，她既是允瓔也是邵英娘。帶著些許釋然，她伸手揪住他的衣襟，脆脆地問：「你做我男人，好嗎？」

話出口，某處籠罩的陰霾似在瞬間破開，煙消雲散。

「好。」烏承橋眼中閃過一抹笑意，挑起她的下巴，低低地說：「我愛妳，生生世世，做我的女人，好不好？」

「好……」允瓔鄭重地看著他應道，好字才出口，便被他吞沒在唇齒間。

這一刻，一切盡在不言中。

第一百四十六章

以大船的速度，沒幾天他們就回到了苕溪灣，只見，原本浮宅處已經建起了清一色的木屋，還將屋下的浮橋打了樁，做成居於水面的木橋。而那屋子連轉，又與後面的山相通相連，山邊也開出了山道，原本荒涼的山，此刻遠遠看去，竟是一畦畦的菜地和果林。

「好漂亮！」允瓔由衷讚道。

「瑭瑭有心了。」烏承橋也點點頭，笑著說道。

「瑭瑭的主意？」允瓔驚訝，倒是想起之前他們出發去給蕭棣送貨的那次，唐瑭確實接下了這兒的事情，卻不曾想他居然做得這樣好。「等他成親，我們該給他包個大大的紅包。」

「喂！」這時，前面傳來陳四家的中氣十足的喊聲。「他們回來了！」

「陳嫂子？」允瓔驚喜地看向烏承橋。

他們什麼時候回來的？怎麼都沒人告訴她呢？

「不只是陳四哥一家，還有田大哥。我昨日才收到消息，田大哥要回來補辦婚宴。」烏承橋輕聲解釋。

正好，給她一個驚喜。

「討厭，之前還騙我說不能來。」允瓔撇嘴，瞪了他一眼。

「大妹子——」陳四家的站在浮宅那邊，朝她喊道。

「噯——」聽著陳四家的那豪氣爽朗的喊聲，允瓔也起了興致，湊趣地上前，學著陳四家的喊道：「我們回來了——哈哈！」

像這樣的放鬆，允瓔還是頭一次，喊罷，心中竟豁然開朗。

烏承橋站在她一步遠之後，含笑看著她。

這樣的她，他也是頭一次見，但他相信，以後只會看到更多這樣的允瓔。

聽到動靜，那邊的屋裡紛紛開門，田娃兒衝在前頭，驚喜地看著這大船。「戚叔、王叔、烏兄弟……」

「行了行了，這麼一大船子人，你招呼得過來嗎？」陳四家的在那邊高聲嫌棄道。

「田兄弟要成親，我們這些做兄弟的，能不趕回來嗎？」巧的是，跟著他們的大船後面，居然又駛進了幾條船，聲音傳來，竟是阿康和阿明他們，想來他們是從另一邊過來，才沒有與允瓔等人遇上。

「就是、就是。」

苕溪灣上，招呼聲此起彼伏，一時笑語不斷，曾經田娃兒等人拿陳四家的取樂，而這一次，卻是田娃兒成了大夥兒調侃的對象。

允瓔聽著那熟悉的微葷話題，含笑轉向烏承橋，這一切，竟如此親切。

船緩緩靠近浮宅，大家都是水上討生活的，這停船的埠頭當然是必不可缺的。

於是，眾人紛紛把原本停在兩邊的船調整了一下，讓出位置讓烏承橋的大船安置下。

「烏家小娘子，你們的屋子在那邊，早知道你們這兩大要回來，大夥兒都收拾好了。」眾人七嘴八舌地介紹著。

給允瓔和烏承橋準備的屋子，足有三、四間之寬，正中間被收拾成堂屋，左右各兩間屋子，左側的兩間相連，內外之分，顯然是留給烏承橋和允瓔的，而右邊兩間應該是給阿浣幾個伺候的人住的。

烏承橋這次帶來的人也不少，不過船本身的艙房就極多，再多的人也不用怕。

「大妹子，妳還是住船上吧，這天太冷，屋裡怕是什麼也沒有，沒船上暖和呢。」陳四家的陪著允瓔裡裡外外地看了一周，搖頭說道。「就算是大人能住得，妳卻不行，還是小心些好。」

允瓔想了想，倒也沒有堅持住到這屋裡，不過，她還是吩咐人把屋裡該添的都添起來，準備白天天氣好的時候，在這兒歇息。

當夜，眾人都湊到一起，重溫了當初的大碗菜，只是如今對他們而言，菜餚豐富了無數，也精緻了無數，場地又在大船的甲板上，一個個的都是放開了肚的吃喝。

「烏小兄弟，待來年，我們幾個老骨頭也想留在苕溪灣，你看可行？」酒行一半，戚叔感慨地看著那一片嶄新的浮船說道。

當初戚叔替他們管著貨行的船運，也是一時的，現在貨行裡有陳管事，外面還有那麼多人，戚叔便想著回苕溪灣安度晚年，更何況隨著貨行的生意越來越大，他也擔心自己能力不足，怕烏承橋和允瓔因為抹不開這層面子不好換了他，才主動開了這個口。

烏承橋不由驚訝。「戚叔，為何突然這樣想？可是貨行的事太多了？這樣好了，明年我再調兩人來幫你們吧。」

「不是不是，人老了，瞧著他們這群老哥兒們都能回這兒享福，我這是眼紅呀。」戚叔笑著擺手。

「戚叔，您想回來，我們能理解，但明年還得勞您再辛苦些，怎麼著，也得幫我們帶幾個徒弟出來嘛。」允瓔在一邊也勸道。「等戚大哥那邊安頓下來，讓他來替您的位置，還有阿康大哥和田大哥，您也多指點指點，以後貨行更是用人的時候呢。」

「這樣……成。」戚叔聽到允瓔提到他兒子和阿康、田娃兒時，略略猶豫了一下，總算是點了頭。

老王頭一向尊重戚叔的決定，聽到允瓔這回覆，也沒再說什麼。

允瓔又坐了一會兒，聽到陳四家的孩子啼哭聲，便和烏承橋說了一聲，過去找陳四家的說話去了。

八月十六這一天，是田娃兒成親的大喜日子。

這個曾被陳四家的取笑無數次的漢子，在他誕生後第三十六個年頭的這一天，迎回了王莊的一位寡婦，結束了光棍的苦日子。

一早，清一色的漕船都鋪上了紅綢，由苕溪灣的漢子們載著田娃兒和紅禮雄赳赳、氣昂昂的出發。

晚上的喜宴依然擺在大船甲板上，婦人們三五成群地忙著準備菜餚，允瓔身子不便，陳四家的便一如當年掌起了勺。

而餘下眾人，則在田娃兒的新居忙活，準備最後的佈置。

這麼多年來，因為船上人家的苦日子，漢子們的親事都極不容易，而田娃兒又無父無母，無人操持費心，他自己又是那一人吃飽全家人不餓的德行，更是比其他人要困難許多。陳四家的一想到以前的田娃兒，就各種感慨，忍不住嘆道：「這田娃兒總算是圓滿了。」

「還不算，等來年再添個一男半女的，才算圓滿。」邊上有婦人接話道。

「婆娘有了，一男半女還會遠嗎？」陳四家的調笑道。「還好大妹子都住船上，要不然今晚可別想安生嘍。」

一句話頓時惹得眾人一陣意味不明的笑聲。

允瓔更是失笑，想起陳四家的以往的作派以及與田娃兒之間的牽扯，不由笑道：「嫂子，妳家也住田大哥隔壁，妳這會兒就開始擔心今晚要失眠了呀？」

「哎呀，我們的邵大妹子居然也學會說葷話了呀，哈哈！」陳四家的誇張地揮著大勺子直笑，打趣完允瓔，又滿不在乎地揮揮大勺子。「我才不怕，他們吵著我，我還不能吵回去？」

允瓔頓時敗退。

「少夫人，單公子來了。」就在這時，有人來向允瓔稟報。

允瓔抬頭瞄了一眼，果然看到不遠處停著一條船，單子霈負手立在船頭，神情一如當初那般淡漠。她也沒什麼心思見這人，便向來人隨意地吩咐了一句。「領他去見公子就是。」

「公子方才與戚管事撐船出去了。」來人卻為難道。「單公子說，他還有事要離開，公子不在，尋少夫人說話也是一樣的。」

「那行吧，請他到那邊堂屋稍坐，我這就過去。」允瓔微有些驚訝。那個單子霈平時不都是一副不待見的淡漠模樣嗎？今天這是太陽打西邊出來了？

浮宅堂屋裡，單子霈獨自坐著，面前已擺了一杯熱騰騰的熱茶，只是，他並沒有動。

「單公子。」允瓔走進去，透過那裊裊的熱氣，有些瞧不清他的神情，只看到他一如既往的傲然身姿。對於這單子霈，她心裡一直都是信疑參半，饒是至今，也沒能消去全部的疑慮。

「嫂夫人。」單子霈抬頭，神情淡淡地點頭，略抬手示意允瓔落坐，就好像他是此間主人一般。

「單公子今日來得正好，田大哥的喜宴，留下喝杯水酒吧。」允瓔倒是不在意單子霈的態度，只是想到今天這大日子，剛好又在準備喜宴，便客氣地邀請了一句。

「不必了，我還有事，說完話便走。」單子霈搖搖頭，目光一直落在允瓔身上。今天的她穿著一襲綠色齊胸襦裙，肚子高高隆起，沒了平時的俐落，倒多了些賢淑，看著倒也入得了眼。

「單公子請說。」允瓔點點頭，倒是不勉強，反正單子霈這人一向都是如此。

「請嫂夫人把這個轉交給大公子。」單子霈從懷裡拿出一本小冊子。「這是我的謝意，多謝大公子相助，一了我多年夙願，今日我便啟程往漠外去，大公子不在，還請嫂夫人代我轉達。」

「漠外？」允瓔看著他，沒有伸手去接那冊子。

「是，這一年來跟隨大公子也增了不少生意上的見識，正好借著五湖四海貨行的光，我想去漠外尋些路子，這也是大公子的心願，如今大公子既無法起行，便由我去先探探路。」單子霈今天也不知道怎麼回事，意外的多話。

還有這樣的事？允瓔安靜地聽著。

「嫂夫人，依大公子的心性，應該有更廣闊的路該走，似這等家宅溫情，久了怕是會束縛他的腳步。」單子霈把小冊子推到允瓔面前。

「子非魚，又怎知魚之樂？我會不會誤了他，單公子若是好奇，且走且看便可。」允瓔可不想和他辯下去。這單子霈或許是賞識烏承橋，但，這也不代表她就得接受他的好意。「倒是單公子，我得勸你一句，這世間除了復仇、賺錢之外，還有許多有意義的事，單公子去漠外的路上，也莫忘了偶爾回回頭、駐一駐足，瞧一瞧兩岸風景。」

送走了單子霈，允瓔依然該幹麼就幹麼，田娃兒的喜宴上賓客並不多，卻也夠她們忙活的了。

黃昏時，船頭震天的鑼鼓聲簇擁著一對新人歸來，新娘是王莊的一位寡婦，比田娃兒小三歲，無子無女，是田娃兒這一年行船時結識的。說起這新娘子，在王莊也是鼎鼎有名，她嫁到王莊五年，丈夫便病逝，之後她便一直未嫁，獨自行船賺錢養著婆婆，如今與田娃兒成親，條件便是帶著婆婆。

田娃兒倒是不在乎多養一個老人，他自幼無父無母，是苕溪灣的鄉親們幫忙他到如今，現在多了一位老人，他倒也是真心將其當自家長輩看待，甚至還同意以後生的第一個兒子讓其繼王家的香火。

「鬧新房嘍——」拜堂的儀式過後，眾人歡鬧的聲音似炸開的春雷般，緊繞著田娃兒和新娘子響起。新娘到底是二婚，並沒有紅蓋遮頂，此時雖紅了臉，但也大大方方地縮在田娃兒的懷裡。

田娃兒護著她，滿臉憨憨的笑，由著眾人推搡之際，目光灼灼地偷瞄著新娘子。

「哎哎哎，我說你們幾個，真真是飽漢子不知餓漢子飢是吧？今兒可是我們娃兒兄弟的頭一次，你們莫瞎搗亂。」陳四家的如以往一樣，沒有絲毫顧慮地嚷嚷著，那話中的意思，卻是讓眾人笑翻了天。

「就是頭一次才鬧啊！」有人不服氣地喊道。

「行了行了，好酒好菜還堵不住你們的嘴？」陳四也幫著說話。「來來來，烏兄弟這次可是帶了上好的果酒，你們願意鬧的就鬧吧，我們喝酒去，一會兒喝光了，你們可莫要後悔。」

一句話，眾人頓時一哄而散，搶著入席去了。

新房裡只剩下戚叔和烏承橋夫妻在後面。

「田大哥，今兒喜宴，你可得出來陪大家喝兩杯。」烏承橋拉過允瓔，笑著提醒道。

「好，我馬上出去。」田娃兒憨笑著。

「娃兒總算成親了。」戚叔帶著一絲感慨，拍了拍田娃兒的肩膀。「有了家，你才算是大人，以後要養媳婦孝敬王嬸兒，可不能再像以前那樣。小娘子也說了，翻過了年，你便與阿康一起跟我學，你可不能辜負了家人，更不能辜負了東家。」

「我會的。」田娃兒看了看允瓔。說起來這也是他的機遇，那時的好心，竟換來整個苕溪灣翻天覆地的變化。

「我們出去吧。」允瓔含笑看著兩人，寬慰了新娘一句。「嫂子放心，我們會照顧王嬸兒的。」

說得田嫂子更是臉紅。

「娃兒總算了了大事了。」出了新房，戚叔看著甲板上熱鬧的眾人，長長地一嘆。「想當年他剛來這邊的時候，才十三歲，這一晃，就是二十幾年，這做人哪，當真快。」

「戚叔今兒這麼多感慨。」允瓔笑著打趣。「您瞧著吧，再過幾年，您的大孫兒也該娶媳婦了。」那才是光陰似箭。

「小娘子說得是，不知不覺的，都老了。」戚叔笑著搖搖手，和烏承橋夫妻一起上了甲板，一上去，戚叔和烏承橋便被人拉走喝酒去了。

允瓔只好自己去找陳四家的，誰知走沒幾步，突然間，她只覺肚子一陣緊繃，痛意便密密的滲了出來。糟，這不會是……要生了吧？

「少夫人，妳怎麼了？」阿浣見允瓔停下腳步彎下腰，嚇了一跳，疾聲喊道：「阿銀，快請穩婆和大夫過來瞧瞧！」

「快……扶我回艙。」允瓔的汗也冒了出來，肚子一陣一陣地痛著，她雖然沒有經驗，卻也知道今天怕是要生了，心裡不由自主地湧上一絲慌亂。

「當心。」阿浣拚盡全身力氣，撐著允瓔的身體，一步一步往他們的船上挪去。

阿銀轉身就跑。

沒一會兒，那邊就傳來陳四家的驚呼的大嗓門。「哎呀！大妹子要生了，快快快——大家來幫個忙。」

「這孩子，知道他田叔今天好日子，也急著出來討喜呢。」漢子們卻樂呵呵地回到酒桌上，大笑著開起了玩笑。

「你們幾個燒水，你們幾個去幫忙鋪床，趕緊……」

「瓔兒！」烏承橋更是驚得直接竄過來，抱住允瓔，額上直冒汗。「別怕，我在這兒，我陪著妳。」

「哎呀，烏兄弟，你別添亂了，快出去，出去！」陳四家的嫌棄的聲音伴著眾人的笑聲迴盪在浮宅上空。

深夜，酒席已經散去，眾人卻還陪在一邊，靜靜等待。

「哇——哇哇——」

直到一聲響亮的嬰兒哭聲從船艙裡傳出來，眾人才又明顯地吁出一口氣，紛紛向烏承橋恭喜。

「恭喜烏兄弟，大妹子給你生了個大胖小子。」陳四家的率先出來，朝外面喊道。

「瓔兒……瓔兒沒事吧？」烏承橋直接跳了起來，就要衝進船艙去看允瓔。誰知剛剛太緊張，蹲得腿麻了，這一跳，硬是沒注意到腳下，一腳踩了個空，直直地掉進了水裡。

「撲通——」激起好大一片水花。

「沒想到烏小兄弟也有這樣心急的時候。」

「我說叔，當年我嬸兒生的時候，你不也比他急？」

「去去去，你嬸兒生的時候，你才屁大點兒，懂什麼！」

「哈哈哈——」

——全書完

2016年11月出版

福妻無雙

文創風 465~468

前世因意外身亡，今生她只想救回父母，重新擁有幸福的家，
結果她不但宿願得償，竟還收了個狼孩兒當跟班?!

郎情如蜜 甜在心頭／暖日晴雲

鎮國公府嫡女寧念之重生了，蒙老天爺恩賜，擁有前世記憶與超強五感傍身，
跟著她的人都能逢凶化吉，號稱人見人愛、花見花開的小福星。
原以為藉此救了父母已是壯舉，沒想到還收留身世成謎的狼孩兒，
好吧，既來之則養之，以後這狼孩兒就歸姊管啦～～
見他一心想習武，若能調教出個像她爹一樣的大將軍倒也不錯！
原東良永遠不會忘記，自己開口說的第一句話就是：「妹妹！」
如果沒遇上念之，他仍是無名無姓、流落草原的狼孩兒，不知家為何物。
從此他立志做她最喜歡的人，堅持「妹妹都是對的」、「以後要娶妹妹」，
雖然這得耗上好幾年，但自小養成的狼性讓他認定了就不改變，
他願意一天一天地等她長大，可心愛的妹妹什麼時候才開竅啊……

文創風
487

船娘好威 5 完

國家圖書館出版品預行編目資料

船娘好威 / 翦曉著. --
初版. -- 臺北市 : 狗屋, 2017.01
冊 ; 公分. --（文創風）
ISBN 978-986-328-684-4（第5冊：平裝）. --

857.7 105021302

著作者	翦曉
編輯	余一霞
校對	黃薇霓　簡郁珊
發行所	狗屋出版社有限公司
地址	台北市104中山區龍江路71巷15號1樓
電話	02-2776-5889～0
發行字號	局版台業字845號
法律顧問	蕭雄淋律師
總經銷	知遠文化事業有限公司
電話	02-2664-8800
初版	2017年1月
國際書碼	ISBN-13　978-986-328-684-4

本著作物由作者授權出版

定價250元
狗屋劃撥帳號：19001626
網址：love.doghouse.com.tw　E-mail：love@doghouse.com.tw